edition BEROLINA

SONDERAUSGABE

Exklusiv für unsere Leser

W0334304

Dr. Dieter Mechtel

Jahrgang 1944, ist Journalist und PR-Berater. Er arbeitete für den Deutschen Angler-Verband und für den Landesanglerverband Brandenburg. Hier war er sieben Jahre Chefredakteur der Mitgliederzeitschrift „Der Märkischen Angler" und ist jetzt 1. Vizepräsident des Landesverbandes.

Dieter Mechtel

Wie die Fische in den Himmel kamen

Angelgeschichten

Tel.: 01805 / 30 99 99
(0,14 Euro/Min., Mobil max. 0,42 Euro/Min.)
www.buchredaktion.de

1. Auflage dieser Sonderausgabe

edition BEROLINA

Alexanderstraße 1
10178 Berlin
Tel. 01805 / 30 99 99
Fax 01805 / 35 35 42
(0,14 €/Min., Mobil max. 0,42 €/Min.)

Umschlaggestaltung: Oliver Lehmann, ACDM
Druck und Bindung: CPI Moravia Books GmbH

www.buchredaktion.de

Inhalt

Vorwort

Die begeisterten Angler Arthur, Ludwig und Günter – alle bereits Rentner, aber im besten Rentenalter – sind seit vielen Jahren Kumpels. Sie treffen sich mehrmals im Jahr zu ihrer traditionellen Spinnstunde, wie sie es nennen, bei einem Kaffee oder Bierchen und einem kleinen Imbiss. Spinnstunde bedeutet, dass sie ihre oder von anderen gehörte Angelerlebnisse schildern, Erinnerungen austauschen sowie über das Angeln diskutieren oder philosophieren. Dazu kommen weitere Geschichten, in denen einer von den dreien im Mittelpunkt steht. Mit den Jahren haben schon viele Angelgeschichten das Licht der Spinnstunde erblickt.

Eines Tages überreichte Arthur seinen Freunden ein kleines Päckchen. Als sie es aufschnürten, kam ein Buch zum Vorschein mit dem Titel „Wie die Fische in den Himmel kamen". Sie wussten vor Überraschung nichts zu sagen. Besonders bei Ludwig war das außergewöhnlich.

„Na ja", beendete Arthur die Überraschungspause, „ich habe unsere Geschichten mal zusammengefasst, ein wenig geordnet und einen Verlag gefunden, der dieses Büchlein herausgegeben hat. Ist doch eine ganze Menge zusammengekommen. Was sagt ihr nun?"

„Die Überraschung ist dir voll gelungen." Ludwig schüttelte immer noch mit dem Kopf. „Dass ich auf meine alten Tage noch in einem Buch vorkomme, das hätte ich nie im Leben gedacht."

Günter kommentierte nur trocken: „Nicht nur in der Natur ist alles möglich."

Arthur grinste: „Als geistige Vor- oder Nachspeise werden noch einige Gedichte und Fabeln aufgetischt.

Ich widme dieses Buch unserer neuen Dachorganisation Deutscher Angel-Fischer-Verband und vor allem all jenen leidenschaftlichen Funktionären, die seine Gründung ermöglichten.

Wünschen wir den Anglerinnen und Anglern vor dem Angeln, gelegentlich während des Angelns und nach dem Angeln kurzweiliges Vergnügen, den interessierten nichtangelnden Leserinnen und Lesern ein zustimmendes oder wenigstens ein mildes Lächeln und den Angelgegnern eine Frustpause.

Allen aber auf jeden Fall ein herzliches Petri Heil!

Die Hosenträgerbande

Das neue Rentnerdasein bekam Arthur sichtbar gut. Er nahm beträchtlich zu, so dass seine Frau ihm eine radikale Diät verordnete und darauf achtete, dass er sich ständig bewegte, den Garten ordentlich pflegte, den Einkauf nicht vernachlässigte, den Keller in Ordnung hielt und was dergleichen häusliche Mannespflichten mehr sind. Zudem angelte Arthur zu allen möglichen und manchmal auch unmöglichen Zeiten, allerdings mit sehr mäßigem Erfolg, arbeitete aktiv in seinem Verein mit und nahm sich auch genügend Zeit für die Enkel.

Diese Maßnahmen waren erfolgreich, denn nach und nach erreichte Arthur nicht nur sein altes Gewicht, sondern wurde zur Adventszeit schlank wie lange nicht, was ihm sichtlich schmeichelte. Nur eins gefiel ihm nicht, dass nämlich seine Angelhose zu weit geworden war. Aber kein Problem für Helga. Sie hatte schon die ganze Zeit überlegt, was sie ihm zu Weihnachten schenken sollte und so drängte sich die Idee geradezu auf: Arthur bekommt Hosenträger, die er übrigens noch nie leiden konnte, solche wie sein Kumpel Günter, aber richtig breite mit aufgestickten Fisch- und Angelmotiven. Die hatte Helga extra anfertigen lassen.

Als Arthur am Heiligen Abend seine Hosenträger auspackte, macht er eher ein süß-saures Gesicht, aber die Stickereien fand er wirklich gut.

Es dauerte nicht lange und Arthur probierte die Hosenträger aus – mit Erfolg, denn er brachte einen stattlichen Silvester-Karpfen nach Hause. „Das liegt doch nur an den Hosenträgern", witzelte Kumpel Ludwig, denn inzwischen wusste natürlich jeder im Verein, was Arthur für ein exotisches Geschenk bekommen hatte. Das Frühjahr kam heran und Anangeln war angesagt. Arthur war Spitze und seine Vereinskollegen schielten verstohlen auf die breiten Hosenträger. Als er auch in den folgenden Wochen mit wirklich spektakulären Fängen nach Hause kam und natürlich ausführlich darüber berichtete, hielten es Ludwig und Günter nicht mehr aus. Auch sie bestellten sich die gleichen Hosenträger.

Und wirklich – es klappte. Auch sie angelten so erfolgreich wie schon lange nicht. Niemand konnte das erklären. Die drei beschlossen nun, sich am Landeshegeangeln und anderem ausgeschriebenen Gemeinschaftsangeln zu beteiligen – natürlich alle drei mit ihren fängigen und gut sichtbaren Hosenträgern. Auch hier räumten sie ab. Die drei freuten sich natürlich und Helga als die „Mutter" der Hosenträger wurde wiederholt gefeiert.

Bald sprachen die Angler im Kreisverband und sogar im Land nur noch von den drei Hosenträgeranglern, und weil sie auch neidisch auf ihre Erfolge waren, nannte sie einer ohne groß nachzudenken als sie anmarschierten: „Da kommt die Hosenträgerbande."

Von Stund an hatten sie ihren Namen weg – bis heute. Die Presse wurde aufmerksam, sogar das Fernsehen brachte einen Bericht. Wenn das Hosenträger-Trio auftauchte und angelte, hatten sie mehr Zuschauer als ihnen lieb war. Als Ludwig im Interview gefragt wurde, welche guten Eigenschaften, Kenntnisse und Fertigkeiten einen guten Angler auszeichnen, war er um die Antwort nicht verlegen: „Nicht nur richtigen Umgang mit Rute und Rolle, sondern auch ein sehr gutes Gefühl für das Angelgerät, gutes

Angelzeug. Viel selbst ausprobieren und das gute Gerät gut pflegen, kleine Schäden selbst reparieren. Angeln sowie Hege und Pflege der Fischbestände in Einklang bringen, Gesetze einhalten, sich weiter bilden und mit jedem Petri-Jünger gut Freund sein. Versuchen, sich in den Fisch hineinzuversetzen, Kenntnisse vom Fressverhalten der Fische und Gewässer lesen können, sich dem Angelplatz im Verhalten flexibel anpassen. Am Angelplatz keinen Schaden verursachen und ihn vor allem sauber halten und sauber verlassen, auch wenn der Abfall vom Vorgänger ist. Aber verschmutzte Angelstellen und „schwarze Schafe" ohne Rücksicht an den Pranger stellen. Die Natur lieben, sie verstehen, Mindestmaße und Schonzeiten strikt einhalten und schließlich eine gute Portion Glück und Geduld."

Und nach einer Pause: „Den Fisch auf jeden Fall auch essen und wenn man ganz gut ist, selbst zubereiten. Ich jedenfalls habe hier genau so viel Spaß wie beim Angeln selbst."

Da die drei nun so bekannt waren, baten sie einen Komponisten, den folgenden Text zu vertonen. Das Lied spielten sie fortan bei jeder sich bietenden Gelegenheit – bei Vereinsvergnügen, aber auch bei größeren Angelveranstaltungen. So wurde es nach und nach bekannt als das …

Lied der Hosenträgerbande

Das Angeln, das ist uns're Lust,
wir woll'n am Wasser sitzen.
Der Wille brennt in uns'rer Brust,
den Fisch zu überlisten.

Das Angeln ist uns Leidenschaft,
die Fische gut zu hegen.
Es bringt uns Freud' und neue Kraft,
Gewässer gut zu pflegen.

Das Angeln führt uns in die Welt
mit sehnsuchtsvollen Sinnen.
Wir lieben es, weil's uns gefällt,
dem Alltag zu entrinnen.

Das Angeln bringt Zusammenhalt,
gemeinsam wird's gelingen.
Und wenn ein „Petri Heil!" erschallt,
ein „Petri Dank!" wir singen.

Refrain
(...denn) im Angelverein ist's am schönsten,
denn da passiert immer mal was.
Und fängst Du leider nicht nur die Größten,
so hast Du im Leben doch Spaß.

Anglerfrauen

Dieses Jahr musste Arthur alleine den Gastgeber spielen. Seine Frau Helga war zur Kur nach Saalfeld in Thüringen. So begann das Gespräch über die abwesende Helga. „Wie hast du sie eigentlich kennen gelernt?“, wollte Ludwig wissen. „Na eben“, bekräftigte Günter, „das hast du uns noch nicht erzählt.“

Arthur holte zunächst die selbst gebackenen Pfannkuchen, setzte sich bequem hin und begann.

Der Leserwettbewerb

„Während meines Studiums verbrachte ich wieder einmal einige Tage zu Hause bei meinen Eltern. Dort las ich gewöhnlich die Regionalzeitung. Es war die Volksstimme. Die rief zu einem Leserwettbewerb auf über das interessanteste Urlaubserlebnis. Das wäre doch was für dich, dachte ich und überlegte, ob ich mich daran beteiligen könnte. Aber mir fiel noch nichts ein. Am nächsten Tag holte mich ein Kumpel zum Angeln ab. Wir fuhren zum alten Steinbruch, in dem wir schon als Kinder gebadet und geangelt hatten. Er war nicht groß, aber immerhin gut besetzt, denn es war ein DAV-Gewässer.

Dort trafen wir einen alten Angler, einen gebürtigen Polen, der erst seit ein paar Jahren im Dorfe wohnte und Schwierigkeiten mit der deutschen Sprache hatte. Deshalb nannten wir ihn „Hans dicht bei Grenze“. Der redete allerdings nicht viel und hatte die Ruhe weg.

Er redete langsam, ging langsam, schwamm langsam und angelte auch langsam, übrigens mit ganz einfachem Zeug. Ein erfahrener Angler, pflegte er zu sagen, hat die Beißlust der Fische in der Nase.

Offensichtlich hatte ihm seine Nase signalisiert, dass die Fische heute beißen würden. Und wie so oft sollte er auch an diesem Tage Recht behalten. Wir setzten uns neben ihn, grüßten nur durch Kopfnicken und sahen ihm zu. Sorgfältig und fast lautlos machte er seine Angel zurecht, bestückte sie mit einem Köderfisch und warf ihn nicht weit vom Ufer ins Wasser. Nach wirklich kurzer Zeit hatte er einen Biss und drillte ganz behäbig einen großen Hecht an Land. Obwohl er wohl 20 Minuten brauchte, war er ruhig wie immer und lehnte unsere Hilfe ab, während wir aufgeregt herum trampelten. Immerhin wog der Bursche, wie wir später feststellten, 13 Pfund und maß 1,10 m. Dabei murmelte er immer wieder: ‚Es war die Neugier, die Neugier war es.' Und weiter: ‚Wolltest schauen, wer hat dich gestern so geärgert?'

Jetzt war es an uns, neugierig zu sein und ich fragte ihn, was er denn meine. ‚Nun', antwortete er, ‚vor einer Woche war es. Siehst du hier meine feine Angel für kleine Fischlein. Wollte sie gerade herausziehen, da sah ich den Hecht, wie er versuchte, Fischlein zu packen. War neugierig, kam fast bis an das Ufer. Hatte ihn gestern schon mal an der Angel, aber er war der Sieger. Hier siehst du noch Vorfach und Haken.' Tatsächlich, der Alte hatte nicht gelogen. Der Zufall wollte es, dass ich an diesem Tag einen Fotoapparat dabei hatte und mit seiner Erlaubnis ein Foto machte, auf dem er sogar ein wenig den Mund verzog, was wohl ein Lachen sein sollte. Da hatte ich nun meine Geschichte schneller als ich dachte. Ich schrieb sie auf und schickte sie plus Foto an die Redaktion. Als ich schon nicht mehr mit einer Reaktion von dort rechnete, bekam ich eine Einladung zur Preisverleihung. Ich hatte tatsächlich den Leserwettbewerb gewonnen.

Natürlich fuhr ich erfreut hin und bekam sinnigerweise eine Angelrolle. Die Redaktionssekretärin überreichte sie mir mit einem

Lächeln, das mich fast schwankend machte. Ich strahlte doppelt zurück und wusste in diesem Moment, sie ist es und keine andere. Allerdings ging das nicht so fix. Zwar hatte auch sie mein Strahlegesicht beeindruckt, aber bis zur ersten Verabredung sollte es noch eine Weile dauern. Von da ab allerdings ging alles sehr schnell. Noch im selben Jahr habe ich meine Helga geheiratet oder sie mich, wie ihr wollt."

Nachdem Arthur einen kräftigen Kaffeeschluck genommen hatte, fragte er: „Wie war es denn bei euch, wo wir schon mal beim Thema sind? Hat auch euch die Angelei zur Ehe verholfen?"

„Und ob", antwortete Ludwig sofort. „Meine Geschichte begann ebenfalls am Wasser."

Die Perücke

„Es war ein wunderschöner Frühlingstag. Ich freute mich schon die ganze Zeit auf den Sonntag, denn Angeln war fest eingeplant. So wie ich dachten und handelten an diesem Tag viele oder fast alle Angler. Zu meiner Überraschung fand ich kaum noch einen Parkplatz, und meine Stelle war trotz der frühen Morgenstunde schon besetzt. Egal, dachte ich, dann setze ich mich eben daneben, ist ohnehin ein Gebüsch zwischen uns, wir werden uns schon nicht in die Quere kommen. Aber falsch gedacht. Mein Nachbar hatte nämlich einen ziemlich guten Karpfen dran und große Mühe, den einigermaßen zu beherrschen. Jedenfalls flüchtete der schließlich rein in meine Angelsehne und verhedderte sich hier total wie in einem Spinnennetz. Mein Nachbar hatte das natürlich mitbekommen. Ich schnitt meine Perücke ab und er zog den nun nahezu kampfunfähigen Karpfen, 12 kg und 90 cm, heran und kescherte ihn problemlos heraus.

Seine Freude war jedoch deswegen ein wenig gedämpft und er entschuldigte sich bei mir.

Plötzlich hielt er inne und sagte: „Wissen sie was, junger Mann, ich mache ihnen einen Vorschlag. Ich lade sie genau heute in einer Woche zum Karpfenessen zu mir nach Hause ein. Dann haben wir beide etwas davon, denn wer weiß, ob ich ihn ohne ihren Sehnenwickel überhaupt herausbekommen hätte.'

Nun, dagegen war nichts einzuwenden und so nahm ich das Angebot mit Dank an. Pünktlich zur Mittagszeit war ich am nächsten Sonntag zur Stelle, klingelte und war total erstaunt und verwirrt, denn mir machte eine junge Dame auf, die ich von der Schule her kannte. Uta fiel mir schon damals auf durch ihre Fröhlichkeit und einen feinen Pagenschnitt und den hatte sie auch jetzt noch. Auch sie schien überrascht, erkannte mich wieder, obwohl bereits einige Jahre vergangen waren. ‚Du bist doch nicht etwa der junge Mann, den mein Vater zum Essen eingeladen hat?' fragte sie noch sicherheitshalber. ‚Ich bin es', antwortete ich erfreut.

Mein Angelnachbar und seine Frau begrüßten mich herzlich und konnten es kaum glauben, dass wir uns bereits kannten. Die Hausfrau kochte den Karpfen nach ostpreußischer Art, wo sie einst herkam. Es hat wirklich gut geschmeckt. Jedenfalls wurde es ein wunderschöner Tag. Wir heirateten im Herbst des gleichen Jahres. Und zur Erinnerung gibt es jedes Jahr genau am Wochenende vor oder nach diesem Essen bei uns Karpfen nach ostpreußischer Art – wenn denn einer an die Angel gegangen ist. Da wetteiferten mein Schwiegervater und ich, und wer zuerst einen gefangen hatte, der wurde auch genommen. Aber obwohl Uta Tochter eines Anglers ist, hat sie sich bis heute nicht damit anfreunden können – oder vielleicht deswegen."

Nun war Günter an der Reihe: „Nun kommt Anglerfrau Nummer drei."

Der Ring

„Ich wohnte als junger Mann in einer damals neu gebauten Plattenbauwohnung. Im Nebenaufgang sah ich oft eine junge Frau, die ich irgendwie toll fand. Aber leider hatte sie einen Freund. So versuchte ich erst gar nicht, sie anzusprechen, musste jedoch ständig an sie denken. Wenn ich mit meiner Angel an den nahe gelegenen See zog, bildete ich mir ein, sie schaue mir mit einem spöttischen Lächeln nach.

Eines Tages nun, es war ein 19. Juni, angelte ich an meiner Gewohnheitsstelle, da kam sie mit ihrem Freund heran spaziert. Aber offensichtlich hatten sie eine heftige Auseinandersetzung, denn es ging ziemlich lebhaft und gestenreich zu. Ich konnte mich gar nicht auf meine Pose konzentrieren und beobachtete die Szene – zu meinem Glück, wie sich herausstellen sollte. Denn mit einem Mal zog sie einen Ring vom Finger, warf ihn ins Wasser und stapfte zornig von dannen, den bedepperten jungen Mann allein lassend.

Mein lieber Freund, dachte ich, die hat ja ein Temperament. Nun konzentrierte ich mich wieder auf meine Angel und hatte Glück, denn ich fing einen prächtigen Zander von 90 cm und 6 kg. Als ich ihn zu Hause ausnahm, und jetzt haltet euch fest, fand ich doch einen Ring in seinem Magen. Da dachte ich sofort an Schillers Ballade ‚Der Ring des Polykrates', wo auch ein Fisch einen Ring, allerdings den des Königs, im Magen hatte. Müsst ihr mal lesen bei Gelegenheit.

Das ist der Wink des Schicksals, sagte ich mir und klingelte abends an ihrer Wohnungstür. Vorsichtig öffnete sie, vielleicht vermutete sie ihren Ex-Freund draußen. Aber als sie mich sah, spürte ich schon mal ihre Erleichterung. Ich zeigte ihr den Ring und fragte ‚ist das ihrer?' Wenn die Redewendung vom Bauklötzerstauen jemals zugetroffen hat, dann hier. ‚Ja, aber', stotterte sie und zog mich in die Wohnung. ‚Es ist mein Ring, wie kommen Sie dazu, ich habe ihn doch ins Wasser geworfen und mich nachher so darüber geärgert. Schließlich hätte ich doch auch mit Ring Schluss machen können.'

Alles andere war dann nur noch eine Frage der Zeit. Dieser Tag gilt bis heute als unser Hochzeitstag. Der offizielle folgte wenig später. Den Ring trägt sie heute noch.

Aber Annegret konnte sich für das Angeln dennoch nicht so recht begeistern, Ja, es gab sogar oft Streit, weil ich sie nach ihrer Meinung zu oft alleine zu Hause ließ. Aber dann kurz nach der Wende gab sie sich einen innerlichen Ruck und fuhr mit mir gemeinsam zum Angeln. Doch wartet mal, ich hole Annegret, das kann sie viel besser erzählen."

Annegret musterte die Runde mit einem spöttischen Blick, setzte sich und legte los: „Irgendwann wollte ich Günter nicht nur beim Angeln zusehen, sondern es selber versuchen. Heimlich absolvierte ich die Prüfung für den Fischereischein, vor der ich große Angst hatte.

Günter rechnete mit einem Weihnachtsgeschenk für seine Angelausrüstung, denn so hatte er meine vielen Fragen gedeutet. Ich überreichte ihm stattdessen lächelnd ein Kuvert. Günter war völlig irritiert und hielt den Umschlag ratlos in der Hand. ‚Nun mach ihn schon auf', ermunterte ich ihn. Neugierig tat er es und traute seinen Augen nicht. In der Hand hielt er meinen Fischereischein."

Arthur und Ludwig klatschten Beifall. „Ich habe zwar schon gehört, dass eine Frau, sagen wir mal im reiferen Alter, die Fahrerlaubnis machte, um das Autofahren nicht nur ihrem Mann zu überlassen, aber dies hier, alle Achtung, das hast du phantastisch hingekriegt", lobte Ludwig Annegret.

Annegret nickte. „Angeln ist langweilig sagen so viele. Ich langweile mich gern, wenn es so interessant ist. Aber einen Fisch für die Pfanne fertig zumachen werde ich nie können. Ich kann noch nicht einmal dabei zusehen. Ich freue mich schon sehr, wenn Günter den Fisch zubereitet, was er ja, wie ihr wisst, hervorragend hinbekommt."

„Du wolltest nie angeln, kommt Zeit, kommt die Pfanne." Günter lachte.

„Ihr habt es wirklich gut", seufzte Ludwig. „Ihr habt Weihnachten keine Probleme mit den Geschenken. Aber ich habe zu meinem Geburtstag ein tolles Geschenk von Uta bekommen, nämlich einen Fisch bzw. einen schönen Barsch. „Was ist denn das für ein Geschenk, hat sie den etwa gekauft, weil du schon lange keinen mehr geangelt hast oder was?" Arthur schüttelte den Kopf. „Ja", erwiderte Ludwig, „den hat sie gekauft, aber der war aus Schokolade."

Hochzeitstag

„Aber nun noch ein Nachschlag." Ludwig grinste. „Wir Männer werden ja immer verspottet, dass wir den Hochzeitstag vergessen. Was mich betrifft, ist da was dran oder besser dran gewesen. Im konnte vor einigen Jahren um diese Zeit Uta überreden, den schönen Sonntag zu einem Angelausflug zu nutzen, zumal in dem am See grenzenden Wald Tausende Maiglöckchen blühten. Mit diesen Aussichten stimmte sie zu. Ich angelte, sie pflückte Maiglöckchen und genoss den schönen Frühlingstag beim Spaziergang. Ich war schon lange scharf auf einen Hecht, den ich hier beobachtet hatte. Da hörte ich eine Platscherei nicht weit von mir, konnte aber nichts sehen, weil ein Baum die Sicht verdeckte. Da sah ich einen Fisch an der Oberfläche, der so komisch schwamm, dass er offensichtlich verletzt war. Und auch daneben platschte es. Ich rannte los, montierte einen Blinker konnte den Fisch heranziehen und keschern. Es war ein Schlei und der hatte tatsächlich deutliche Verletzungen im Rücken, die aussahen wie Einschnitte. Jetzt verstand ich auch das Kreisen des Raubvogels. Er musste es gewesen sein. Aber der Fisch war zu groß und der Vogel konnte ihn nicht besiegen. Ich erlöste den Schlei, übrigens 45 cm lang, von seinen Qualen und versuchte mein Glück mit dem Blinker.

Bereits nach dem zweiten Wurf kam mein Blut in Wallung. Er hatte zugeschnappt. Dich kriege ich, dachte ich und so kam es auch. Der Drill verlief wie im Lehrbuch, also kann ich mir die Schilderung sparen. 11,67 kg brachte der Hecht auf die Waage, war 113 cm lang und hatte noch einen fetten Schlei von 40 cm im Magen. Man könnte meinen, der müsste doch satt sein, aber nichts da. Inzwischen war auch Uta wieder mit einem stattlichen Maiglöckchenstrauß eingetroffen. Ich präsentierte ihr stolz meine Fische mit den Worten ‚die schenke ich Dir'. Und sie antwortete: ‚Sehr schön und vielen Dank, dass du an den Hochzeitstag gedacht hast.' Ich streute sofort gedanklich Asche auf mein Haupt.

Als wir nun einpacken wollten, hörten wir ein piependes Krächzen, das klang aufgeregt und richtig ängstlich. Was war denn das? Nach einigen Minuten der Suche nach Gehör, sahen wir im unteren Geäst eines ungefähr zehn Meter von der Angelstelle entfernt stehenden Baumes, einen Grünspecht, der hatte sich in einer Sehne gefangen und kam nicht mehr los. Ich weiß nicht, ob er es war, dessen Trommelwirbel ich vorhin noch gehört hatte und dessen Junge laut nach Futter schrien. Die Spechthöhle in diesem Baum war übrigens jedes Jahr besetzt und ich freute mich immer, wenn die Jungen Rabatz machten. Der Specht hatte sich bestimmt bei seiner Futtersuche nach Ameisen in einer Perücke verheddert, den ein Angel-Schlamper gedankenlos abgeschnitten und achtlos weggeworfen hatte. Auf jeden Fall mussten wir helfen. Ich holte meinen Teleskopkescher, und es gelang mir, den Vogel samt Perücke vom Zweig zu reißen. Ich nahm dann einen Lappen, legte ihn behutsam über den Kopf, damit er nichts mehr sehen konnte und er vor allem mit seinem harten Schnabel nicht zuhacken konnte, denn es war erstaunlich, mit welcher Kraft er sich wehrte. Uta entfernte vorsichtig die Sehne mit einer Schere und wir ließen ihn frei. Der hat vielleicht geschimpft oder war es ein Dankeschön? Diesen außergewöhnlichen 10. Mai und damit unseren Hochzeitstag habe ich nie wieder vergessen."

Das Thema war immer noch nicht erschöpft, wie Günter zu verstehen gab.

Der Helfer

„Mein Schwiegersohn ist auch ein Angler, was manches erleichtert in der Familie. Und wisst ihr, wie der meine Tochter ergattert hat? Es ist eine klassische Weihnachtsgeschichte. Die Wetterlage war günstig am 24. Dezember, ich wollte es an diesem Tage noch einmal wissen und dachte an einen schönen Silvesterkarpfen. Annegret war es wohl ganz recht, zumal meine Tochter froh war, sich über die Feiertage von ihrem Studium als Bibliothekarin bei Muttern und Vatern erholen zu können. Kurz gesagt, meine Anwesenheit war nicht notwendig, eher entbehrlich, um nicht unerwünscht zu sagen.

Ich also los und hatte auch Glück, denn nach einer knappen halben Stunde hatte ich auf Boilie einen prima Burschen an der Angel. Vielleicht war ich zu leichtsinnig oder nicht aufmerksam genug oder der hatte wirklich ordentlich Kraft, jedenfalls zog er nach links ab, wo ein großer Ast im Wasser lag und wir beide saßen fest – er an der Angel und ich am Ast. Nun war ich ratlos. Denn auch wenn es ein paar Plusgrade sind, um diese Zeit wollte ich wirklich nicht ins Wasser und ein Eisbader bin ich auch nicht.

Es half kein Ruckeln, kein Schütteln, kein Ziehen, kein Warten – wir hingen fest. Nun war guter Rat teuer. Da joggte ein junger Mann heran, der schon von weitem mein Missgeschick erkannt hatte. Auf meiner Höhe hielt er an, lief aber auf der Stelle weiter und erkundigte sich, was mir passiert sei.

Und dann ohne langes Reden zog er sich aus und ging ins Wasser. Als er am Ast war, ging es ihm schon bis zur Brust. Er bekam den Ast frei und damit den Karpfen auch. Die ganze Sache nahm ein glückliches Ende. Nachdem er sich schnell wieder angezogen hatte, wollte er weiter, aber das konnte ich nicht zulassen und überzeugte ihn, mit ins Auto zu steigen und sich bei uns zu Hause aufzuwärmen. Widerstrebend folgte er.

Den Rest könnte ihr euch denken. Obwohl er natürlich durchgefroren war, funkte es zwischen ihm und meiner Tochter vom ersten Moment an. Vielleicht war das der Grund, dass er sich noch nicht mal eine Erkältung holte. Und Silvester verspeisten wir vier dann den 12-pfündigen Karpfen nach einem alten Rezept meiner Mutter, der wirklich für uns alle völlig ausreichte.

Was Frauen über die Fischerei denken

Beim nächsten Treff hatte Arthur Angelzeitschriften parat. „Weil wir doch letztens über unsere Frauen gesprochen haben, fand ich bei der Durchsicht alter Angelzeitschriften eine köstliche Schilderung einer Anglerfrau, die ich uns empfehlen möchte. In der Juliausgabe 1931 der Zeitung des Arbeiter-Anglerbundes-Deutschlands ‚Der Freie Angler' fand ich einen Beitrag mit der Überschrift ‚Was Frauen über die Fischerei denken.' Die Redaktion wiederum hatte diese Gedanken dem Organ der Arbeiter-Fischer-Vereine Österreichs ‚Der Fischer' entnommen. Alles werde ich nicht vortragen, aber es reicht auch etwas gekürzt. Vorausschicken muss ich noch, dass die Frau zwei Angler in der Familie hat oder besser ertragen muss und darum gebeten hatte, ihre Gedanken zu veröffentlichen.

Und ich wette, einiges kommt uns sehr bekannt vor."

„Na dann lies mal vor", forderte Ludwig ungeduldig.

„Am Anfang möchte ich feststellen, dass die Ansicht der Fischer und aller Ärzte, welche die Fischerei einen nervenberuhigenden Sport nennen, grundfalsch ist. Ich hab's oft genug erfahren!

Die Aufregung beginnt bei meinen Sportfischern schon Mitte der Woche und steigert sich, besonders wenn das Wetter unsicher ist, bis zum Samstag, wo sie ihren Höhepunkt erreicht. Zwischendurch aber streiten die beiden fast jedes Mal über ihr sonntägliches Ziel. Jeder ist in seine Meinung verbohrt und verbissen, und die Leidtragende dabei bin ich. Mir wirbelt immer der Kopf, wenn ich die unmöglichsten Namen der Fischwässer Dutzend Mal hören muss.

Von Schlafen ist in der Nacht auf Sonntag natürlich keine Rede. Jede halbe Stunde steht einer von den ‚Sportfischern' am Fenster und starrt den Himmel an – wahrscheinlich beschwören sie das Wetter. Um drei Uhr geht der erste weg, um fünf Uhr der zweite, aber beide werfen sicher vorerst irgendeinen Sessel um, so das ich glaube, es gibt wieder ein Erdbeben.

Sind sie dann glücklich draußen, so sollte man glauben, mein Ärger sei für diese Woche zu Ende. Aber das Schönste kommt erst dann, wenn sie wieder nach Hause kommen. Meine Sportfischer behaupten zwar, ich hätte am Sonntag Ruhe genug; eine schöne Sonntagsruhe, wenn ich immer allein zu Hause sitzen und die Sachen, welche sie vor einer Woche beim Fischern zerrissen haben, flicken kann. Wenn dann die beiden nacheinander am Abend nach Hause kommen, so sieht meine schöne Wohnung so aus, als hätte ich eine kriegsmäßige Einquartierung zu ertragen. Überall fliegen die Rucksäcke, Angelruten, Überröcke und anderer Kram herum. Hat es zum Überdruß noch geregnet, so müssen auch die Kleider und Fischzeuge zum Trocknen aufgehängt werden, und die vielen langen Schnüre hängen dann kreuz und quer durch die ganze Wohnung.

Haben sie nichts gefangen, so knurren und brummen sie herum wie alte Kater, und einer misst dem anderen Schuld an dem Misserfolg bei. Doch zu ihrer Ehre muss ich sagen, dass sie fast immer einige Hechte mitbringen. Wenn sie nichts fangen würden, wäre es mir fast angenehmer, denn selbst wollen sie keine Fische essen, und ich muss ihre Beute forttragen, um sie zu verschenken, während die ‚Sportfischer' ungeduldig auf das Abendbrot warten, welches sie dann wie die hungrigen Wölfe hinunterschlingen. Nachher schlafen sie wie die Murmeltiere, und ich darf unterdessen den Sand und Schlamm aus den Kleidern bürsten."

Noch ein Schmankerl

„Und nun habe ich noch ein Schmankerl." Arthur lächelte geheimnisvoll. Ihr habt doch bestimmet ebenso wie ich in der Jugend Karl May gelesen. „Klar doch", reagierte Ludwig sofort etwas irritiert. „Was hast du denn nun da wieder ausgegraben?"

„Du bist schon nahe dran." Arthur grinste erneut. Ich meine Mays „Der Schatz im Silbersee". Da gibt es eine herrliche Stelle, die so wunderbar zu unserem Thema passt. Ich lese sie mal vor, es ist nicht lang und ich denke, da ist genügend Raum für eigene Gedanken. Achtung, es geht los:

Old Firehand und Winnetou duckten sich nieder, um die fünf Utahs zu beobachten. Sie kamen heran und ritten, die Blicke aufmerksam nach vorn und gegen die Erde gerichtet, vorüber, ohne zu ahnen, was für gefährliche Leute sich in der Nähe befanden. Nun kehrten die beiden zu ihren Leuten zurück. Diese hatten sich in den Wald zurückgezogen und befanden sich nahe der Einmündung des Baches in den See. Old Firehand wollte ihnen mitteilen, was er mit Old Shatterhand besprochen hatte; da fiel sein Auge auf mehrere Utahfrauen, welche sich dem Ufer des Sees näherten; sie trugen die zum Angeln nötigen Gerätschaften in den Händen. Er machte Winnetou auf sie aufmerksam und sagte: „Wenn man diese Squaws belauschen könnte, so würde man über die Absicht ihrer Krieger vielleicht etwas erfahren."

„Winnetou wird es versuchen, wenn sie nahe genug herankommen", antwortete der Apache. Ja, sie kamen nahe genug herbei. Sie wollten nicht im See, sondern in der Mündung des Baches fischen. Dort setzten sie sich unter Büschen nebeneinander ans Ufer hin, warfen die Angeln aus und sprachen miteinander. Sie schienen es gar nicht zu wissen oder wenigstens sich nicht daran zu kehren, dass der Angler nicht sprechen darf. Winnetou wand sich wie eine Schlange zu ihnen hin und legte sich hinter die Büsche, an denen sie saßen. Es war unterhaltend, sie und zugleich auch ihn beobachten zu können. So lag er wohl über eine Viertelstunde und kehrte dann zurück, um zu melden: „Wenn diese Squaws nicht besser schweigen lernen, werden sie niemals eine Forelle fangen. Sie haben mir alles gesagt, was ich wissen wollte."

Else

„Es ist ja unbestritten", so Günter, „dass die Anglerfrauen einen wichtigen Beitrag leisten, damit ihre Männer all ihren Verpflichtungen nachkommen können, besonders die ehrenamtlichen Funktionäre. Wenn auch manchmal auf eine ganz besondere Art und Weise.

Unser Vereinsvorsitzender ist ein energischer und gesprächiger Typ, nicht verlegen bei unvorhergesehenen Situationen, schlagfertig, ja, sogar bissig, wenn es sein muss. Kurzum, er ist anerkannt und hat den Verein im Griff.

Nun könnte man glauben, zu Hause ist er ebenso – weit gefehlt. Hier ist er wie ausgewechselt, hier hat ihn seine Frau Else im Griff – und wie. Da hat er nichts zu melden.

Sie führt das große und das kleine Wort. Er braucht sich hier um die kleinen Alltagsdinge nicht zu kümmern. Muss er irgendwohin, dann hat sie bereits die Sachen herausgelegt, die er anzuziehen hat. Wagt er Widerspruch, dann ist sie beleidigt und sagt: zieh doch an, was du willst. Aber wenn er es wirklich tut, dann schreitet sie ein mit den Worten: also das auf keinen Fall.

Aber sie ist eine Hausfrau wie sie im Buche steht. Unermüdlich tätig, nichts ist ihr zu schwer, immer freundlich, eine hervorragende Köchin, die sich über jeden geangelten Fisch freut und auch wunderbar zubereiten kann. Das lässt sie sich nicht nehmen. Ist der Fisch geangelt, dann ist es ihrer. Die Versorgung während der Angelausflüge ist bei ihr in den besten Händen. Sie gestaltet diese Angeltouren immer zu einem wahren Familienfest.

Das Angeln selbst nimmt sie nur am Rande wahr, denn wo kann man besser stricken und häkeln als in der Natur, wenn der Mann durch das Angeln total abgelenkt ist und sich nicht mit dem Fernseher oder dem DAV-Player beschäftigen kann."

„Moment Mal, was ist denn das für ein Gerät? Du meinst DVD-Player", unterbrach Günter Ludwigs Redefluss.

„Ja sicher doch, aber da siehst du mal, wie das mit dem DAV in einem drinsteckt.

Aber nun weiter:

Zugleich ist Else unheimlich neugierig und mitteilsam. Der Drang, Geschichten zu erzählen und auch das kleinste Detail nicht zu vergessen, steckt in ihr drin, ist ihr sozusagen wesenseigen. Meistens dauert die Geschichte viel länger als die ihr zugrunde liegende Handlung.

Zudem – und das kommt noch hinzu – übernimmt sie den Part ihres Mannes gleich mit. Für ihn bleibt nicht mehr viel übrig, also schweigt er.

Sie ist da zu vergleichen mit einem Schauspieler, der Abend für Abend den gleichen Rollentext zu den Zuschauern spricht und zwar so, als ob er es das erste Mal täte. Auch beim dritten Erzählen des gleichen Themas klingt das nicht etwa langweilig oder abgeleiert, nein, sie nimmt sich die Zeit und erzählt so, dass der Zuhörer meint, sie habe es ihm das erste Mal mitgeteilt.

Man kann ihr kaum eine größere Freude machen, als einfach nur zuzuhören.

Nehmen wir einmal an, auf einem Vereinsvergnügen hat sie ihre neuesten Geschichten erzählt. Da naht noch ein verspäteter Gast. Sofort beginnen Elses Augen zu leuchten. Er hat sich gerade gesetzt, da richtet sich ihre ganze Aufmerksamkeit auf ihn und nur ihm zu Ehren erzählt sie alles noch einmal, weil – was ja nahe liegend und nur für ihren sensiblen und mitfühlenden Charakter spricht – sie es nicht ertragen kann, dass der arme Neuankömmling die Vereinsparty eventuell unwissend wieder verlässt.

Dass die anderen die Geschichte noch einmal hören, kann nicht schaden. Erstens ist Wiederholung die Mutter der Weisheit, sie könnten vorhin ja was überhört haben. Und zweitens übt man so Toleranz. Und drittens schließlich muss man ja auch mal seine eigenen Befindlichkeiten zugunsten des neu hinzugekommenen Vereinsmitgliedes zurückstellen können – meine Güte.

Elses Erzähldrang ist in der Tat eine Lebens- oder Kommunikationskunst. Jeder von uns prüfe sich mal, ob er dazu ebenfalls in der Lage ist. So kommt es, dass es bei oder mit Else niemals – ich wiederhole: niemals – langweilig ist. Auch dann nicht, wenn man die Geschichte schon ein, zwei oder dreimal gehört hat, von der vorherigen erfolgten telefonischen Information mal ganz abgesehen. Nein, nein, denn der Reiz liegt ja gerade in der Wiederholung oder genauer darin, zu verfolgen, wie sie bei jeder neuen Runde die Akzente setzt, Betonung und Körpersprache eingeschlossen.

Sie hat die Fähigkeit, mit fremden Menschen sehr schnell Kontakt herzustellen. Ihre Offenheit und Freundlichkeit ist wie eine Droge, der sich die Angesprochenen nicht entziehen wollen. Also plaudern sie freundlich mit und schon nach kurzer Zeit weiß Else eine neue Geschichte.

Unser Vorsitzender ist froh über jede Vorstandssitzung oder Versammlung, freut sich über alle Vereinsaktivitäten oder ehrenamtlichen Verpflichtungen. Vielleicht ist er als Vorsitzender gerade deshalb so ein guter Chef, weil er es zu Hause eben nicht ist. Auf diese Weise leistet Else, wenn auch wohl eher unbewusst, einen nicht zu überschätzenden Beitrag für die Anglerbewegung.

Der Weihnachtshecht

Ludwig wollte sogar am 24. Dezember nicht auf sein Hobby verzichten. Das Wetter meinte es gut mit ihm, auch seine Frau Uta, denn sie war wie jedes Jahr an diesem Tag der Meinung, er störe ohnehin nur bei den weihnachtlichen Vorbereitungen. Aber sie ermahnte ihn, auf jeden Fall zwischen 15 und 16 Uhr wieder zu Hause zu sein. Und zwar deshalb, weil Ludwig neben seinen guten Angelfähigkeiten noch ein weiteres Talent besaß – er konnte wunderbar den Weihnachtsmann spielen. Seit einigen Jahren schon beschenkte er in unnachahmlicher Weise die Nachbarskinder. Es war ihm immer anzusehen, wie ernst er diese Aufgabe nahm und wie viel Freude sie ihm bereitete.

Er versprach pünktlich zu sein und freute sich auf einen Angeltag, denn bis jetzt hatte er jedes Jahr am 24. seinen Fang – wenn möglich einen Hecht – nach Hause gebracht, der traditionell nach den fülligen Feiertagen, sozusagen als Diätkost, auf den Tisch kam. Diesmal aber klappte es nicht, Ludwig wurde zunehmend nervöser, die Zeit rann förmlich davon und mit Schrecken hörte er die Kirchturmuhr viermal anschlagen. Reuevoll raffte er sein Angelzeug zusammen und machte sich auf den Heimweg.

Die Stimmung zu Hause kann man sich vorstellen, aber erst die beim Nachbarn. Der 7-jährige Mark, in diesem Jahr in die Schule gekommen, und seine ein Jahr ältere Schwester Maren drängelten und fragten, wo denn der Weihnachtsmann in diesem Jahr bliebe und die Eltern mussten viele Ausreden erfinden.

Endlich, endlich als die Turmuhr fünfmal anschlug, vernahmen alle das lang ersehnte Türklopfen des Weihnachtsmannes. Alle Aufregung schien vergessen, aller Unmut verflogen. Zum Ende der Bescherung fragte Mark: „Weihnachtsmann, warum bist du heute so spät gekommen?“ Ludwig hatte auf diese Frage gewartet und sich schon eine Ausrede einfallen lassen. Aber er wollte auch nicht zu sehr von der Wahrheit abweichen.

„Tja weißt du, um ehrlich zu sein, als ich heute am See vorbeikam, sah ich dort einen Angler. Und da ich so schwer mit meinen Geschenken zu schleppen hatte, wollte ich mich etwas ausruhen und schaute dem Angler zu. Da habe ich wohl zu lange zugeschaut. Ich hoffe, ihr seid mir deswegen nicht mehr böse." „Nein, nein", erwiderte Mark mit Blick auf die Eltern altklug, „mir ist das auch schon passiert. Hat der Angler denn wenigstens etwas gefangen?" „Das ist es ja", seufzte der Weihnachtsmann, „nichts hat er gefangen und ich dachte immer, nun muss es doch mal klappen, aber leider hatte er diesmal kein Glück." Jörg nickte verständnisvoll. „Aber", fuhr der Weihnachtsmann fort, „weil ihr beide auf mich warten musstet, habe ich noch eine besondere Überraschung für euch, ein Geschenk, das ich vor vielen Jahren nicht weitergeben konnte und mit meinem späten Kommen zu tun hat."

Nun gab es noch mal Spannung nicht nur bei den Kindern. Der Weihnachtsmann holte ein sehr schön eingepacktes Paket aus seinem Sack und überreichte es ihnen. Aufgeregt schnürten sie es auf, und alle sahen einen mit vielen Fischen dekorierten Karton und ein angelndes Kind mit der Aufschrift: Der erfolgreiche Angler. Flugs wurde alles ausgepackt und aufgestellt und die Kinder hatten großen Spaß am Magnetangelspiel.

Die Eltern und der Weihnachtsmann schauten lächelnd zu, bis Jörg ihn fragte, ob er nicht auch mal probieren wolle. Natürlich wollte er und zog den größten Hecht hoch. Als er sich verabschiedete, hatte er ein gutes Gefühl wie lange nicht.

Als die Feiertage vorbei waren, traf Ludwig Arthur. Der fragte ihn: „Und?" „Was heißt und?" „Was heißt und, was heißt und, du weißt schon, hast du denn am 24. wieder deinen Fisch gefangen?" „Na klar", antwortete Ludwig, „einen Prachthecht sogar, was dachtest du denn?"

Wels und Blei

Der Zander schwamm zum Wels und sprach: „Der Blei spricht schlecht von dir. Das sollst du wissen. Er wirft dir vor, du seiest zu gierig und würdest ohne Unterschied jeden Fisch verschlingen, ob tot oder lebendig und dazu noch anderes Wassergetier."

Der Wels antwortete nur: „Was ein Blei daher schwätzt ist mir völlig gleichgültig. Oder hast du je gehört, dass ein Blei je etwas Gescheites gesagt hätte?"

Hecht und Möwe

Eine Möwe auf dem Stege
betrieb gerade Federpflege.
Geschwommen kam ein junger Hecht
und sprach zu ihr: Es ist nicht recht,
dass ich nicht fliegen kann wie du,
die Angler ließen mich in Ruh.
Ich wollt gern deine Flügel borgen
und hätt` ein Leben ohne Sorgen.

Die Möwe sprach: Hör ich denn recht?
Wie dumm bist du doch junger Hecht.
Könntst du mir deine Flossen geben?
Wie willst du dann im Wasser leben?
Die Möwe putzt sich auf dem Stege.
Der junge Hecht schwimmt seiner Wege.

Wie die Fische in den Himmel kamen

Günter begann die Stunde mit der Frage, ob beide wüssten, wie die Fische in den Himmel kamen. Sie verneinten es und Günter erklärte: „Als der liebe Gott nach der Erschaffung des Kosmos und der Erde den Jahreslauf der Sonne in zwölf Abschnitte einteilte, hatte er elf davon schon zugeteilt. Nur der Zwölfte und Letzte vom 20. Februar bis zum 20. März war noch nicht besetzt. Ein Fisch sollte es schon sein, so wie auch viele andere Abschnitte einem Tier zugeordnet waren – Löwe, Widder, Krebs, Stier, Skorpion, Steinbock.

Aber da stritten sich die Fische endlos und konnten sich nicht einigen, wem die Ehre zuteil werden sollte. Jeder hatte ein Argument, warum gerade er es sein müsste – der kleine listige Stichling beispielsweise ebenso wie der größte aller heutigen Fische, der Walhai. Der weise Wels pochte auf seine Klugheit, der Aal auf seine Wendigkeit.

Schließlich beendete der Herrgott die Streiterei und entschied, alle Fische als Sternzeichen im letzten und zwölften Abschnitt aufzunehmen. Da waren es alle zufrieden. Und so kann bis heute jeder Fisch auf Erden von sich behaupten, von Gott auserwähltes Mitglied der zwölf Tierkreiszeichen zu sein. Deshalb kann sich allein hier jeder Mensch wieder finden, weil jedwede Eigenschaft irgendeinem Fisch zugeordnet werden kann – auch die verborgenen, weil viele Fische in den verborgenen Tiefen des Meeres leben."

Arthur wandte sich an Günter. „Du hast mich auf eine Idee gebracht. Es ist reizvoll, den Fischen bestimmte Eigenschaften oder Aufgaben zuzuordnen wie in den Tierfabeln. Nehmen wir mal unsere einheimischen Fische. Du hast den Stichling listig genannt und den Wels klug.

Ebenso wäre der Hecht als König der Süßwasserfische denkbar und der weise Wels als sein Kanzler. Den Stichling könnte ich mir gut als Berater vorstellen. Und die Rotfeder als Hofdame. Der Zander würde die Palastwache kommandieren und der Aal den Geheimdienst leiten."

„Ja, ja", fiel Ludwig ein, „spinnt mal weiter. Da fehlt mir die Phantasie."

„Da wir bei den Tierkreiszeichen sind", blieb Günter beim Thema, „mache ich euch mit dem neuesten Anglerhoroskop bekannt. Dann könnt ihr Angeltouren und Fänge besser planen:

Anglerhoroskop

Wassermann – 21. Januar bis 19. Februar

In dieser Zeit sollten sich die Angler sehr zurückhalten, denn der Wassermann liebt das Eindringen in sein Reich nicht. Also ist man gut beraten, den alten Herren versöhnlich zu stimmen. Am besten man verbeugt sich vor dem Angeln und ruft:

Wassermann, Wassermann
nimm bitte dieses Sprüchlein an
egal, ob groß ob klein der Fang
Petri Heil und Petri Dank!

Wer es besonders gut machen will, der beschränkt sich mit diesem Sprüchlein nicht nur auf die Wassermannzeit, sondern sagt es vor jedem Angeln am Wasser auf – aber die Verbeugung nicht vergessen.

Fische – 20. Februar bis 20. März

Auch das ist noch nicht die Zeit des Anglers. Die Fische gedenken mit einer feierlichen Prozession in Demut ihrer Aufnahme in den Himmel und meditieren. Es ist Fastenzeit. Jegliche Fremd- oder Kunstköder dürfen nicht genommen werden. Erlaubt ist nur, was die Natur am Tag der Himmelaufnahme anbot. Nur schwache

Charaktere lassen sich verführen. Die Mutigen jedoch narren den Angler und werden mit gemeinschaftlicher Anerkennung belohnt.

Widder – 21. März bis 20. April

Die Fische begrüßen den Frühling mit Jubel und schwimmen übermütig umher. Sie feiern ausgelassen am ersten Widdertag die Tag- und Nachtgleiche. Das ist der erste große Fangtag für die Angler. Die Fische sind genetisch betrunken, haben nicht nur keine Hemmungen, sondern überbieten sich in lebensgefährlichen Aktionen, wozu auch der Jagdsport auf Köder gehört. Je größer der Kick, umso besser, umso anerkannter. Die Zeit der Beschränkung ist generell vorbei. Die Sonne verstärkt die Wirkung der Hormone. Die liebestollen Exemplare kennen nur noch das andere Geschlecht und vergessen alle Vorsicht. Der Angler hat gute Chancen.

Stier – 21. April bis 20. Mai

Die meisten haben für ihre Nachkommen gesorgt und genießen nun ihr Leben in vollen Zügen. Es gibt keinerlei Verbote, alles ist erlaubt. Das Fischverfassungsgericht hat Urlaub. Auf den Fischjahrmärkten herrscht buntes Treiben und die Gaukler beherrschen mit ihren derben Streichen die öffentliche Meinung. Der Angler hat leichtes Spiel. Für Anfänger die besten Zeit des Jahres, das Handwerk zu erlernen.

Zwillinge – 21. Mai bis 21. Juni

Die Fische sind verunsichert, d. h. sie wissen nicht was sie wollen. In dem Moment, wo sie den Köder nehmen, lassen sie ihn wieder los. Der Angler braucht besonders viel Geduld und sehr schnelle Reflexe. Wer am schnellsten den Anhieb setzt, hat die besten Chancen. Dies gilt nicht für den 21. Juni, den Tag der Sommersonnenwende. Das ist der beste Tag im Jahr für den Angler. Die Fische feiern ausgiebig den längsten Tag des Jahres und trinken ihre traditionelle Wasserpflanzenbowle. Sie verlieren alle Hemmungen und freuen sich sogar, wenn sie aus dem Wasser gezogen werden. Falsche Propheten, Wahrsager und Sektenführer haben Hochkonjunktur mit ihren Visionen von einem Leben nach dem Wasser.

Krebs – 22. Juni bis 22. Juli

Am 22. Juni sind die Auswirkungen des Vortages noch zu spüren. Manche Fische feiern immer noch, andere haben einen Kater. An diesem Tag sind saure Gurken für die Friedfische und Rollmops für die Raubfische besonders fängig.

Ansonsten ist es die Zeit der absoluten Unberechenbarkeit. Jede Reaktion nach dem Biss kann falsch sein. Jeder Fisch achtet darauf, sich anders oder sogar gegenteilig zu verhalten wie sein Artgenosse. Erfahrungswerte zählen nicht. Der eine Hecht beachtet den Blinker nicht, der andere umso mehr. Der eine Karpfen zieht sofort mit dem Boilie los, der andere verharrt demonstrativ auf der Stelle. Auf jeden Fall sollte der Angler das Verhalten eines Fisches einer Art nicht automatisch verallgemeinern und annehmen, dass sich auch die anderen Exemplare dieser Art ebenso verhalten.

Löwe 23. Juli bis 23. August

Der Angler hat die besten Chancen für kapitale Fänge – zwar nicht viel, dafür umso größer. Die Fische veranstalten ihre Turniere, vergleichbar mit den Ritterspielen im Mittelalter oder Sportwettkämpfen in der heutigen Zeit. Nur die in Vorausscheidungen qualifizierten großen Exemplare dürfen die Köder der Angler annehmen, die anderen schwimmen Spalier und spornen die Helden mit starken Flossenschlägen an. So muss beispielsweise ein Hecht ein Mindestmaß von 80 cm haben, um überhaupt nominiert zu werden. Kämpfe miteinander sind nicht erlaubt. Die Sieger dürfen den Abdruck ihrer Flossen im Ruhmesgrund hinterlassen.

Jungfrau – 24. August bis 23. September

Die Ritterspiele und andere Wettkämpfe sind vorbei. Die Prachtex-

emplare feiern ihre Erfolge oder kurieren ihre Blessuren. Nun dürfen die Kleineren ihr Können zeigen. Aber die verlorenen Kämpfe der Großen zeigen Wirkung. Ihre Reviere werden neu besetzt. Es ist nun die Zeit der Zaghaften. Auch wenn der Magen knurrt, die Angst oder die Vorsicht sind stärker als der Hunger.
Nur die Neugier ist noch stark. Deshalb muss der Angler Köder anbieten, die die Fische noch nicht kennen, sonst hat er wenig Chancen. Dies gilt nicht für den Tag der Tag- und Nachtgleiche, in der Regel am 21. September, auf den alle bereits warten. Hier platzen noch einmal alle Emotionen und legen die Vernunft lahm, so wie auch im Frühjahr. Diesen Tag muss sich der leidenschaftliche Angler Urlaub nehmen. Je besser er sich auf ihn vorbereitet, umso spektakulärer werden seine Fangerfolge sein.

Waage – 24. September bis 23. Oktober
Die Fische wägen lange ab, ehe sie den Köder nehmen. Es ist wie zu Zeiten der Zwillinge. Aber wenn sie ihn genommen haben, lassen sie nicht mehr los und kämpfen und kämpfen. Dies verunsichert manchen Angler beim Drill. Er glaubt, einen Großen an der Angel zu haben und ist enttäuscht, dass es nur ein kleiner Fisch ist. Später jedoch beschreibt er auch den Kleinen nach seinem großen Kampf und macht ihn viel größer.

Skorpion – 24. Oktober bis 22. November
Eine gute Zeit für den Angler, denn der Neid und die Gier und die Eitelkeit beherrschen die Fische. Besonders bei den Raubfischen drängen sich die Futterneider nach vorne und gönnen dem Artgenossen keinen guten Happen. Sie kennen dann keine Vorsicht und sind für den Angler leichte Beute. Sogar noch beim Drill wollen sie bewundert werden.

Schütze – 23. November bis 21. Dezember
Die Fische finden wieder zusammen zur traditionellen Friedens-

pflicht. Sie sind in dieser Zeit eine Solidargemeinschaft, halten zusammen und verweigern sich kollektiv dem Angler.
Es gilt, das vergangene Jahr zu bilanzieren – sowohl die Ritter des Jahres zu würdigen als auch der heroischen Verlierer zu gedenken. Der Angler kann machen was er will. Alle Erfahrungen sind nicht viel Wert. Er landet nur Zufallsfänge.

Steinbock – 20. Dezember bis 20. Januar
Das neue Fischjahr bricht mit der Wintersonnenwende am 21. an. Die Fische sind am 20. mit den Vorbereitungen beschäftigt. Der 21. ist der letzte Höhepunkt im Jahr und wird ausgiebig zehn Tage gefeiert. Die Feierstimmung macht die Fische leichtsinnig. Ansonsten werden Sauerstoffreserven für den Fall längerer Eisbedeckung angelegt. Die Angler werden ab Januar hingehalten, damit sie lange frieren, die Bisse sind nur vorgetäuscht. Nur ausgeflippte Außenseiter halten sich nicht an die Regeln. Sie feiern immer noch und sind die Beute der Angler.

Anglerwahn

Zu Beginn war er bescheiden
konnt' auch kleine Fische leiden
Dann angelt er, ich weiß nicht wo
nur große Fische – etwa so
Schnell zog's ihn auf das Weltenmeer
das war bald von Fischen leer
Nun flog er in das Weltenall
hier kam's zu einem Zwischenfall
Als ein Fischstern angebissen,
hat Petrus schnell die Schnur zerrissen.

Gier

Das Gespräch wollte nicht so recht in Fluss kommen. „Mensch, irgendwie fehlt das Feuer", stellte Günter fest. „Wir werden doch wohl nicht lahm in unserem Alter? Es fehlt die Initialzündung."

Ludwig tat so, als ob ihn das alles nichts anginge. Er hatte mächtigen Hunger und verputzte eiligst, um es nicht gierig zu nennen, ein Würstchenpaar. Da hellte sich Günters Gesicht auf. Er bierte seine Stimmbänder und fing an: „Du hast mir das Stichwort gegeben, nämlich unser Alter. Auf unserer letzten Versammlung belehrte uns der Jugendwart, dass seine Jungangler heute schon mehr wüssten als viele der Alten hier im Verein. So zum Beispiel über die Schwingspitze. Da meldete sich ein Vereinsmitglied, den ich noch nie in einer Versammlung nüchtern, aber zugleich immer friedlich erlebt habe: „Meine Spitze schwingt nicht mehr."

Aber das Beste an einer Vereinsversammlung ist die Zeit davor. Jeder freut sich, den anderen nach geraumer Zeit wieder zusehen, man trinkt ein Bierchen zusammen und tauscht Neuigkeiten aus, nicht zuletzt natürlich über das Angeln, aber auch über die Politik. Die Zeit vor den Versammlungen ist meistens auch Stammtischzeit. So auch letztens. Einer begann: „Die Großen schlucken die Kleinen, das ist ein ehernes Gesetz der Marktwirtschaft. Um das zu illustrieren, werden meistens große Fische gezeichnet, die mit ihrem Riesenmaul gierig kleinere Artgenossen schlucken, die für sich genommen gar nicht so klein sind. Das Schlimme und Traurige dabei ist, dass dieses Naturgesetz, wofür man Verständnis hat und es ohnehin nicht ändern kann, auch im menschlichen Zusammenleben wirkt. Wo ist da der Unterschied zwischen Mensch und Tier? Wir sollten nicht so überheblich gegenüber der Tierwelt sein, solange dies nicht geändert wurde."

„Da kannst du aber lange warten und noch länger. Die Gier als Naturgesetz ist im Menschen drin als genetisches oder biologisches Erbe", setzte Arthur diesen Gedanken fort. „Dabei kann das sowohl bei Mensch und Tier tödlich enden. Wie ihr wisst, habe ich seit einigen Jahren einen kleinen Garten direkt an der Spree. Mein Nachbar ist ein Tag- und Nacht-Angler. Der hatte dieses Jahr Glück mit Aalen. 9 landeten in seinem Kescher und alle mindestens ein Kilo und mehr, also über die 85 cm. Einmal habe ich ihm geholfen, einen Prachtburschen zu keschern, so dass ich keinen Anlass habe, an seinen Erfolgsmeldungen zu zweifeln. In einem Falle behauptete er jedoch, einen Aal von ca. 30 cm gefangen zu haben, der aber so dick gewesen sei, dass er auch fast ein Kilo gewogen habe. Das habe ich ihm allerdings nicht abgenommen.

Aber wenig später sah ich dicht vor meiner Angelstelle einen richtig dicken und sehr kurzen Aal vorbei treiben, der eine Güster im Maul hatte – tot natürlich. Das musst du dir ansehen, dachte ich und kescherte ihn heraus. Der Aal hatte in der Tat das Maul zu voll genommen und war offensichtlich erstickt. Das hast du nun von deiner Gier, dachte ich und warf das tragische Paar wieder in die Spree. Das erinnerte mich an meine Kindheit. In den Sommerferien sah ich im Ferienlager in einem Aquarium einen kleinen Hecht, der hatte noch einen Artgenossen im Maul. Nur der Schwanz guckte noch heraus. Das hat mich damals mächtig beeindruckt. Erst viel später habe ich das verstanden. Der Halter des Aquariums hatte wahrscheinlich keine Ahnung."

„Aber der Barsch übertrifft alles", meldete sich nun Ludwig. „Mein letzter Angeltag war viele Stunden eine Enttäuschung. Nachdem ich mich schon ohne Groll damit abgefunden hatte, keinen Fisch zum Abendbrot zu essen und Schluss machen wollte, fing ich doch noch einen Barsch. Da stieg urplötzlich die schon versenkte Leidenschaft oder besser die Gier in mir hoch und ich wollte noch einen solchen Stachelritter. Als ich den hatte, musste es noch ein Dritter sein. Eben noch abgefunden, keinen Fisch gefangen zu haben, waren jetzt zwei nicht mehr genug. Maß und Vernunft gingen verloren.

Diese Anglergier wird meiner Meinung nach nur noch von der

des Barsches selbst übertroffen, denn sie ist für ihn wahrlich tödlich. Obwohl ich das schon so oft erlebt habe, bin ich doch jedes Mal erneut überrascht, ja erschrocken, mit welcher Wucht der großmäulige Barsch zubeißt und mit welcher Gier er sofort Köder samt Haken herunter schlingt. Jeder von uns hat das schon oft erlebt. Aber das Folgende übertrifft doch alles.

Als ich mit einem Kumpel, der dicht neben mir stand, auf Köderfisch mit Wurm angelte, weil Teig wohl nicht auf der Speisekarte stand, raste meine Pose weg und kurz darauf seine. Wir hauten beide an und wunderten uns über den Widerstand, der bei dem einen umso größer wurde, je mehr der andere zog, bis wir merkten, wir hängen irgendwie zusammen. Und tatsächlich, da hatte doch ein großmäuliger Barsch in seiner Gier meinen Wurm hinuntergeschluckt, um sich sofort den von nebenan zu holen.

Mein Haken saß im Magen und der meines Kumpels im Maul. Er wog 700 g. Und das Schlimme dabei: Je kleiner er ist, desto mehr übernimmt er sich und ist unrettbar verloren, weil ihn der vergleichsweise viel zu große Haken bereits stark verletzt hat. Auch ein Abschneiden der Sehne hilft nicht. Wenn nun der Mensch dieses Verhalten als Warnung nähme, wäre viel Unheil vermeidbar. Aber leider erleben es nur die Angler und auch sie vergessen dies viel zu oft.

Der Barsch kennt keine Vorsicht. Ganz im Gegensatz zur Schleie, denn sie ist übervorsichtig und strapaziert allzu oft die Geduld des Anglers bis zum Stress."

„Und wenn ein Hecht auf Teig beißt und ein großer Karpfen einen Köderfisch nimmt, ist das Hunger oder Gier?", fragte Arthur.

„Wahrscheinlich beides", entgegnete Günter.

„Sag ich doch, genetisches Erbe", bekräftigte Arthur.

Tödliche Gier

Ein Aal fing einmal eine Güster
Die war leider viel zu groß
Beiden wurd dann düst und düster
und ihr Leben war'n sie los.

„In der Natur ist eben alles möglich", meinte Günter. „Neulich habe ich einen Beitrag gelesen, der war überschrieben mit:

Hecht und Zander auf akademischer Feier

Das klingt nicht schlecht, dachte ich. Da hat ein Student zum Abschluss seines Studiums eine von der Humboldt-Uni prämierte Arbeit über einen Hecht geschrieben. Oder besser gesagt, er hat untersucht, wie sich ein mit einem Sender versehener Hecht verhält, wenn er nach dem Fang wieder frei gelassen bzw. ins Wasser zurückgesetzt wird."

„Ja und was hat er herausbekommen?", wollte Ludwig wissen. „Eigentlich das, was wir Angler ohnehin aus unserer Erfahrung heraus schon lange wissen", antwortete Günter. „Nach einer kurzen Ruhe- und Orientierungsphase verhielt er sich so wie vorher. Also nichts von einem Drilltrauma, wie uns Tierschützer einreden, die nicht mal einen Hecht von einem Aal unterscheiden können."

„Kann ich nur bestätigen", ergänzte Arthur. „Euch ist es sicher auch schon passiert, dass ein Hecht kurz vor dem Keschern abriss. Mir war immer klar, der kühlt sich jetzt die Schnauze und folgt dann wieder seinem Hungertrieb. Ich habe ja von dem alten Angler und seinem Hecht mit dem Haken im Maul erzählt. Fische sind zwar durchaus lernfähig, aber wenn Schmerz nicht mehr spürbar und der Hunger zu übermächtig ist, dann nehmen sie den Köder.

Beide haben auch ein ausgeprägtes Revierverhalten, also die

wirklich großen“, fuhr Arthur fort. „In einer Angelzeitschrift stand, dass ein Zander im Uferbereich mit Schilf einem Angler ins Bein biss, weil er sich als Raubfisch da offensichtlich in seinem Revier gestört fühlte.“

Ludwig rutschte schon wieder unruhig hin und her. Sein Gesicht strahlte Spannung aus. „Du gibst mir die perfekte Überleitung. Ich frage ja nicht einfach so, denn ich habe letzten Sommer während des Urlaubs etwas erlebt, das könnte euch vielleicht auch passieren.“

Der Retter

„Uta lag mir dauernd in den Ohren, wir sollten doch mal richtigen Urlaub machen, in einem Hotel zum Beispiel. Sie wolle sich auch mal verwöhnen lassen. Da war nichts gegen zu sagen. Und so buchten wir ein Hotel an einem See mit einem großen Angelsteg. Viele Zimmer, aber nicht alle, hatten Fischnamen, solche, wie sie im See vorkommen, Hechtzimmer, Barschzimmer, Zanderzimmer und andere. Eine sehr stimmige Idee, finde ich. Überflüssig zu betonen, dass die Fischküche exzellent ist.

Nachdem ich am ersten Tag die Lage erkundet hatte, probierte ich am zweiten Tag mit meiner Stipprute, wie die Fische so drauf sind. Aber ich hatte die Rechnung ohne eine Frau so um die Dreißig gemacht. Sie war auffallend metallisch behängt, d. h. Kette mit Metallplättchen um Hals und Armgelenke, Lippen sowie Zehennägel plötzig lackiert. Als ich mit Angel und Kescher in Richtung Steg ging, attackierte sie mich mit einer Wortwelle, die mich fast weggespült hätte. Wenn ich das alles wiederhole, dann reicht der heutige Abend nicht aus. Aber ihr kennt das ja selbst. Sie wäre engagierte Tierschützerin, wolle sich hier erholen und verlange energisch, dass ich – wenigstens hier – von meiner Mordtat an den unschuldigen Fischen Abstand nehme. Ihr tollstes Argument: ‚Haben Sie Rohling denn schon mal darüber nachgedacht, was sie den Fischen für Schmerzen bereiten oder finden Sie es schön, wenn Sie einen Haken in der Lippe haben und ich sie vom Steg ziehen würde? Und außerdem möchte ich hier baden, also bitte tun Sie mir den Gefallen und lassen sie die Angelei sein. Am besten für immer.'"

Arthur und Günter schmunzelten. „Was hat denn deine Frau dazu gesagt"? , wollten sie wissen.

„Die schmunzelte nur, denn nun würde ich ja endlich mal viel mehr Zeit für sie haben, meinte sie. ‚Ich teile zwar überhaupt nicht ihre Ansicht, aber sie kommt genau zur rechten Zeit', kommentierte sie die Attacke des Metall-Weibes.

Das wäre es dann gewesen. Ich verzichtete um des lieben Friedens willen auf das Stippen, vom Raubfischfang ganz zu schweigen. Aber Petrus kannte mein Leiden und lies mich nicht im Stich. Das Metall-Weib behandelte den Steg wie ihre Besatzungszone und zerstörte jede Hoffnung, dass ich vielleicht hier doch noch zum Zuge kommen würde. Eines Tages nun setzte sie sich ganz vorne auf den Steg, ließ ihre Beine bis in Wasser baumeln, bewegte sie genussvoll hin und her und bedachte mich mit triumphierenden Blicken.

Mit einem Mal sprang sie mit einem entsetzlichen Schrei auf und rannte in Panik vom Steg gerade auf mich und meine Frau zu, denn unmittelbar neben dem Steg konnte man gemütlich Kaffee oder ein Bierchen trinken."

Ludwig machte eine Pause, nahm einen ordentlichen Schluck und testete die Reaktion seiner Freunde. Die kam natürlich prompt: „Erzähl schon weiter, was war denn los?", drängelte Günter. Ludwig nahm noch einen Hieb aus dem Glas und fragte unschuldig: „Wie, könnt ihr euch das nicht denken?" „Was sollen wir uns denn da denken?", fragte Arthur.

Ludwig setzte sein bestes Grinsen auf, beugte sich ein wenig vor und erklärte: „Ich hab doch erzählt, wie sie bekettet und geschminkt war. Das ist doch klar. Ihr Zeh blutete tatsächlich. Da hat ein Hecht oder vielleicht auch ein Zander die geschminkten Zehennägel mit einem Fisch verwechselt und in die größte Fischschuppe hinein gebissen. Du hast doch so etwas Ähnliches selbst gelesen."

Arthur und Günter schauten erst sich und dann die Decke an. „Und was wollte sie gerade von Dir?", fragte Günter nach? „Sie wollte von mir eine Erklärung haben, was da wohl passiert sein könnte, und ich habe nicht gezögert, ihr genau meine Vermutung zu erläutern. Wobei ich noch hinzufügte, dass sie vielleicht den Raubfisch, der vermutlich fast ein Meter lang wäre, noch zusätzlich dadurch gereizt habe, dass sie in sein Revier eingedrungen sei. Mit großen Augen hörte sie mir zu. Und nun – jetzt hört genau hin – verlangte sie von mir kategorisch, dass ich dieses Monster gefälligst heraus angeln solle. Ich fühlte mich sau wohl wie lange nicht, es war gewissermaßen ein innerer Fackelzug. Jedenfalls war der Steg von nun an frei und ich konnte doch noch ausgiebig angeln."

„Und, hast du den Hecht oder Zander erwischt?", fragte Günter. Ludwig tippte sich mit dem Finger auf die rechte Kopfseite: „Ich bin doch nicht bescheuert, meinem Retter nachzustellen. Und außerdem will ich dort im nächsten Sommer noch einmal Urlaub machen. Das habe ich meiner Frau fest versprochen."

„Hast du auch Wellness gemacht?", fragte Arthur. „Ich brauch das nicht." Ludwig machte eine verächtliche Handbewegung. „Warum fragst du?" „Ich hätte da eine Idee, aber die geht wohl nicht." „Wieso", fragte Günter. „Ihr kennt doch das Märchen von einem der auszog das Fürchten zu lernen. Da hätten wir eine Schocktherapie. Wir wissen, dass ihm sogar als König das Fürchten nicht gelingen wollte. Da wusste die Magd seiner Frau Rat. Sie ging hinaus zum Bach, der durch den Garten floss, und ließ sich einen ganzen Eimer voll Gründlinge holen. Nachts, als der junge König schlief, zog ihm seine junge Frau die Decke weg und schütte den Eimer mit dem kalten Wasser und den Gründlingen über ihn aus, dass die kleinen Fische um ihn herum zappelten. Das war bekanntlich ein voller Erfolg."

Ludwig hatte noch ein Erlebnis in seinem Gehirn-Kescher.

Der Anruf

„Das ich nicht gleich daran gedacht habe, aber du bringst mich mit dem Hecht darauf. Im Sommer hatte ich einen rund 10-pfündigen Karpfen im Kescher. Dessen Rückenflosse habe ich markiert und ihn wieder freigelassen. Noch am selben Tag fing ich diesen Blödfisch erneut. Zum Glück hatte ich eine kleine weiße Plastikscheibe bei mir. Darauf schrieb ich mit einem wasserfesten Filzstift, den ich immer bei mir habe, meine Telefonnummer und befestigte diese Scheibe mit einem Supersekundenkleber an der markierten Flosse."

Günter und Arthur schauten sich vielsagend an, was Ludwig unwillig bemerkte. „Ihr braucht gar nicht so zu tun, als ob mit mir die Phantasie durchginge, denn das Beste kommt ja noch. Etwa zwei Tage später klingelte bei mir am Abend das Telefon …"

„Es war der Karpfen", plautzen Günter und Arthur gleichzeitig heraus. "Quatsch, nicht der Karpfen, natürlich nicht der Karpfen", raunzte Ludwig. „Aber es war ein Kumpel von mir, den ihr auch kennt, Herbert nämlich. Der rief an und informierte mich stolz, dass er meinen Karpfen gefangen und mit nach Hause genommen habe. Ihr könnt ihn ja fragen."

Ludwig nahm einen tiefen Schluck aus dem Bierglas. Alle schwiegen. Nach einer Pause meinte der Karpfenfänger. „Ich wollte damit nur sagen, dass die Untersuchung des Studenten eben nicht nur auf den Hecht zutrifft."

„Ja doch", lenkte Günter ein. „Du kannst deine Geschichte ja mal den Studenten der Humboldt-Uni erzählen. Vielleicht macht einer eine neue Untersuchung mit einem Karpfen und erhält ebenfalls einen Preis auf einer akademischen Feier. Den würden wir dann zur nächsten Spinnstunde einladen."

Boilie Mäulie

Auf dem Seegrund lag ein Boilie.
Der roch so gut und war so rund.

Ein Karpfen kam mit großem Mäulie
und sog den Boilie in den Schlund.

Doch ein Haken lag beim Boilie.
Das kommt von einem großen Mäulie.

Der alte Karpfen

Ein sehr alter Karpfen berichtete jungen Artgenossen über seine Jugend vor 50 Jahren. „Was muss das für eine schöne Zeit gewesen sein", sagten daraufhin die jungen Karpfen. „Damals waren die Verlockungen durch die Angler, ihre Fangmethoden und Tricks lange nicht so groß und raffiniert wie heute."

„Das will ich nicht abstreiten", entgegnete der Alte, „wenngleich auch wir in unserer Jugend sehr auf der Hut sein mussten, um nicht von einem Angler gefangen zu werden, denn ihre Gier war auch damals nicht geringer als jetzt.

Aber ich erinnere mich, dass ich als Jungkarpfen wie ihr in gleicher Weise zu den damaligen in Ehren gealterten Karpfen sprach und sie mir die gleiche Antwort gaben wie ich gerade euch.

„Aber Ködersurfen macht auch Spaß", bekannte nun ein Jungkarpfen.

„Sicher, es ist nicht ungefährlich, aber es ist spannend, den Köder zu nehmen, damit eine Strecke zu schwimmen und ihn wieder loszulassen. Das gibt den ultimativen Kick."

„Wenn du es nicht lassen kannst, dann tu es", entgegnete der Alte. „Aber beklage dich nachher nicht, sofern du es noch kannst. Den zunehmend größeren Verlockungen des Lebens durch die Angler müssen wir Karpfen durch mehr Klugheit und manchmal auch Verzicht begegnen. Das ist das Geheimnis, warum ich so alt geworden bin."

Blei und Rotfeder

Ein dicker Blei traf eine Rotfeder und sprach: „So wie ihr könnte ich nicht leben. Ihr verbringt einen Großteil eures Daseins im Schwarm. Hier gilt immer die Meinung der Mehrheit oder des Anführers. Das kann auch nicht anders sein, denn sonst würde er sich auflösen. Der Einzelne hat keine Chance, auch wenn er Recht hätte.

Ich aber kann schwimmen, wohin ich will und mit wem ich will, muss keinen Anweisungen folgen und lebe allein nach meinem Willen. Ist mir das Alleinsein zu langweilig, geselle ich mich zu den anderen. Habe ich genug, schwimme ich weiter. Lieber allein und frei als gemeinschaftlich und unfrei. Ich lebe in Freiheit und genieße es."

Die Rotfeder antwortete: „Du redest, wie du es verstehst. Niemand zwingt uns, im Schwarm zu leben. Wir kennen es seit Generationen nicht anders. Für uns überwiegen die Vorteile, ich denke an den Schutz durch die Gemeinschaft, an die rechtzeitige Feindwarnung. Viele Augen sehen einen Raubfisch eher als ein Einzelner. Oder wie herrlich sind die lustigen Sonnenspiele dicht unter der Wasseroberfläche zusammen mit den anderen. Eure Lebensart ist nicht erfolgreicher als unsere.

Deine Freiheit ist nicht unsere, auch ein Schwarm kann frei

leben. Die Natur hat uns unterschiedlich geschaffen und unterschiedlich leben wir auch. Ihr auf eure Weise und wir auf unsere Weise."

Anglerwahlkampf

Günter eröffnete die Spinnstunde mit den neuesten Nachrichten aus den USA. Es war nämlich der 15. Dezember 2008. An diesem Tag wurde Barack Obama zum Präsidenten der USA gewählt. „Überlegt mal, was dort für ein Aufwand betrieben wir, wie viel Geld das kostet, hunderte Millionen Dollar, die man für bessere Zwecke verwenden könnte, was für Menschenmassen da bewegt werden. Ich behaupte, das färbt früher oder später auch auf uns ab. Dabei habe ich eine super Idee, wie man den Präsidenten der USA und vielleicht auch mal bei uns den Bundespräsidenten ohne großen Aufwand küren kann."

Ihr wisst, dass ich früher im diplomatischen Dienst tätig und unter anderem in den USA tätig war. Wir wissen, dass die Bürgerinnen und Bürger in den USA ein einig Volk von Anglerinnen und Anglern sind. Nach jüngsten Angaben soll sogar jeder vierte Einwohner so wie wir dieser schönen Leidenschaft huldigen, darunter übrigens auch sehr viele Frauen. Zu den begeisterten Petrijüngern gehören in der Regel auch die Spitzenpolitiker.

Die beiden Herausforderer oder Kandidaten für das Präsidentenamt treten zu einem Angelwettkampf mit Direktübertragung an. Der Sieger wird Präsident. Der Wettkampf müsste in drei Etappen vor sich gehen, um hohe Einschaltquoten und Werbeeinnahmen zu garantieren. Die erste Etappe Meeresangeln, die zweite Süßwasserangeln und die dritte das so genannte Flugangeln oder auch das Angeln eines Fisches nach Wahl der Kontrahenten. Die Medien dokumentieren natürlich bis ins Detail die Vorbereitung der Kontrahenten, welche Strategie und Taktik sie sich ausgedacht und welche Experten sie sich dazu herangezogen haben, wie sie unter Stress reagieren, einen Erfolg oder Misserfolg verarbeiten.

Die Direktübertragung könnte ich mir sehr spannend vorstellen, und ich sehe oder höre schon die Schlagzeilen: Wer wird unser neuer Präsident? Angel-Duell total! Die große neue Live-Show! Der Wettkampf der Angelgiganten! der Präsidentenfisch usw. Während der Ruhephase kann man lange Interviews führen, um die Ansicht der Politiker über alle das Volk interessierenden Fragen ausführlich kennen zulernen. Dann steigert sich die Spannung, wenn die Zuschauer sehen, mit welchen Tricks und Kniffs die Fische herangelockt und überlistet werden sollen. Während der Actionphase, wenn einer einen Fisch herausholt (wie hat er gebissen, zart; spielerisch oder ruckartig mit Urgewalt), haben die Reporter aber Stoff. Die Kameras fahren dicht heran und zeigen beide Anwärter auf den Präsidentenstuhl, wie sie sich konzentrieren, in hektischen Phasen die Ruhe bewahren, in Sekundenbruchteilen die richtige Entscheidung oder auch nicht treffen, nachher stolz ihre Erfolge anpreisen und sich schließlich nach all der Leidenschaft entspannen.

Alle Eigenschaften, die ein guter Angler braucht, sind auch Grundlage für die Präsidentenarbeit.

Ein solcher Wahlkampf wäre eine Weltrevolution der politischen Kultur. Die Russen würden bestimmt sofort mitmachen. Und die Deutschen? Zunächst einmal kann der Bundespräsident sofort nach dem Wettkampf ein Glückwunschtelegramm ins Weiße Haus senden. „Petri Heil! Mr. Präsident“.“

Günter hatte sich in Eifer geredet, der dem eines Drills nicht nachstand. Arthur wiegte den Kopf hin und her. „Interessant, das wär’ mal was für eine Satire. Aber zumindest ist das in den USA vorstellbar. Da hast du durchaus Recht. Hier in Deutschland ist das unvorstellbar. Ein Spitzenpolitiker geht angeln. Eher geht das berühmte Kamel durch das berühmte Nadelöhr.“ Ludwig grinste nur. „Überhaupt nicht dran zu denken. Die haben doch gar keinen

Fischereischein. Aber wir können ja mal anfragen, ob unser Präsident die Prüfung machen will."

Besserwisser

Zwei Plötzen verabredeten sich, einen Angler zu ärgern, der einige Rotwürmer gehakt und als Köder ausgeworfen hatte. Jede sollte nur am Ende des Wurmes kurz kräftig zupfen und sofort wieder loslassen. So geschah es und sie hatten ihren Spaß. Da kam ein großer Blei geschwommen und sprach: „Was seid ihr doch dumm und unerfahren, so bekommt ihr den Wurm nie." Und ohne sich weiter zu erkundigen, schnappte er das Wurmbündel – und bemerkte den Haken. Aber es war zu spät. „Tja", sagte daraufhin die eine Plötze. „Das hat er nun von seiner vorschnellen Besserwisserei." „Das wundert mich nicht", entgegnete die andere. „Groß ist eben nicht zugleich klug, zumal wenn es ein Blei ist."

Der junge Hecht

Ein junger Hecht beobachtete einen Schwarm Rotfedern und freute sich über die willkommene Mahlzeit. Ich schnappe mir gleich den größten Fisch, nahm er sich vor. Als er jedoch starten wollte, sah er einen noch größeren. Ich nehme lieber den, dachte er nun. Ach nein, ich warte lieber, bis ein ganz Großer kommt. Da aber war der Schwarm vorbei geschwommen und der junge Hecht ging leer aus.

Beerdigungsgeschichten

Mit Frack

„Im Sommer musste ich zu einer Beerdigung. Es war ein Freund aus meinem Heimatdorf, der den Kampf gegen den Krebs verloren hatte.“ Arthur hielt einen Moment inne, um dann fortzufahren: „Der medizinische Fortschritt schreitet rasant voran, aber die Krankheiten, zumal der Krebs, sind dennoch meistens schneller. Es war ein äußerst heißer Tag. Wenn du da draußen ausharren musst mit schwarzem Anzug, dann fängst du an zu dampfen. Ich hatte richtige Sehnsucht nach einem erfrischenden Bad und war so was von froh, dass die Zeremonie zu Ende war. Ein abschließendes gemeinsames Essen war Gott sei Dank ohnehin nicht vorgesehen. So schlug ich Helga und meinem Bruder vor, sofort zum nahe gelegenen Schachtsee zu fahren, um uns dort abzukühlen. Mein Ostseeschlüpfer und Helgas Badeanzug lagen für alle Fälle ohnehin im Auto.

„Moment mal, was ist denn ein Ostseeschlüpfer, deine Badehose oder was?“ Ludwig schaute Arthur groß an. „Ach so“, meinte der, „ich habe mir angewöhnt, hin und wieder die Sprache meiner Enkel zu benutzen. Als wir in diesem Jahr gemeinsam zur Ostsee fuhren, hatte ich mir extra eine neue Badehose gekauft und probierte sie an. Da fragte der Ältere, ob der denn neu sei. Auf meine Frage, was er meine, antwortete er, ‚na dein Ostseeschlüpfer.‘“

„Das ist so wie meiner“, antwortete Ludwig. „Als er mal meine Mitarbeiterin kennen lernte, nannte er sie nur noch meine Arbeitsfrau. Damit hatte ich plötzlich zwei Frauen. Aber Entschuldigung, Arthur, erzähl weiter."

„Wo war ich stehen geblieben? Ach ja, wir wollten uns abkühlen. Also losgefahren und hinein ins erfrischende Wasser. Zu unserer Überraschung trafen wir hier auch Klaus, den Bruder von Helga, der hier ein Boot zu liegen hatte und gerade sein Angelzeug hineinpackte. Der kam mir wie gerufen und er war sehr einverstanden mit meinem Vorschlag, mich anzuschließen. Helga fuhr mit meinem Bruder zurück und ich stieg zu ihm ins Boot mit meiner schwarzen Anzugshose, nachdem ich mein Angelzeug, das ich ja ständig im Kofferraum habe, aus dem Auto geholt und Jacke sowie Schlips hier gelassen hatte.

Klaus hatte noch einen Kumpel mit, der kein Angler war und einfach mal eine Angeltour erleben wollte. So stiegen wir drei neugierig in den Kahn und ruderten bis zur Mitte des Sees. Nun ging es los. Klaus hatte Regenwürmer mitgebracht. Längere Zeit tat sich nichts, von ein paar Plötzen abgesehen. Die Sonne schien immer noch und langsam schlaffte ich ab und wäre wohl auch eingeschlafen, wenn nicht der Kumpel gesagt hätte: Die Pose da hinten hüpft immer auf und ab. Es war meine. Ich beobachtete sie noch kurze Zeit und haute an – Widerstand.

Nun war alle Müdigkeit komplett verflogen. Zügig drillte ich eine Schleie heran von immerhin 44 cm und 1,6 kg. Da wird sich aber Helga freuen, dachte ich noch, denn Schleie brät sie am liebsten und sie wird nicht mehr mit mir grummeln, denn so begeistert war sie nicht, dass ich vorhin alleine ins Boot stieg.

Klaus verfolgte natürlich die Aktion mit Interesse. Er hatte bisher nichts gefangen. Als er nun den Schlei sah, bemerkte er trocken: „Das nächste Mal ziehe ich einen Frack an."

Hühnerplötzen

Ludwig reckte sich. „Ich war neulich erst mit Vereinsmitgliedern zur Beerdigung eines Angelkumpels und wir nahmen auch die Einladung zu einem abschließenden Imbiss mit Dank an. Es dauerte hier nicht lange, da war von angemessener Stimmung nicht mehr viel zu spüren. Die Angler überboten sich lebhaft bei der Schilderung ihrer Angelerlebnisse. Diese Art von verkehrter Kultur nenne ich das mal, habe ich ohnehin nie verstanden. Vielleicht kommt daher die Redewendung vom Fell versaufen. Aber andererseits, Willi hätte sich vielleicht amüsiert und gesagt, das macht ihr schon richtig, zumal auch er immer für einen guten Schluck zu haben war.

Wie dem auch sei, einer von den Trauergästen – das kann man ja nicht genug betonen, Trauergästen – berichtete von seinem letzten Urlaub irgendwo in Mecklenburg auf dem Lande, auf einem Bauernhof glaube ich. Hier etwa sein O-Ton:

‚Gleich zu Beginn unseres Gespräches schlug ich der Frau vor, ihren Garten kostenlos umzugraben. Die guckte mich etwas irritiert an, begriff aber sofort, als ich weiter fragte, ob sie denn Fisch gern esse. Ja, ja, aber nun schon längere Zeit nicht mehr, seit sie das Anwesen allein bewirtschaften müsse. Aber ein guter Hecht oder Karpfen wäre schon was, außerdem fressen die Hühner gern Fisch.

Ich angelte mit den ausgegrabenen Würmern jeden Tag und lieferte die Plötzen als Futter für die Hühner ab, was die Wirtin sehr erfreute. Dies stachelte meinen Ehrgeiz an. Eines Tages fing ich so viel Weißfische, dass sie nicht nur den Boden des Bootes bedeckten, nein, nein, es waren so viele, dass ich bis zu den Knöcheln in den Fischen stand‘.

Ludwig machte eine Pause, um dann fortzufahren. „Als er fertig war und uns triumphierend anschaute, nahm mich der Vorsitzende beiseite und fragte, ob ich diese Geschichte glaube. Ich verneinte. Da grinste er und sagte, er habe sie schon öfter gehört. Und jedes Mal etwas anders. Wenn er sie in Gegenwart von anderen Anglern zum Besten gibt, dann steht er bis zu den Knöcheln in den Fischen. Aber wenn er dies vor Nichtanglern erzählt, dann reichen die geangelten Fische mindestens bis zur Wade."

Da fragte einer, ob er denn außer diesen zugegebenermaßen vielen Plötzen auch einen richtigen großen Fisch gefangen habe. Er erntete einen verächtlichen Blick. ‚Ja, was dachtest du denn, einen Zander von 7 Pfund. Bloß der ist leider wieder entwischt. Aber nicht durch meine Schuld. Die Wirtin hatte mir einen Setzkescher mitgegeben. Kaum war der Zander drin, war er auch schon wieder draußen. Ich zog den Kescher hoch und sah, dass der Boden ein großes Loch hatte. Als ich das meiner Wirtin erzählte, lachte sie nur und meinte, hier habe sich ihre Katze immer eingekuschelt und auch Krallenübungen gemacht'.

Der Entenhecht

„Aber das schien unserem Angelfreund noch nicht genug. Die Frage hatte wohl seinen Stolz verletzt. Und so schob er gleich ein nächstes Erlebnis hinterher:

‚Meine Wirtin hatte außer den Hühnern noch Enten und Gänse, die sie liebevoll betreute. Eine ihrer Enten hatte sieben kleine Entlein und die Bauersfrau trieb sie jeden Tag auf den See, wo sie munter herumschwammen. Aber am nächsten Tag war eins weg und am übernächsten Tag wieder.

Außerdem war ein Entlein erheblich verletzt. Die Frau war ganz betrübt und konnte sich das nicht erklären. Mir war das sofort klar – entweder ein Hecht oder ein Wels. Meine Erklärung schien sie zu überzeugen und sie machte mir folgendes Angebot: Wenn ich diesen Räuber kriege, dann bekäme ich den gesamten Urlaub umsonst, zumal ich ja ohnehin schon für viel Futter und Fischspeise gesorgt hätte.

Ich war sofort einverstanden. Wo der Hecht stand, das wusste ich ja. Aber wie sollte ich ihn erwischen? Da half der Hecht unfreiwillig nach. Das verletzte Entlein war gestorben und ich durfte es mit Zustimmung der Wirtin als Köder benutzen. Die List ging auf. Der Bursche schien nur darauf gewartet zu haben, denn keine halbe Stunde nachdem ich das Entlein angeboten hatte, schnappte er zu, einen gewaltigen Strudel hinterlassend.

Ich hatte eine 50er Schnur montiert und meine stärkste Rute genommen. Aber der Hecht zog nicht etwa ab, machte Riesentheater. Er schien nicht begriffen zu haben, dass da ein Drilling am Köder war und scheute sich irgendwie, sein Revier zu verlassen. Ich brauchte zwar dennoch eine halbe Stunde, um ihn ans Ufer zu drillen und zu keschern. Übrigens, ich hatte mir am Tag zuvor extra den größten Kescher gekauft, den der Angelgeräteverkäufer auf Lager hatte. Es sollte ja nichts schief gehen, zumindest nicht durch einen Kescher.

Inzwischen war auch die Wirtin herausgekommen und war außer sich vor Freude und Bewunderung, nein, nicht über mich, sondern über den Hecht, denn der war genau 110 cm groß.

Ich fragte sie, was wir nun mit dem Hecht machen wollten. Da sagte sie, ich solle mit dem Hecht im Kescher mitkommen. Wenige Meter weiter zeigte sie mir eine große Holzkiste. Hier hätte ihr Mann manchen großen Fisch gehältert. Ich solle ihn hineinsetzen, denn im Moment könne sie diesen großen Räuber nicht verarbeiten. Gesagt getan.

Ich versuchte noch, sie zu überreden, den Hecht sofort zu töten, in große Stücke zu zerlegen und diese einzufrieren. Doch das war ihr nicht recht. Aber sie hielt ihr Versprechen und so hatte ich den Urlaub umsonst. Am nächsten Tag musste ich ohnehin abreisen. Zu Hause angekommen, rief ich sie an, um sie noch einmal davon zu überzeugen, den Hecht sofort zu verarbeiten. Das sei nicht mehr nötig, meinte sie drucksend. Wieso, fragte ich ahnungsvoll. ‚Sie hatten ja so Recht. Ich hätte es eigentlich wissen müssen. Die

Kiste hat dem Wüten des Hechtes nicht standgehalten und so ist er zu guter Letzt doch noch entwischt‘.

Ich tröstete sie so gut ich konnte und vereinbarte, im nächsten Jahr auf jeden Fall noch einmal bei ihr zu buchen. Als ich anreiste und wir uns über den Hecht unterhielten, sagte sie, man habe nie wieder von einem so großen Hecht gehört. Ihre Entenküken seien noch vollständig beisammen. Auch meine Erkundigungen bei den einheimischen Anglern blieben erfolglos. Es war so, als hätte es einen solchen Hecht nie gegeben.‘“

Ludwig war ganz erschöpft als er endete, so als ob er das alles selbst erlebt hätte.

„Da fällt mir auch noch eine schöne Geschichte ein.“ Günter schaute seine Freunde an. Die nickten nur huldvoll.

Heimweh

„Ich hatte mir auf meinem Grundstück nahe der Elbe einen stattlichen Teich angelegt und ihn mit Fischen besetzt, um diese besser beobachten zu können. Unter anderem schwammen hier zwei herrliche Karpfen, die ich eingesetzt hatte. Die konnte man hin und wieder besonders bei Sonnenschein dicht unter der Oberfläche sehen, wie sie direkt majestätisch ihre Bahn zogen. Wenn ich eine handgroße Semmelflocke hineinwarf, dann tauchten sie vom Grund auf und schlürften den Leckerbissen deutlich hörbar in ihr großes rundes Ledermaul. Ein herrlicher Anblick. Ansonsten bekamen sie jeden Tag oder fast jeden Tag eine Ration Futter. Sie warteten schon auf mich, was mich natürlich sehr freute. Wenn ich das Futter hineinwarf, dann redete ich mit ihnen über meine Sorgen und Freuden. Im Jahre 2002, im Jahr des Jahrhunderthochwassers der Elbe, überflutete die auch den Garten. Die Karpfen nutzten diese Gelegenheit und schwammen in die Freiheit. Ich futterte zwar an, aber es war niemand mehr da. Ich war echt nicht zu gebrauchen und trauerte richtig. Nach und nach zog sich die Elbe wieder in ihr altes Bett zurück. Übrig blieben nur noch ein paar schlammige Rinnsale. Als ich nun eines Tages mein Grundstück inspizierte, um mir ein Bild von dem Schaden zu machen, da platschte und klatschte es in einer solcher Wasseradern und was sah ich? Meine Karpfen. Sie kämpften sich zurück in ihren Teich. Ich hatte Tränen in den Augen, begrüßte sie enthusiastisch und gab ihnen eine Woche lang eine besonders reiche Futterration. Der Schaden war zwar beträchtlich, aber den konnte ich verschmerzen, Hauptsache meine Karpfen waren wieder zu Hause."

Rotfeder

Der Mensch nennt mich Rotfeder
Ich kann aber nicht fliegen
Der Mensch ist ein Tor
Was ging da in ihm vor?

Die Fettflosse

Ludwig als Gastgeber hatte seinen Enkel dabei und der hatte etwas zu erzählen.

Nun muss man wissen, dass im Heimatort von Ludwig auf Initiative des Anglerverbandes die traditionellen Projektwochen der Ganztagsschule auch für eine so genannte Angelschule genutzt wurden. Ludwig – sowohl in Theorie als auch in der Praxis gleichermaßen gut bewandert – hatte sich als Angellehrer angeboten und unterrichtete Kinder bzw. Jugendliche in zwei Kursen von 8 bis 17 Jahren. Der Zulauf war größer als gedacht und so hatte er viel zu tun, um alles vorzubereiten und auch das praktische Angeln zu organisieren.

Selbstverständlich gehörte auch sein Enkel Mark zu den Angelschülern, obwohl der schon durch seinen Opa viel wusste. Aber Ludwig hatte ihn mit dem Argument überredet, wenn er als Enkel mitmache, dann würden sich auch die anderen Kinder leichter dazu entschließen.

Die Angelschüler hatten natürlich einen Vorteil im Biologieunterricht, wenn es hier um die Fische ging.

Nun bat Ludwig Mark, seine Geschichte zu erzählen.

„Also, wir hatten Biologieunterricht, 6. Klasse, wechselwarme Wirbeltiere, und da waren zuerst die Fische dran. Die Biologielehrerin, die ist ein bisschen dick, wollte von uns wissen, welche Flossen unsere einheimischen Fische haben. Ich meldete mich zwar, kam aber nicht dran, denn sie wusste ja, dass ich mich da schon auskenne. Also wurden genannt Brust-, Bauch- und Rückenflosse, Afterflosse, Schwanzflosse. Damit war die Lehrerin zufrieden. Aber ich nicht, denn es fehlte ja noch eine Flosse. Und so meldete ich mich und sagte nur ‚Fettflosse'.

Da guckte sie mich böse an und schimpfte: ‚Ich verbitte mir diese persönliche Beleidigung. Das hat noch Folgen.' In der Pause klopften mir einige Mitschüler anerkennend auf die Schulter. ‚Na du hast ja Mut', sagte einer. ‚Ich hätte mich nicht getraut, sie als Fettflosse zu bezeichnen. Aber es stimmt ja.'

Am nächsten Tag musste ich zum Direktor und der fragte mich, was da vorgefallen war. Ich erzählte es ihm und er wollte meinen Vater sprechen. Der war aber die Woche auf Montage und so fragte ich, ob mein Opa auch kommen könnte. Da der Direktor ihn ja kannte, war er einverstanden. So, Opa, nun bist du wieder dran."

Ludwig schmunzelte und setzte fort: „Bei allem Respekt auch vor ihrem Unterricht", sagte der Direktor, „aber das geht doch wohl zu weit gegenüber der Biologie-Lehrerein."

„Wieso?", erwiderte ich, „Mark hat doch völlig Recht." Da hättet ihr mal sehen sollen, wie entgeistert der Direktor mich anschaute. Da erklärte ich ihm, dass Fische, und von den Fischen die Forellen zum Beispiel, durchaus eine Flosse besitzen, die man Fettflosse nennt und zeigte sie ihm auf einem Poster, das ich extra mitgebracht hatte.

Da schaute mich der Direktor zuerst noch einmal entgeistert an, sagte eine Weile nichts und fing dann an zu lachen. Der kriegte sich überhaupt nicht mehr ein. Dann klopfte er mir entschuldigend auf die Schulter und versicherte, dass er so etwas noch nicht erlebt habe und die Sache damit erledigt sei.

Arthur und Günter lachten und nutzten die Gelegenheit, über die Fettflosse zu reden. „Ja, wozu ist die eigentlich da?“, fragte Arthur. Günter als studierter Fischereibiologe antwortete. „Ob ihrs glaubt oder nicht, so ganz genau weiß man das bis heute nicht. Sie liegt ja bekanntlich bei den Forellen zwischen der Rücken- und der Schwanzflosse, hat aber keine Flossenstrahlen. Vielleicht dient sie als zusätzliches stabilisierendes Organ beim schnellen Schwimmen, beim Räubern vor allem, aber es könnte auch ein Paarungssignal sein nach dem Motto, ich bin der Richtige. Das nehme ich stark an. Ob sie als Reserve für schlechte Zeiten dient, bezweifle ich.“

Und zu Mark gewandt: „Du siehst, da ist auch bei unseren einheimischen Fischen noch viel zu forschen. Das wäre doch für dich eine tolle Aufgabe.“

Da kann ich auch eine Schulgeschichte beisteuern, sagte Günter. Mein Enkel Maik ist ja ebenso alt wie Deiner. Da muss ich noch etwas ausholen.

Günter schäumte seine Stimmbänder ein und begann.

Schuppen

„Ihr kennt ja den Brauch, einem guten Freund eine Fischschuppe beispielsweise zum neuen Jahr zu schenken mit dem Hinweis, wenn er dies in sein Portemonnaie tut, dann ist dieses niemals leer.

Ist ja auch wirklich wahr. „Fischschuppe im Beutel ist ein guter Kumpan. Oder: Gute Anglerfrauen machen aus Fischschuppen Gerichte", unterbrach ihn Ludwig. „Habe ich von meinem Opa."

Günter ging nicht darauf ein und sprach weiter: „Ich wollte jedenfalls diesen Brauch am Leben erhalten. Eine Schuppe von einem Spiegelkarpfen, dachte ich, wäre genau richtig, denn die sind schön groß. Aber es dauerte eine Weile, bis ich einen mit entsprechend großen Schuppen hatte. Ich presste sie zwischen Zeitungspapier unter einem gehörigen Stapel Angelzeitschriften und überlegte, wen ich wohl damit beglücken könnte.

Auf jeden Fall sollte mein Enkel eine bekommen. Der freute sich und zeigte sie stolz seinen Mitschülern. Es dauerte nicht lange, da wusste es auch die Biologielehrerin. Jedenfalls kam er wenig später zu mir, bestellte einen schönen Gruß von dieser Lehrerin und fragte, ob ich noch mehrere Schuppen hätte, auch von anderen Fischen. Hatte ich natürlich nicht. Warum denn dieses, wollte ich wissen. Opa, erklärte er, wir haben im Biologie-Unterricht bald die Fische. Da soll ich nun Schuppen von unseren einheimischen Fischen besorgen. Die Lehrerein meinte, für dich als Angler wäre das bestimmt kein Problem. Wir wollen sie uns im Unterricht unter dem Mikroskop anschauen und versuchen, die dazugehörigen Fische herauszukriegen. Eine Bildtafel mit Süßwasserfischen haben wir.

Ich fand die Idee gut, sagte zu. Jeden Tag kam Maik und fragte, welchen Fisch ich nun gefangen hätte. Ich war einem Druck ausgesetzt wie lange nicht und angelte viel mehr als sonst. Annegret maulte schon, aber ich verwies auf meinen höchstschulischen Auftrag. Richtiger Stress sage ich euch. Aber nach und nach hatte ich neben den gängigen Weißfischen Hecht, Zander und Barsch sowie eine Schleie und einen Rapfen. Den Barsch habe ich dummerweise zu Hause abgeschuppt. Ihr könnt euch denken, wie die Schuppen dabei absprangen. Noch heute finde ich sie beim Saubermachen. Wels und Aal hatte ich trotz aller Bemühungen nicht erwischt. Besonders freute ich mich über eine schöne messinggelbe Karausche. Aber auch die Rotfeder hatte golden glänzende Schuppen.

Die Biologielehrerin lud mich zum Unterricht ein und ich erlebte, mit welcher Begeisterung die Kinder über Fische diskutierten. So manche Frage musste ich beantworten, vor allem, ob Schuppen nachwachsen und wie ich sie gefangen hätte. Auf meine Frage, welche Fischschuppe sie denn am schönsten fanden, lagen Karausche, Rotfeder und Plötze weit vorn. Die Sehnsucht nach Gold und Silber steckt eben auch in den märchenkundigen Kindern. Ein Mädchen schlug ganz begeistert vor, ein Goldschmied könnte die herrlichsten Anhänger herstellen, die so aussehen wie Schuppen. Sie hatten auch die richtigen Vergleiche parat. Wie Dachziegel sagte ein Junge. Und ein anderer meinte, so eine Karpfenschuppe sähe aus wie der Stumpf eines alten Baumes mit den Jahresringen. Nach dem Unterricht war ich nicht weniger aufgekratzt als sie.

Die Biologielehrerin bedankte sich ganz herzlich und rang mir das Versprechen ab, eine solche Stunde erneut zu begleiten.

„Na also, das hat doch prima hingehauen", freute sich Arthur. „Da fällt mir noch was anderes ein. Viele Fische haben doch einen so genannten Flossenstrahl. Der vom Karpfen ist besonders groß, weil die Rückenflosse mit ihm beginnt. Ich habe mich nicht nur einmal hier gehörig gepikt. Wenn man sich den nach dem Kochen anschaut, sieht er aus wie eine kleine knochige, nach oben sich zuspitzende Stichsäge mit richtig scharfen Zacken. So ein Ding von einem Zwanzigpfünder ist ein toller Brieföffner. Habe ich schon ausprobiert. Schön elegant an einem Stil befestigt, wäre das ein originelles Geschenk. Die Säge kann man ja eins zu eins aus gleichfarbigem Kunststoff herstellen, das käme der Natur am nächsten. Hier auf dem Foto habe ich das mal zusammengestellt, die verschiedensten Karpfenschuppen flankiert mit zwei Flossenstrahlen."

„Die Sägen sehen hier ja aus wie die Hauer eines Urzeitmonsters. Wer nicht weiß, was es wirklich ist, den kann man ganz schön in die Irre führen." Ludwig lachte. „Kannst es ja mal richtig vergrößern und probieren."

Schnuppe

Der Karpfen lacht die Kärpfin an
doch sie spricht kühl zum Karpfenmann:
Bei meiner größten Schuppe,
Du bist mir völlig schnuppe.

Darauf sagt der Karpfenmann:
Ich lache aus Dich und nicht an.
Es irrt der Fisch solang er schwimmt
und mäulig schief sich wichtig nimmt.

Wetter

Wenn unser Trio über das Wetter fabuliert, dann muss man eine lange Zeit einplanen. Wie jeder auf seinen Köder schwört, so auch jeder auf sein Wetter. Stundenlang preisen sie die Vor- oder Nachteile bestimmter Wetterlagen. Sagen wir mal Vollmond. Ludwig weiß ganz genau, dass die Fische am Tag vorher beißen, Arthur geht erst gar nicht los, weil er sowieso nichts fängt. Dieses Schema trifft für alle Wetterlagen zu, ob Hoch, ob Tief, ob Regen oder Sonnenschein, egal welcher Wind und wie stark. Ludwig behauptete steif und fest, nach dem Regen beißen die Fische am besten. Beide redeten sich in Hitze und hörten nicht mehr auf.

„Das ist der beste Beweis, dass wir hierzu bis heute nicht viel mehr wissen als unsere Väter und Großväter, dass man bei jedem Wetter angeln kann, denn es gibt keine Regel", versuchte Günter die Stimmung zu beruhigen. „Ich denke, jeder hat Recht, denn eine Erfahrung kann man ja nicht ignorieren. Nur sind sie ebenso vom

Zufall abhängig. Was ist Hechtwetter, wie viele meinen? Oder Aalwetter? Seien wir froh, dass es dieses Geheimnis noch gibt, dass vor dem Angeln bei jedem Wetter immer die Hoffnung auf einen guten Fang für gute Stimmung sorgt. Wenn ich bei einer bestimmten Wetterlage gut fange, dann sind dafür doch noch viele andere Gründe möglich, bis hin zur Köderauswahl, der besonderen Situation gerade in diesem Gewässer und wer weiß was noch alles. Seid zufrieden. Jeder hat recht, spricht der Hecht."

„Wenn es so einfach wäre, dann müssten doch die Meteorologen, die auch Angler sind, am meisten Fische fangen oder?"

Arthur schaut seine Freunde an. „Vielleicht würde so ein Angler-Meteorologe das Wetter so ansagen: Morgen können wir mit Fischwetter rechnen. Ursache dafür ist ein Schwarm von Schuppenwolken, der von West nach Ost schwimmt. Örtlich wird es 15 bis 20er Regen geben, nur hin und wieder blinkert die Sonne. Der Wind drillt posenfreundlich vorwiegend aus westlicher Richtung. Die Tagestemperaturen reichen aus, um die Finger für das Beködern der Haken bzw. für die Montage der Stopperknoten und des Klemmbleis ohne Handschuhe beweglich zu halten.

Die Aussichten: Es bleibt auf jeden Fall Fisch- oder Angelwetter. Erst nächste Woche nimmt die Beißlust der Sonne zu und wir tun gut daran, nicht zu viel Sonnenstrahlen zu keschern."

Diese Aussichten beruhigten unsere beiden Wetterpropheten, so dass Arthur seine Geschichte erzählen konnte:

Bekanntschaften am Spreeufer

„Ihr wisst ja, hier bin ich in meinen Ansprüchen bescheiden. Über Plötzen zum Abendbrot freue ich mich. Aber auch die wollen erst geangelt sein, denn in der Regel sind sie 30 cm und mehr. Dabei schaue ich auf das Köpenicker Rathaus und die Laurentius-Kirche, sehe links davon den Verkehr auf der Dahme-Brücke lärmlustig her und hin und hin und her wogen und freue mich auf ein paar entspannende Stunden. An Wochenenden schallen von links die eisernen Gesänge der Union-Fans herüber.

Enten kommen neugierig angeschwommen in der Hoffnung, dass ich ihnen von meinem Angelteig ein paar Brocken abgebe – übrigens eingeweichtes Toastbrot und dazu Mandel-, Rum- oder Vanillearoma. Da sie regelmäßig von Spaziergängern gefüttert werden, hoffen sie ja nicht unbegründet. Kaum habe ich mich ein paar Krümel in das Wasser geworfen, kommen eiligst die Blesshühner und Möwen angestürmt. Diese kreischen, also ob sie sich schon vorher streiten würden, wer etwas abbekommt. Nun gut, die Möwen stören mich nicht, aber die Enten bleiben dann lange da und schwimmen dauernd über meine Schnur. Und ich will nicht, dass sie sich darin verfangen, was mir zwar noch nicht passiert ist, aber doch vorkommen könnte. So werfe ich ihnen ein paar Brocken weit von mir zu, damit ihre liebe Seele Ruhe gibt.

Bei der Blinkerei muss ich sehr vorsichtig sein, denn einmal hatte ich einen kleinen Löffelblinker zu hoch geworfen, da schnappte ihn eine Möwe. Nur mit Mühe konnte ich den kreischenden Vogel wieder befreien, wobei er mir meine Hand blutig pickte.

Nebenbei oder nicht, neulich ging mir ein stattlicher Rapfen von 90 cm an die mit Kaulbarsch bestückte Grundangel. Gewogen habe ich ihn nicht. Der Drill war nicht so heftig, wie er in der Literatur beschrieben ist. Und viele meinen, er hätte zu viele Gräten. Mag sein. Wir haben ihn mit Kräutern und Butter in der Ofenröhre geschmort und dann mit Appetit gegessen. Das waren immerhin 6 Personen und niemand hat sich wegen der Gräten beschwert – im Gegenteil, der Schwiegervater meines Sohnes meinte, dies sollten wir doch auf jeden Fall wiederholen. Ich versprach, mir Mühe zu geben.“

Ludwig fiel es schwer ruhig sitzen zu bleiben. Er rutschte dauernd hin und her und fragte: „Wen hast du denn nun kennengelernt?“, worauf Arthur ihm bedeutete: „Sei doch nicht so ungeduldig. Ich komme ja zu meinen Bekanntschaften.

Das Katzenballet

Als ich mal eine neue Angelstelle ausprobieren wollte, fand ich eine, aber die war schon besetzt – von drei Katzen. Keine Ahnung woher die kamen. Als ich das erste Mal dort angelte, flohen sie nicht etwa, sondern zogen sich respektvoll zurück und schauten höchst interessiert zu. In dem Moment wenn ich anhaute, kamen alle drei nahezu im Gleichschritt nach vorne und schauten, ob ein Fisch zu sehen wäre. War es ein Fehlbiss, zogen sie sich wieder wie nach einer vorgegebenen Choreografie auf ihre alte Position zurück. Sie gingen offensichtlich ganz selbstverständlich davon aus, dass ich ausschließlich für sie angeln würde. Aber eine Rangordnung war nicht zu übersehen. Einmal dauerte es ziemlich lange, bis ich einen maßigen Fisch für sie hatte. Ein vorher geangelter Blei war viel zu groß. Sie wurden schon ungeduldig. Als ich eine vorher getötete Plötze auf die Wiese warf, war sofort die offensichtlich Ranghöchste zur Stelle, bewegte sie mit den Pfoten von rechts nach links und umgekehrt und ließ sie schließlich liegen. Es folgten die beiden anderen Katzen mit dem gleichen Verhaltensmuster. Hatten sie keinen Hunger? Möglich. Als mir aber durch Zufall eine Rotfeder aus den Händen glitt, schnappte sich die Chefin den zappelnden Fisch und verschwand im nächsten Gebüsch. Das war es also, sie bevorzugten lebendige Kost. Nun, mir sollte es egal sein.

Und was ich noch sagen wollte, so komisch es klingt, sie konnten die Fische unterscheiden. Eine Rotfeder bekam immer die Chefin, eine Plötze die Nr. 2 in der Hierarchie und die offensichtlich jüngste musste sich stets mit einer Güster begnügen. Ich hatte sie nachher so dressiert, dass ich, wenn ich beim Drill die Fischart erkannte, die Art rief, also Rotfeder zum Beispiel, dann kam die Chefin und holte sie ab. Rief ich danach eine Plötze auf, preschte Nr. 2 vor. Einmal hatte ich danach wieder eine Rotfeder, da wollte die Jüngste ran, aber nichts da, sie hatte keine Chance und musste bis zur Güster warten, was allerdings kein Problem war.

Ich hatte schon überlegt, mit den drei Katzen als Dressurnummer aufzutreten, aber ich hörte in Gedanken die wütenden Proteste und Demos der Tierschützer. Leider sind die Katzen nicht mehr da, denn wie auf Kommando waren sie alle drei verschwunden. Ich habe sie nie wieder gesehen.

Aber die drei Katzen und ich müssen doch ein possierliches Bild abgegeben haben, denn viele Spaziergänger blieben stehen und beobachteten das ungleiche, aber doch durch den Fischfang verbundene Quartett und harrten nun gemeinsam mit den Katzen der Dinge die da kommen oder eben nicht kommen. Besonders für Kinder war das interessant. Manche setzten sich zu mir, musterten meine zugegebenermaßen bescheidene Angelausrüstung, fragten die Frage aller Fragen und wenn ja, wie viel, wie groß, welchen Köder ich nehme, wie ich meinen Teig mische und ob ich auch mit Anstecker angle. Über einen guten Rat waren sie sie glücklich und versprachen, bald wiederzukommen.

Spaziergänger

Dann kamen eine junge blonde Frau und ein dunkelhäutiger Mann mit einem kleinen Mädchen. Ich hatte sie schon in unserem Wohnblock gesehen. Sie möglicherweise mich auch. Vielleicht bewog sie diese ferne Bekanntschaft, sich zu mir zu setzen und mir zuzuschauen. Schließlich kamen wir ins Gespräch. Es stellte sich heraus, dass er aus Bangladesch stammte und dort sehr gerne geangelt hatte, allerdings nicht mit einer Angelrute, sondern mit einem Netz. Im Herauswerfen des Netzes, so meinte er, wäre er Meister. Leider sei das hier in Deutschland verboten. Als er erstaunt bemerkte, dass ich nicht anfütterte, gab er mir den Rat, Getreide- bzw. Kürbiskörner in einer Pfanne leicht zu rösten und die Fische damit anzulocken. „Das ist wie ein Fischmagnet", versicherte er. Vielleicht hat er Recht. Ich habe es aber aus Bequemlichkeit noch nicht ausprobiert. Sie hatten Zeit, ich hatte Zeit, und so unterhielten wir uns sehr ausführlich über das Angeln, den Alltag, über Kindererziehung und wer weiß worüber noch. Ihre kleine lebhafte Tochter mussten sie immer ermahnen, nicht so dicht an das Ufer heranzugehen. Schließlich verabschiedeten sie sich freundlich. Und seither grüßen wir uns ebenso freundlich, wenn wir uns begegnen.

Pünktlich um 19.00 treffen sich jeden Tag in unmittelbarer Nähe meiner Angelstelle drei Frauen mit ihren Hunden. Erstaunlich, man kann die Uhr nach ihnen stellen. Jeden Tag sind sie offenbar unterwegs und begrüßen sich so, als ob sie sich wer weiß wie lange nicht gesehen haben. Das ist wie ein Ritual.

Hin und wieder kommen auch Angelkumpel vorbei, immer Zeit für eine Fachsimpelei oder einfach ein Schwätzchen. Da erfahre ich, was sie hier letztens geangelt haben und wer was weiterhin gefangen hat. Anglerlatein spielt hier keine Rolle.

Einmal kam ein junges Ehepaar vorbei und schaute mir zu. Der junge Mann wollte wohl besonders witzig erscheinen und so seine Frau oder Freundin beurteilen, denn er spöttelte die ganze Zeit herum und machte die dusseligsten Anglerwitze. Aber Petrus stand mir bei. Mitten im Spott hinein bekam ich einen guten Biss und konnte einen wunderschönen kupfernen Blei von 55 cm landen. Da wurde er schon ruhiger. Aber das war es noch nicht. Gerade jetzt hatte ich das Glück, was ich schon lange gesucht hatte, ich drillte einen herrlichen Zander von 5 Pfund. Inzwischen hatte sich hinter mir eine Spaziergängertraube gebildet und ich hörte ein oh und ein ah.

Da schlich doch der vorlaute um nicht zu sagen freche Bursche zu mir und raunte, ob ich ihm diesen Fisch nicht schenken könne, er wolle auch nicht wieder über die Angler herfallen.

Ich war so perplex über so viel Dreistigkeit, dass ich überhaupt nicht reagierte.

Wenn die Sonne untergeht, schaue ich mir die von ihr mit letzter

Tageskraft beleuchtete Silhouette der Köpenicker Altstadt an. Diese Art von Alltags- bzw. Altstadtromantik ist auch etwas, was Berlin hier so liebenswert macht. Übrigens nehme ich jetzt immer meine Kamera mit, denn die Natur beschert uns Bilder, die gibt es nur einen Moment und den muss man nutzen. Einmal verzauberte mich während eines Spazierganges ein so wundervolles Bild, dass ich mich ärgerte, die Kamera nicht bei mir zu haben. Da beschien die untergehende Sonne eine große Rotbuche – es war ein friedliches Riesenfeuer. Wie oft habe ich versucht, in den nächsten Tagen bei Sonnenuntergang diese Stimmung wieder einzufangen, aber vergeblich."

Günter und Ludwig hatten wirklich ruhig ausgehalten, bis Arthur seinen Bericht beendet hatte. „Du hast es gut", seufzte Ludwig, „so dicht am Wasser, aber ich dachte, du hättest eine tolle Frau kennengelernt, ich meine nur eben so." Günter lachte: „Einmal Schürzenangler, immer Schürzenangler, aber ich muss zugeben, deine freundliche Direktheit hat etwas Italienisches, denn sonst hättest du bei den reifen Frauen auch noch in deinem Alter nicht so viel Schlag." Arthur ging zu seinem Schreibtisch und gab jedem die Kopie eines Artikels, der letztes Wochenende in seiner Tageszeitung veröffentlicht wurde, wobei der Autor „aus technischen Gründen", wie Arthur meinte, weggeschnitten war. „Er ist ziemlich lang, aber interessant und passt genau hierher. Ich habe eine Kopie mitgebracht, ihr könnt ihn ja in Ruhe zu Hause lesen."

Die beiden Freunde waren einverstanden. Hier der Artikel:

Über Nichtangler und Angler

Reden wir zuerst über die Nichtangler, denn es sind in unserem Land alle Einwohner minus rund vier Millionen Angler. Davon sind zwei Millionen in Verbänden organisiert und zwei Millionen nicht, wovon etwa die Hälfte nur im Urlaub oder im Ausland, beispielsweise in Norwegen, angeln. Also gebührt der Mehrheit die Priorität. Für sie sind die Angler, ja was eigentlich?

Machen wir ein alltägliches Experiment, nein, besser eins am Wochenende. Stellen wir uns irgendein Gewässer vor, an dessen Ufer ein Angler sitzt. Zugleich führt dem Ufer folgend ein Spazierweg rund um das Gewässer. Es ist noch relativ früh, denn wie man weiß, sind ja die Angler Frühaufsteher. Aber auch ein Hundebesitzer nutzt gern die frühen Stunden, um seinem Liebling den notwendigen Auslauf zu gönnen. Da ohnehin erst sehr wenig unterwegs sind, kann man das Hundchen getrost von der Leine lassen. So kommt es dann ganz natürlich zur Begegnung zwischen Hundehalter und Hund auf der einen und dem Angler auf der anderen Seite. Der Hundebesitzer schenkt dem Angler wenig Aufmerksamkeit, der Hund um so mehr, denn hier riecht es nach Fisch und nach den unterschiedlichsten Aromen, die von den vielfältigen Ködern – Kartoffeln, Mais, Teiggemisch, Würmer, Maden usw. – bzw. vom Lockfutter stammen. Während der Hund je nach Interesse den Angler umkreist, hier und da herumschnüffelt, bewegen Hundebesitzer und Angler die unterschiedlichsten Gedanken.

Der Hundebesitzer: Jedes Mal, wenn ich hier lang komme, sitzt der schon da und lenkt meinen Hund ab. Niemals würde ich mich da hinhocken. Aber bitte, soll er doch. Hauptsache, er tut meinem Hund nichts zuleide. Dann werde ich zum Tier und kenne kein Erbarmen. Was setzt der sich auch immer dann hin, wenn ich hier mit meinem Hund spazieren gehen will.

Der Angler: Jetzt ist diese Töle schon wieder hier. Lästig so ein Hund. Muss der immer dann Gassi gehen, wenn ich hier angeln will? Na ja, der muss wohl, wenn er schon einen Hund hat. Ich aber muss nicht angeln, ich will angeln. Da bin ich besser dran. Aber warum nimmt der seinen Köter nicht an die Leine? Das kann man doch wohl verlangen.

So fordert der Angler den Hundebesitzer auf, seinen Köter doch an die Leine zu nehmen. Daraufhin entwickelt sich ein emotionsgeladener Wortwechsel, den ich der Phantasie des Lesers überlasse. Er wird beendet, weil der Hund inzwischen längst weiter gelaufen ist und Herrchen ihm folgen muss. Unser Angler hat sich wieder beruhigt. Er verzehrt sein mitgenommenes Frühstück, genießt dazu einen starken Kaffee aus der Thermoskanne. Nachdem einige Zeit vergangen ist, kommen zwei Jogger vorbei. Unser Petrijünger dreht sich gar nicht erst um, das Geräusch ist ihm vertraut. Und die Freizeitsportler würdigen ihn keines Blickes.

Inzwischen hat sich ein Ehepaar in den mittleren Jahren genähert. Der Mann bleibt stehen, die Frau will weitergehen, aber sie weiß, es ist hoffungslos. Er mustert mit fachmännischem Blick die gute Ausrüstung, den Köder und die Bewegungen des Anglers und bedauert im Stillen, daß seine Frau lieber mit ihm spazieren geht, als ihn zum Angeln zu lassen. Aber widerstrebend folgt er ihr, nicht ohne sich fest vorzunehmen, es wenigstes heute Abend ein Stündlein zu versuchen.

Um seine Frau darauf einzustimmen, spricht er mit ihr über das Angeln: „Wenn die Umfragen stimmen, dass ein Angler in unserem Land durchschnittlich 1.100 DM für sein Hobby ausgibt, dann trifft es auf diesen hier auf jeden Fall zu. Bei zwei Millionen Anglern kommt da schon was zusammen, auch an gesicherten Arbeitsplätzen. Hast du mal allein seine Ruten, seinen Unterfangkescher und die Bissanzeiger gesehen? Ich kann und will mir so viel nicht leisten." „Was du ausgibst, reicht auch", unterbricht ihn seine Frau, „da kommt nämlich im Jahr auch einiges zusammen. Aber bitte, was sein muss, muss sein."

„Aber ein Echolot und andere modernste elektronische Angeltechnik werde ich mir nicht kaufen", setzt der Mann fort. „Das Geld ist die eine Seite, die andere ist die Einstellung dazu. Angeln ist Hunger nach frischer Luft, ist Neugier auf Unbekanntes, das uns die Natur immer liefert, wenn man genau hinschaut, ist die Faszination, ob man konzentriert aushalten und den Fisch in seinem Element überlisten kann und die Befriedigung, wenn es gelungen ist. Technik reduziert diese Faszination, das Ursprüngliche, das in unserer technisierten Welt immer seltenere Glück. Wo bleibt die Aufregung, die Spannung, wenn es immer weniger Geheimnisse gibt?“

Nun kommt Oma mit dem etwa 8 jährigen Enkel. Der bleibt stehen und schaut interessiert zu, wie der Angler gerade eine neue Pose montiert. Nachsichtig bleibt auch Oma stehen. Der Junge staunt über den geöffneten Angelkasten. Was da alles drin ist. Haken, Sehnenrollen, Werkzeug, Messer, Bandmaß, künstliche Köder, eine Waage und noch viel mehr. Wie ein Zauberkasten, denkt der Junge. Nach fünf Minuten ist leider noch nichts passiert, auch nach 10 Minuten nicht. Sanft ermahnt sie den Enkel, weiterzugehen. „Du siehst doch, der Onkel fängt heute keine Fische.“ Aber der Junge denkt nicht daran. Erstens hofft er, dass der Onkel doch noch welche fängt. Nun wird es Oma etwas zu langweilig. Eine Bank ist auch nicht in der Nähe, wo sie sich setzen könnte. Und so nimmt sie ihren Enkel an die Hand und zerrt ihn mit sanfter Gewalt weiter. „Wir kommen doch hier wieder vorbei, dann kannst du noch einmal zugucken“ tröstet sie ihn.

Aber nun hat unser Schuppenjäger Ruhe – hofft er und hofft vergebens. Eine junge Frau mit ihrer etwa 10-jährigen Tochter ist in Sicht. Sie ist um die 30, auffallend ihre sehr schönen langen roten Haare, eine ebenso rot umrandete kleine Brille mit runden Gläsern. Sie ist einfach gekleidet. Der Rock geht bis an die Knöchel und gibt nur die nackten Füße mit flachen Sandalen frei. Auch sie bleibt stehen und erklärt ihrer Tochter: „Siehst du, der gehört zu den Leuten, die nur zum reinen Vergnügen angeln und dabei die Natur schädigen. Sie zertrampeln die Ufer, verunreinigen das Gewässer durch das Anfüttern mit Mehlerzeugnissen und mit Abfall. Hauptsache, im See sind genügend Fische, alles andere ist ihnen egal. So ein Hobby, das die Schmerzen der Tiere ignoriert und das Töten von Tieren einschließt, müsste man verbieten. Auch das Jagen selbstverständlich. Und es kommt hinzu, dass die Angelverbände auch noch Kinder dazu anstiften. Schnell weg von hier, damit wir diesen Anblick nicht länger ertragen müssen."

Sie spricht so laut, dass unser Angler sie hören muss, aber er reagiert nicht. Wozu haben wir gewählte Funktionäre denkt er sich. Hier ist ohnehin nicht der rechte Ort für Entgegnungen und außerdem kann man mit manchen Leuten, die so von uns denken, nicht reden. Sie wollen auch nicht. Sie sind eigentlich ganz gut informiert über uns, wissen auch, dass wir uns einen Ehrenkodex gegeben haben, der uns zur Achtung vor der Natur und den Fischen verpflichtet, zu ihrer Hege und Pflege ohnehin, der uns aufträgt, Kinder an die Natur heranzuführen und zu ihrem Schutz zu befähigen. Sie ignorieren es einfach und behaupten, wir schädigen die Natur. Sie kennen nur die moralische Ächtung oder die Anrufung von Gerichten. Wahrscheinlich gehört die da auch dazu. Schade ist nur, dass sie ihre Tochter so gegen uns aufbringt.

Niemand kommt auf die Idee, beispielsweise die Bücher der großen Denker in den Bibliotheken unter dem Vorwand ihres Schutzes hinter Glas einzuschließen, damit sie nicht mehr benutzt werden können. So wie wir immer wieder aktiv zu unseren geistigen Ursprüngen zurückkehren, so müssen wir auch aktiv zu unseren natürlichen Ursprüngen zurückkehren. Insofern ist die Natur das größte Buch. Wir müssen es in die Hand nehmen, darin blättern und nicht hinter Glas nur zur Besichtigung freigeben.

Ein älterer Herr schlendert gemächlich den Weg entlang, sieht unseren Angler und lächelt nachsichtig. Soll doch jeder mit seinem Hobby selig werden, denkt er. Immerhin ist dies nicht der erste, dem ich heute begegne. Ich wundere mich nur, warum sich der da und viele andere dafür so begeistern. Ich jedenfalls kann mir nichts Langweiligeres vorstellen. Da lob ich mir meine Briefmarkensammlung oder das Schachspielen.

Der Briefmarkensammler und Schachspieler wird durch eine stark geschminkte kontaktfreudige Dame so um die 60 abgelöst, die den Angler wie selbstverständlich in ein Gespräch verwickelt.

Ihre Kontakt herstellende Eingangsfrage ‚Na, beißen sie?', beantwortet er ebenso freudig ‚Nein, ich beiße nicht!'

Und er muss an den Angelfreund denken, der eine sehr originelle Methode entwickelt hat, auf Spaziergängerfragen zu antworten. Wenn er angelt, zieht er ein spezielles T-Shirt an, auf dem er einen See mit drei Weiden am Ufer und einen Angler gemalt hat, der um sich herum fünf Schilder aufgestellt hat auf denen folgendes zu lesen ist:

Ja, es gibt Fische hier! Nee, es beißt nichts! Im See sind Hechte, Karpfen, Schleie, Barsche, Plötzen, aber keine Forellen. Ich angle mit Wurm! Nein, noch nichts gefangen. Nein, es ist nicht langweilig. Petri Dank!

So ein T-Shirt wünscht sich jetzt unser Angler. Sie ist sehr wissensdurstig, jedoch leider ebenso unwissend, was das Angeln betrifft. Aber geduldig beantwortet der Angler alle Fragen und wundert sich nur, dass es tatsächlich Menschen gibt, die Salz- und Süßwasserfische nicht unterscheiden können, von Raub- und Friedfischen ganz zu schweigen. Die Dame verabschiedet sich ganz freundlich und zu seiner Überraschung mit einem deutlichen Petri Heil! von ihren Gesprächspartner, der erleichtert Petri Dank seufzt.

Seine Angellust ist nun dahin, für heute hat er genug. Bedächtig und sehr sorgfältig packt er seine Sachen zusammen – so ein Hobby kostet ja auch etwas und sichert, nebenbei gesehen, auch Arbeitsplätze – und geht nachdenklich nach Hause. Da begegnet er der Oma mit ihrem Enkel. Dieser wollte unbedingt wissen, ob der Angler etwas gefangen hat und fragt ihn danach. „Ja und nein", antwortet dieser und bemerkt das verwirrte Gesicht des Jungen. Er stellt seine Angeltasche ab, legt die Rutenbehälter behutsam ins Gras, hockt sich hin, um mit ihm auf gleicher Höher zu sein und erklärt: „Es macht Spaß einen Fisch zu angeln, und wenn er groß genug ist, dann nehme ich ihn mit nach Hause, brate oder koche ihn. Ich kann ihn auch grillen oder räuchern. Fische schmecken gut und sind sehr gesund und ein selbst gefangener Fisch schmeckt am besten. Heute hat es leider nicht geklappt, von einigen Plötzen abgesehen, über die sich die Katzen gefreut haben. Aber das ist nicht so schlimm. Beim nächsten Mal gelingt es bestimmt.

Aber ich habe heute etwas anderes gefangen oder besser, eingefangen. Ich bin nicht sicher, ob ich dir das erklären kann, aber ich will es versuchen. Zuerst einmal habe ich heute früh erlebt, wie die Sonne aufgeht und die Natur, der See aus dem Schlaf erwacht. Das war sehr interessant. Du hast ja heute vielleicht selbst gesehen, was man hier alles beobachten kann. Wenn du Glück hast, dann siehst du sogar einen Karpfen aus dem Wasser springen oder die Flucht kleiner Fische vor einem Hecht oder einem Barsch. Oder die beiden Fischreiher, die Schwäne, die Enten- und Blässhuhnfamilie, den stets neugierigen Frosch an meiner Angelstelle und auch die Katzen. Ich habe also ein Stückchen Natur eingefangen und nehme dieses Erlebnis mit nach Hause.

Zweitens habe ich heute dich und noch andere Menschen mehr oder weniger kennen gelernt, zumindest, was einige über uns Angler denken.

Und drittens, habe ich leider auch den Dreck eingefangen, den andere hier liegen ließen. Zwei Bierbüchsen und eine leere Pizzaschachtel, obwohl nicht weit von hier ein Abfallbehälter steht. Keiner wirft zu Hause seinen Unrat in die Stube, aber die Natur ist eigentlich unsere beste Stube, die wir alle haben. Frag mal deine Oma, sie kennt sicherlich das Sprichwort, wer den Pfennig nicht ehrt, ist des Talers nicht wert. Und wir Angler sagen, wer sein Angelgewässer nicht ehrt, ist die ganze Natur nicht wert. Vielleicht sehen wir uns mal wieder. Dann komm ruhig zu mir, und wir können uns dann noch weiter unterhalten. Jetzt bin ich aber hungrig. Du sicher auch. Lassen wir uns das Mittagessen schmecken."

Auf dem Heimweg denkt der Angler, vielleicht hätte ich ihm noch erklären sollen, was wir alles tun, um speziell diesen See zu hegen, wie viel Stunden wir hier im Winter verbracht haben, um

Löcher in das Eis zu schlagen, damit die Fische nicht ersticken, wo sich übrigens kein sogenannter Tierschützer blicken ließ, wie wir im Frühjahr nach alter Tradition das Ufer säuberten, was wir dem See an Jungfischen zugeführt haben und dass auch berühmte Leute, Politiker, Künstler, Sportler, gern angeln. Und dass sich durch das Angeln Freundschaften entwickeln, die oft ein Leben lang halten, abgesehen davon, dass wir uns im Verein ohnehin untereinander helfen, auch wenn es nicht ums Angeln geht. Aber das wäre vielleicht zu viel für ihn gewesen. Ich bin sicher, er lässt sich bald am See wieder sehen.

Zu Hause angekommen, erwartet ihn die Standartfrage seiner Frau, die zwar nicht ausgesprochen, sondern mit den Augen ausgeblickt wird. „Nein“, sagte er, denkt an sein Gespräch mit dem Jungen und fügt hinzu: „oder doch?“

„Na was denn nun?“, fragt sie zurück.

„Weißt du“, entgegnet er bedächtig, „lass uns heute Abend mal wieder um den See spazieren, da werde ich dir alles genau erklären.“

„Nun habe ich noch eine Überraschung „, sagte Arthur vielsagend. „Schaltet mal nächsten Sonnabend den RBB ein, da gibt es eine Sendung über Hobbys. Mehr will ich nicht verraten. Ludwig platzte fast vor Neugier. „Hast du da mitgemacht?“ „Ja doch“, erwiderte Arthur, sonst hätte ich das nicht gewusst. Aber mehr sage ich nun wirklich nicht.

Der Stümper

„Ich freute mich auf einen richtigen Angelurlaub mit Annegret. Es war übrigens zu meiner Überraschung ihre Idee. Nicht nach Norwegen sollte es gehen, sondern von Südbrandenburg immer in Richtung Norden durch die Uckermark und Mecklenburg-Vorpommern bis zur Ostsee mit einem Abstecher ostwärts über die Elbe nach Polen.

Ich plante die Route sorgfältig mit Angelgewässern und Übernachtungen, überprüfte die Angelausrüstung, legte Köderreserven an und brachte das Auto sicherheitshalber zur Durchsicht.

Der Kfz-Meister war selbst Angler, aber ein freier, wie er betonte. Der Vereinszwang wäre nichts für ihn, meinte er. Natürlich interessierte ihn meine Angeltour, aber er fand die Idee nicht so toll. ‚Morgen kannst du dein Auto abholen. Ich mache dir einen Angler-Freundschaftspreis'.

Als ich am nächsten Tag das Auto abholte, kam der Kfz-Meister noch einmal auf die Angeltour zu sprechen: ‚Also, hm, na ja, die Gewässer bei uns sind doch nicht mehr so besetzt wie früher, ich habe jedenfalls hier in der Gegend nichts von großen Fängen gehört. Die Fischer haben auch nicht mehr das Geld für Besatz wie noch vor ein paar Jahren, Aale gibt es eh nur noch mit großem Glück. Und Polen? Die Gewässer dort sind doch alle abgefischt, den Rest holen die Schwarzangler, mal abgesehen davon, dass ich dort nur dann hinfahren würde, wenn ich das Auto sicher abstellen könnte. Du fährst ja gewissermaßen in eine eher unbekannte Gegend. Und in der Ostsee werden die Dorsche immer kleiner, fängst jetzt sowieso nur noch Plattfische und wenn diese Hitze anhält, ist auch das nicht sicher. Angeln kann man doch heute nur noch in Norwegen. Aber auch dort darfst du ja nur noch 15 Kilo pro Person mitnehmen.

Aber sei es wie es sei, ich wünsch Dir Erfolg. Die Durchsicht kostet übrigens knappe 200 Euro, habe da noch einiges in Ordnung gebracht, kannste dir gleich ansehen. Mit dem Wagen kannst du jetzt einmal um den Globus fahren. Petri Heil!'

Ich verabschiedete sich mit einem schlappen Petri Dank!

Nach vier Wochen trafen wir uns wieder. ‚Na, wie war die Tour?', fragte der Kfz-Meister. ‚Großartig', erwiderte ich. ‚Die gute Vorbereitung hat sich ausgezahlt. Besonders Karpfen und Schleie sowie Welse und Hechte gingen an den Haken. Aber auch der Fang von Bleien, Rotfedern und Plötzen machte riesigen Spaß. Übrigens haben wir jeden Fisch verwertet. Entweder selbst zubereitet oder den Gastgebern geschenkt. Hatten wir genug zum Essen, haben wir uns die Gegend angeschaut und so viele schöne Ecken entdeckt und vor allem unsere schöne Heimat viel bewusster wahrgenommen und genossen'.

‚Und wart ihr auch in Polen?', unterbrach mich der Kfz-Meister ungeduldig. ‚Wir waren auch in Polen. Ich kann das empfehlen, übrigens wunderschöne Forellenfänge, aber wir hatten ein Problem mit dem Auto'.

‚Habe ich es Dir nicht gleich gesagt, man muss auf sein Auto aufpassen', platzte er dazwischen. ‚Das war es nicht', erwiderte ich. ‚Sondern?' ‚Der Motor streikte, kaputt, aus. Zum Glück half uns ein polnischer Angelfreund, der wie du eine Auto-Werkstatt hat – übrigens kostenlos'. ‚Und was hat der Kollege gesagt?', fragte der Meister nach einer langen Schweigepause. ‚Willst du es wirklich wissen?', fragte ich nach. ‚Ja!' ‚Bei welchem Stümper haben Sie ihr Auto bloß zur Durchsicht gehabt?'"

Aber jetzt stach Ludwig der Hafer. Ob er ein Bier zu viel getrunken hatte? Jedenfalls legte er los über seinen Angelurlaub in Norwegen.

Das glaubt Dir doch kein Mensch

„Also ein See, sage ich euch, mit Anschluss zum Meer. Ich war ganz alleine mit dem Boot auf große Fische aus und hatte deshalb eine geflochtene 50er aufgezogen. Die sollte ich auch brauchen. Als Köder nahm ich einen aufgetauten Hering. Es dauerte auch nicht lange, da tauchte die Pose mit einem Knall weg, die Schnur lief von der Rolle. Es hörte sich an wie ein Bienenschwarm. Ich den Anker hochgezogen, die Angel mit beiden Händen festgehalten und ab ging die Post, sage ich Dir.

Da hättest du Wasserski fahren können. Eine Stunde dauerte die Kahnfahrt. Die Zahl der Zuschauer am Ufer war auf mindestens Hundert angewachsen. Endlich konnte ich den Fisch keschern – einen Hai von 2,12 m und genau 50 kg. Es war der Fisch meines Lebens. Na, was sagt ihr jetzt? Schade, dass ihr das nicht miterlebst habt."

Nach einer Pause andächtigen Schweigens antwortete Arthur: „Wir sind doch nun schon so viele Jahre befreundet, sind gemeinsam durch Dick und Dünn gegangen, haben die unglaublichsten Angeltouren erlebt. Und nun erzählst du mir so eine Geschichte. Das mit dem Wasserski mag ja noch angehen, aber dass da am Ufer Hundert Zuschauer standen, das glaubt Dir doch kein Mensch.

Mir ist das noch verständlich, wenn ein Angler vor einem Nichtangler von seinen Erfolgen prahlt, denn jener kann sich doch schwer in unser Hobby hineindenken. Warum aber Angler untereinander so aufschneiden, das ist mir noch nicht so richtig erklärlich. Also wenn mir einer erzählt, dass er einen Frosch am Haken hatte, der vor lauter Schreck auf einen Baum sprang, zwischen den Ästen hin und her hüpfte und trotzdem keine Perücke entstand, dann staune ich über seine Phantasie und sein Ego. Wenn mir jemand berichtet, dass er in diesem Jahr so und so viele Fische gefangen hat und was für welche, er sich nicht erinnern kann, jemals ohne Hecht oder Karpfen oder Aal nach Hause gekommen zu sein, dann drängt sich geradezu der Gedanke auf, was dieser für ein toller, beneidenswerter Angler ist, ich hingegen ein elender Stümper.

Aber es gibt wirklich Ausnahmen. Im Sommer kam ich mit einem Angler ins Gespräch, der zu „seiner“ Angelstelle wollte. Er hatte es aber nicht eilig, grüßte und fing an zu plaudern. Und ob man es glaubt oder nicht, er sagte mir, dass er in diesem Jahr noch nichts Gescheites gefangen hätte. Als er noch mitten im Erzählen war, da fange ich doch einen Schlei von mehr als 40 cm. Und mein Besucher freute sich mit mir.

Das alles tat mir so gut, dass ich den ganzen Abend richtig froh und irgendwie erleichtert war.“

Günter brachte nun die Anglerwitze und Karikaturen über Angler ins Gespräch, denn bei dieser Posse von Ludwig drängte sich das wahrscheinlich auf. Oft genug kann man bei solchen Witzzeichnungen sehen, dass die Angler einen Schuh aus dem Wasser holen. Ist ja möglich, warum nicht. „Mein Opa angelte kurz nach dem Krieg an einer ganz bestimmten Stelle so viele Fahrradteile aus dem Wasser, dass er sich nach und nach eins zusammenbauen konnte. Fortan radelte er zum Angeln.

Man müsste mal die Witze und Karikaturen sammeln und als Buch herausbringen. Davon gibt es genug. Wir sollten uns darüber freuen. Sie zeigen uns, wie andere über uns denken. Sie helfen, dass wir uns selbst kritisch sehen und die Fähigkeit nicht verlieren, über uns selbst zu lachen. Sie sind ein Beweis gesellschaftlicher Aufmerksamkeit. Denn wer macht Witze über unbedeutende, farblose Gesellen? Ja, und wenn uns einige Witze wirklich nicht gefallen, dann erfinden wir doch selbst welche.“

„Bei so einer Sammlung gibt es wohl viele Probleme mit den Urheberrechten. Einen Versuch wäre es jedoch wert“, entgegnete Arthur und setzte fort: „Wenn es Anglerlatein gibt, so eine richtige Mischung von Witz und Wunsch, warum gibt es eigentlich kein Fischlatein?“ „Wie soll das denn gehen?“, fragte Ludwig. „Sollen sich Fische über dumme oder besser ungeschickte Angler lustig machen oder etwa über sich selbst oder wie?" „Warum nicht?", entgegnete Arthur. Zum Beispiel so: „Treffen sich zwei Karpfen. Stell dir vor, sagt der eine, was mir neulich passiert ist. Ich gründele da mit meinem Kumpel auf dem Boden so lang und sehe eine wunderschöne abgepellte Kartoffel. Da konnte ich nicht widerstehen. Ran und runterschlucken war nur eins. Ein Genuss, sage ich dir. Wir schwimmen weiter. Da sagt mein Kumpel: ‚Merkst du nichts?' ‚Nein', sage ich. Wir schwimmen weiter. Sagt mein Kumpel erneut: ‚Merkst du immer noch nichts?' ‚Nein', sage ich, ‚warum fragst du eigentlich?' ‚Na schau doch mal nach oben', sagt der. Ich schaue und was sehe ich? Da hab ich doch die ganze Zeit einen Angler durch unseren See gezogen.

‚Das ist aber noch gar nichts', sagt der andere Karpfen. ‚Während du den Angler durch das Wasser zogst, bin ich raus und habe seine ganzen Pellkartoffeln verputzt'.

Treffen sich zwei Rotfedern. ‚Kommst du mit zur Krautkante?', sagt die eine. ‚Um Wasserswillen nicht dahin, da ist heute Vereinsangeln.' ‚Woher weißt du das?' ‚Ich habe es in der Anglerzeitung gelesen, die ein Angler am Ufer vergessen hat.'

‚Keine Angst, das ist verschoben worden.' ‚Woher weißt du das?' , Ich habe es gestern von dem Angler erfahren, der seine Zeitung gesucht hat'."

„Ehrlich gesagt, finde ich es unfair, den Anglern und Jägern solche Übertreibungen anzudichten", gab Günter zu bedenken. „Warum gerade wir? Ich behaupte, solche erzählten Karikaturen, wie man das auch nennen kann, finden sich bei allen Berufen. In meinem Heimatdorf habe ich viele solcher Geschichten gehört, aber nicht von einem Angler oder Jäger, sondern vor allem von den Bauern oder auch von den Bergleuten. Ich gebe nur ganz kurz zwei Beispiele:

Als wir früher noch selbst schlachteten und uns die Schweine vom Bauern holten, zeigte uns einer seinen kleinen Dauerbrandofen und erzählte:

‚Ihr könnt euch nicht vorstellen, was der für eine Hitze macht. Gleich nachdem ich ihn gekauft hatte, musste ich ihn ausprobieren. Es dauerte nicht lange, das entwickelte der eine solche Hitze, nicht mehr zum Aushalten. Ich machte die Tür vom Wohnzimmer zum Flur auf und es dauerte nicht lange, da war da eine Hitze. Ich öffnete die Tür des Flures zum Hof. Eine Hitze, sage ich euch. Und ob ihr es nun glaubt oder nicht. Es dauerte nicht lange, da lagen die Enten auf dem Hof auf dem Bauch und japsten nach frischer Luft'.

Und nun der Bergmann: ‚Ich habe einen Kumpel, der isst gewöhnlich zum Frühstück 10 rohe Einer. Und zwar beim Frühstück Unter Tage. Einmal war irgendeine Havarie, da musste das Frühstück ausfallen. Und du weißt ja, je tiefer du in die Erde hineinkommst, desto wärmer wird es. Jedenfalls kam späte am Abend der Obersteiger und fragte: ‚Sagt mal, wo kommen denn hier die zehn Küken her?'''

Arthur und Ludwig lachten. „Na ja", meinte Arthur, „das kann sich doch sehen lassen. Aber du hast schon Recht. Auch Ärzte oder Bauarbeiter hätten bestimmt Ähnliches auf Lager, von den Seeleuten nicht zu reden. Aber warum nennt man deren tolle Geschichten Garn und unsere Latein?"

Drei Barsche

Drei Barsche stritten sich, wer in einer halben Stunde am meisten Beute mache. Besonders einer von ihnen behauptete, die anderen zu übertreffen. Sie beschlossen, es auf der Stelle auszuprobieren. Als die 30 Minuten vorüber waren, hatte der großmäulige Barsch 8, der zweite 10 und der dritte sogar 12 Weißfische verschlungen.

„Du bist der Verlierer", sprach der Dritte hämisch zum Ersten. Dieser antwortete: „Das verstehe ich nicht. In der halben Stunde bevor wir uns trafen, habe ich sogar 15 geschafft."

Die Fischersfrau und ihr Mann

„Jeder kennt das Märchen vom Fischer und seiner Frau, dieser gierigen Alten, die den Hals nicht vollkriegt. Man muss zugeben, dass der Fischer hierbei nicht gut wegkommt. Er ist zwar gutmütig, aber doch auch ein Trottel, der sich gegenüber seiner Frau nicht behaupten kann“, begann Arthur.

„Mensch, wenn alle Trottel wären, die sich nicht gegenüber ihrer Frau durchsetzen können, dann wären wir eine Trottelnation“, unterbrach ihn Ludwig.

„Du weißt genau, wie ich das meine“, parierte Arthur. „Alles hat schließlich seine Grenzen, und die Frauen selbst kommen hier ja auch nicht gut weg, wenngleich die Moral der Geschichte gerade deshalb sehr eindeutig ist. Jedenfalls ist es so, wenn man an ein Fischermärchen denkt, dann denken die meisten sofort an dieses. Da kannst du fragen wen du willst. Das ist ärgerlich, aber suche mal ein Märchen, wo der Fischer ein Held ist wie der Jäger zum Beispiel. Da kannst du lange suchen. Oder wenigstens ein Märchen, wo mal der Fisch sich etwas wünscht.“

„Schön und gut“ meinte Günter. „Aber was willst du machen, wenn es keins gibt. „Dann muss man selbst eines erfinden“, antwortete Arthur. „Selbst eins erfinden?“ Ludwig schüttelte mit dem Kopf. „Na beispielsweise so“, entgegnete Arthur. „Na, da bin ich aber gespannt.“

Ludwig beugte seinen Oberkörper vor. „Und nun das Märchen. Man könnte es auch Goldschuppchen nennen. Aber ich nenne es im bewussten Gegensatz zum Fischer und seiner Frau „Die Fischersfrau und ihr Mann.“

Es war einmal eine zauberkundige Fee, die hatte sich einen Fischer zum Mann erwählt. Sie wohnten direkt am See, auf dem der Fischer seine Netze auswarf. Eines Tages erblickte er in einer seiner stets gut gefüllten Reusen eine große herrliche Rotfeder mit goldglänzenden Schuppen und glutroten Flossen. Ich werde sie meiner

Frau schenken, sie wird sich bestimmt sehr darüber freuen, dachte er. Und er rief sie herbei.

Aber diese freute sich ganz und gar nicht. Im Gegenteil, sie schalt ihren Mann: „Schau dir doch diesen wundervollen Fisch an. Er sieht aus wie aus Neptuns Schatzkammer. Niemals würde ich es übers Herz bringen, ihn zu töten und zu essen." Sie setzte die Rotfeder vorsichtig zurück in den See. Zu ihrer Überraschung hörte sie die Rotfeder sprechen:

„Ich danke dir für deine Güte." Die Frau antwortete erfreut: „Nun bin ich noch glücklicher, dass du zurückkehren kannst. Aber ich möchte dein erlittenes Leid wenigstens etwas mildern so gut es geht und dir drei Wünsche erfüllen. Dies ist mir als Fee möglich. Lange habe ich meine Zauberkräfte nicht mehr ausprobiert. Umso freudiger tue ich es gerade für dich. Kehre zurück zu den Deinen, erhole dich einen Tag und komme morgen um diese Zeit wieder hier ans Ufer."

Die Rotfeder schlug mit dem Schwanz leicht auf das Wasser und schwamm davon. Unverzüglich erzählte sie ihrem Mann von der ungewöhnlichen Verabredung. Als dieser bat, mitkommen zu dürfen, freute sie sich. Und so standen sie am nächsten Tag um die gleiche Zeit pünktlich am Ufer des Sees.

Die Rotfeder wartete bereits ungeduldig. „Mein erster Wunsch ist", sprach sie aufgeregt, „ein Vogel zu sein, vielleicht eine Möwe." „So soll es sein", sprach die Fee. „Komm morgen um diese Zeit wieder her und erzähle, wie es dir ergangen ist." Sogleich schwamm eine Möwe auf dem Wasser und erhob sich mit lautem Schrei in die Lüfte.

Am nächsten Tag trafen sie sich wieder an der gleichen Stelle zur gleichen Zeit. „Eine Möwe zu sein, hoch zu fliegen und die Erde mit diesem See von oben zu bestaunen, ist wunderschön", berichtete die Möwe. „Aber nur für einen Tag. Die Luft bekommt mir nicht. Ich habe Sehnsucht nach meinem Wasser." „So soll es wieder sein", sprach die Fee. „Morgen treffen wir uns wieder, um deinen zweiten Wunsch zu erfüllen." Da tauchte die Möwe unter und schwamm als Rotfeder in die Tiefe.

Am nächsten Tag standen die Fee und der Fischer pünktlich am Ufer. Aber sie sahen keine Rotfeder. Nach einiger Zeit jedoch tauchte sie auf, entschuldigte sich für die Verspätung und sprach: „Ich möchte einen Tag als Hecht leben." „So soll es sein", sprach die Fee. „Und vergiss nicht, morgen wieder hier zu sein." So geschah es. Als der Fischer und seine Frau am Ufer ankamen, wartete der Hecht bereits unruhig hin- und her schwimmend. „Bitte verwandle mich schnell wieder in eine Rotfeder", bat der Hecht. „So soll es ein", sagte die Fee ihren Spruch und die Rotfeder sprach:

„Ich möchte niemals mehr ein Hecht sein. Futterneid und Misstrauen bestimmen ihr Leben. Ja, sie sind nicht nur der Feind der friedlichen Fische, sondern auch Feind zueinander. Beinahe hätte mich ein anderer Hecht erwischt. Sie sind Einzelgänger, kennen nicht die schönen Sonnenspiele im Schwarm dicht unter der Wasseroberfläche und auch nicht die gemeinsamen Schwimmfiguren. Ich konnte nicht jagen, denn tief im Inneren meiner Seele war ich noch immer eine Rotfeder."

Die Fee und ihr Fischermann hörten aufmerksam zu. Und die Rotfeder fuhr fort: „Ich war so glücklich als Rotfeder und möchte es auch weiter sein. Deshalb verzichte ich auf meinen dritten Wunsch und tausche ihn gegen eine Bitte." Die Rotfeder schaute die Fischer-Fee fragend an. „Wir sind gespannt", erwiderte sie nickend." „Ich würde mich sehr gern öfter mit euch unterhalten, wenn ihr einverstanden seid. Immer, wenn ihr Lust und Zeit habt, kommt her und ruft mich. Goldschuppchen ist mein Name oder einfach Goldchen."

Der Fischer und seine Frau stimmten begeistert zu. „So wird es sein", bekräftigte die Fee. Und so geschah es auch. Die Rotfeder berichtete über das vielfältige und interessante, teils noch geheimnisvolle Leben unter Wasser und bereicherte so das Wissen des Fischers und seiner Frau. Diese erzählte ihr vom Leben der Menschen und der Tiere über Wasser, aber auch Märchen und Sagen, bis eines Tages Goldchen nicht mehr auf den Ruf ihres Namens reagierte.

Arthur schaute seine Freunde fragend an. „Alles ein bisschen zu harmonisch, so ist die Welt nur im Märchen. Ein Aufreger ist es nicht“, äußerte sich Ludwig. „Aber die Idee, dass sich ein Fisch etwas wünschen kann, ist ja nicht übel“, warf Günter ein. „Jedoch wenn ich ein Fisch wäre, hätte ich mir natürlich gewünscht, dass der Fischer hier nicht mehr fischen soll. Das wäre doch ein toller Konflikt.“

„Den Wunsch hätte die Fee aber nicht erfüllen können bzw. können sicher schon, aber nicht wollen“, gab Arthur zu bedenken. Doch da fällt mir noch ein dritter Wunsch ein. Die Rotfeder könnte sich doch wünschen, dass die Fee die Kormorane vertreibt. Den hätte sie bestimmt erfüllt, und auch ihr Mann wäre damit sicher sehr einverstanden.“

„Na also“, meinte Günter. „Das wäre doch viel besser. Und dann kann das Märchen auch so enden wir bisher, mit der Unterhaltung.“

„Na ja“, sinnierte Arthur abschließend, „Märchen auszudenken ist nicht so einfach. Und sie haben ihre eigenen Gesetze.“

Regenwurm und Aal

Unterm Wasser nah beim Schilfe
schrie ein Regenwurm um Hilfe
Er kannte aber keinen Aal
Das war für beide sehr fatal

Unterm Wasser nah am Schilfe
schrie ein Aal nun laut um Hilfe.

Esel

„Wir Angler sind doch ein lustiges und zufriedenes Völkchen", stellte Ludwig fest. „Das siehst du ja an uns. Es gibt aber wie immer auch Ausnahmen. Diese so genannten Sportfreunde, sage ich mal, sind immer unzufrieden und zerfressen vom Ehrgeiz. Wenn sie einen guten Fisch gefangen haben, schielen sie in Gedanken nach einem noch größeren. Wenn ein anderer einen guten Fang gelandet hat, dann freuen sie sich nicht darüber, sondern sinnen Tag und Nacht darauf, diesen Rang noch zu übertreffen. Ja, sie gehen sogar so weit, bei Fangberichten zu übertreiben, bloß damit sie ganz oben in der Statistik auftauchen. Bei Misserfolgen sind außerdem immer die anderen schuld. Selbstkritik ist für sie ein Fremdwort. Außerdem wären da, wo sie angeln ohnehin zu wenige Fische drin. Sie sind unbelehrbar und wissen alles besser. In ihrer Fanggier übertreffen sie die Fressgier des Barsches. Sie sind ewig gehetzte Fanatiker und führen alles ad absurdum, was wir bisher über die gesundheitsfördernde Wirkung des Angelns gesagt haben."

„Mann, Ludwig, was regst du dich denn so auf?", wollte Arthur wissen. „Natürlich gibt es diese Leute, aber es gibt meiner Meinung nach nur zwei Reaktionen. Die eine, du sagst dir, die sind krank und können nichts dafür. Da ist es sinnlos, mit ihnen zu diskutieren. Die andere, du ignorierst sie einfach. Warum willst du ihretwegen Stress haben?"

„Tja, wenn das so einfach wäre. Aber gut. Ich habe das deshalb gesagt, weil es mir schon lange auf der Seele lag. Der Anlass war ein Erlebnis vor wenigen Tagen erst. Da angelt einer neben mir, nennen wir ihn August, mit einer Wurmrute für Aal und einer Köderfischrute. Die Angeln hatte er links und rechts aufgebockt und stand dazwischen. Auf einem Mal liefen beide Schnüre. Ja, was nun? Er konnte sich nicht entscheiden wie der berühmte Esel zwischen den zwei Heuhaufen. Seine Mine wurde immer galliger. Endlich griff er die Wurmrute, um sie im gleichen Moment wieder abzulegen und die Raubfischangel in die Hand zu nehmen. Aber dann erinnerte er sich wohl der alten Weisheit von der Zigarettenlänge und legte sie wieder hin.

Mein Hilfsangebot lehnte er rigoros ab. Endlich behielt er die Wurmangel in der Hand, schlug an und stellte fest, dass der Fisch am anderen Ende sich höchstwahrscheinlich in das nahe Seerosenfeld festgesetzt hatte. Er zog und zog, die Seerosenblätter schwankten hin und her, aber es war nichts zu machen. In der Hoffnung, der Fisch würde sich selbst freischwimmen, legte er Angel wieder hin, griff die Raubfischangel und nahm Fühlung auf. Er drehte die Kurbel der Rolle und drehte, aber er spürte keinen Widerstand. Der Köderfisch war ab.

Jetzt konzentrierte er sich wieder auf die Wurmangel. Aber die saß immer noch fest. Was sollte er machen? Alle Bemühungen, Tricks und Kniffs halfen nichts. Wenigstens konnte er noch Vorfach samt Haken retten, aber auch ein paar Seerosen mussten dran glauben.

Nun sah ich einen Wutausbruch wie selten. Er schimpfte und tobte. Das Scheiß-Seerosenfeld wollte er rigoros verkleinern, sein Zwilling wäre ein totaler Ausfall. Das Ufer sei außerdem so glitschig und sein rechtes Knie hätte ihn auch gewaltig behindert. Schließlich beruhigte er sich wieder und montierte neu. Nun war wieder Normalzustand eingekehrt. Aber das Glück war dem Meisterangler hold. Er fing doch noch seinen Aal und behauptete, dieser wäre es gewesen, der ihm abgerissen war. Wer weiß es? Aber diese Annahme versöhnte ihn wieder. Da der Aal ein Prachtexemplar war, bat er mich um Hilfe, ihn zu messen und zu wiegen. Gut, warum nicht? Möglicherweise wollte er, dass ich ihn und seinen Fang bewundere. Ich begriff dann sogleich den eigentlichen Sinn seines Anliegens. Als ich hinkam, sah ich, der Aal war mindestens einen Meter lang. Ich gratulierte ihm, was er mit einem huldvollen Lächeln quittierte. ‚Der muss mindestens 103 cm sein, wie viel er wiegt, ist egal', meinte er und legte das Bandmaß an.

‚Wieso?', fragte ich.

‚Der bisherige Rekordaal bei der Aktion ‚Märkische Anglerkönige' war 102 cm lang und wog 1,9 kg.' Immerhin wusste er genau Bescheid. Diese Aktion organisiert die Mitgliederzeitschrift des Landesanglerverbandes Brandenburg ‚Der Märkische Angler' seit einigen Jahren. Aber mehr als einen Meter und einen Zentimeter, großzügig gemessen, gab der Aal nicht her. Ich hielt ihn am Schwanzende und er riss ihm vorne fast den Kopf ab. Es blieb dabei. Nun wog er ihn, es waren genau 1,950. ‚Das sind 30 Gramm mehr als der bisherige Rekordaal', jubelte er. ‚Los, wir messen noch mal.' Aber es blieb dabei und ich ließ mich nicht erweichen, den einen cm zu bezeugen.

Da war der sowas von sauer, beschimpfte mein unsolidarisches Verhalten, der einem Sportfreund keinen Erfolg gönne usw. Außerdem, wie könne ich mich so beschissen haben, denn ein cm sei doch so gut wie nichts.

Jetzt hatte ich aber total die Schnauze voll. ‚Du kannst deinen Aal messen wo du willst und wann du willst. Ich stehe jedenfalls als Zeuge nicht zur Verfügung. Aber lass dir nicht einfallen, den einen Zentimeter dazu zu schummeln. Denn du hast Pech oder besser Glück gehabt. Ich bin nämlich seit vielen Jahren Mitarbeiter in der ehrenamtlichen Redaktion der Zeitschrift. Wenn du den Fang mit 103 cm meldest, dann kannst du sicher sein, dass wir ihn nicht zur Wertung zulassen, denn damit bescheißt du die anderen ehrlichen Angler.'

Das saß. Er guckte so wie eine Gans, wenn es donnert, so jedenfalls ein Ausspruch meiner Großmutter, und sagte kein Wort. Es wäre mir auch egal gewesen, denn ich ließ ihn stehen."

„Und, hat er den Fang gemeldet?", wollte Arthur wissen. „Was denkst du?", fragte Ludwig zurück. „Nach deiner Schilderung eher nicht."

„Richtig, aber da ich schon bei diesem Thema bin, fällt mir noch eine kleine Episode ein. Wir haben in der Zeitschrift immer Angelgewässer vorgestellt und natürlich auch angegeben, welche Fische man da fangen kann. In diesem Falle war ich der Autor. Eine Woche, nachdem die Zeitschrift raus war, klingelt bei mir das Telefon. Am anderen Ende ein Leser aus Berlin. Hier der Dialog:

‚Sind Sie der Autor von der Gewässervorstellung im letzten Heft von die Anglerzeitung?' ‚Ja.' ‚Da steht doch nur Mist drin'. ‚Wieso?'. ‚Ick will mir beschweren'. ‚Worum geht es denn?'. ‚Da steht drin sind viele Fische drin. Sind aba nich. Haben wohl eenen Vertrach mit die Tankstelle, wa?'. ‚Wie kommen sie denn darauf?'. ‚Bin hinjefahren, Benzin vajuckelt, nischt jefangen'. ‚Na, nun mal langsam. Kann es sein, dass sie nicht richtig geangelt haben?'. ‚Kann ooch sinn, bin noch woanders hinjefahrn, ooch nischt jefangen'."

Hilfsbereitschaft

„Wir Angler sind nicht nur lustig und zufrieden, sondern auch hilfsbereit", knüpfte Arthur an den Beginn der Geschichte von Ludwig an. „Das betrifft nicht nur die Hilfe beim Keschern, das Ausleihen der Ködernadel, die ich beispielsweise regelmäßig verliere, oder der Köder überhaupt. Es betrifft auch andere solidarische Leistungen. Vor Jahren machten wir einen Familienausflug an einem sonnigen Junisonnabend. Sonnabends war unser Familienangeltag. Das Gewässer war früher ein Steinbruch, rundherum Acker. In diesem Jahr hatte die Genossenschaft Radieschen angebaut. Die grünen Blätter ragten über die Erde, alles stand schön in Reih und Glied. Die Ernte stand kurz bevor. Die Sonne schien, Kaffee und Kuchen schmeckten – Herz, was willst du mehr.

Ohne große himmlische Vorwarnung zog plötzlich ein Gewitter auf und zwar so schnell und vom Donner begleitet so heftig, dass wir augenblicklich bis auf die Haut nass waren. Die Redewendung vom Bindfadenregen war noch übertrieben. Es regnete Seile. Aber so schnell das Gewitter gekommen war, so schnell hatte es sich wieder verzogen. Die Sonne schien warm, als ob sie Mitleid mit uns hätte und uns bedeuten wollte, sie wäre nicht schuld an dem Unwetter.

Dieses hatte die Radieschen bis auf die Wurzel frei gespült. Ein wunderschöner Anblick – nicht mehr ganz so stabil in Reih und Glied, sondern etwas schief standen sie, aber herrlich rot und nass in der Sonne leuchtend – ein wahres Kunstwerk der Natur.

Ich hatte mir inzwischen aus dem Auto, das hinten auf dem Parkplatz stand, eine trockene Badehose besorgt und ging zurück zur Angelstelle. Auf dem Weg sah ich einen Angler, der offensichtlich für heute genug vom Wetter hatte und vergeblich versuchte, sein Motorrad in Fahrt zu bringen. Er rutschte nur auf dem schlammigen Weg hin und her. Ohne weiter nachzudenken, fasste ich hinten an und schob mit voller Kraft, während der Fahrer kräftig Gas gab. Mit einem Mal drehte sich das Hinterrad, schleuderte mir einen heftigen Schwall Schlamm vom Kopf bis zu den Knien, bekam Bodenhaftung und mit einem Sprung raste der Fahrer davon. Er hatte natürlich keine Zeit, sich umzudrehen, denn er musste sich voll auf die glitschige Fahrbahn konzentrieren.

Da stand ich nun in meinem Wellneskostüm und taugte nur noch als Lachfigur. Aber Schlammbäder sind ja bekanntlich gesund und erzeugen ein ganz besonders wohliges Gefühl, wenn der Dreck im Wasser nach und nach abweicht.

„Es geht aber auch anders. Da habe ich ein gutes Beispiel aus jüngster Zeit“, ergänzte Günter. „Im vorigen Jahr wurde unser Wohnblock grundlegend saniert, auch die Elektroanlage. Ich kam mit den Elektrikern ins Gespräch und wusste schnell, dass ein begeisterter Angler darunter war, der bedauerte, dass er im Moment zu wenig Zeit für sein Hobby habe. Aber wir fanden wenigstens Zeit, um uns über alles Mögliche zu unterhalten, was Angler so eben interessiert.

Dabei sagte ich unter anderem, es wäre schön, wenn ich im Keller eine Steckdose hätte für eine kleine Kühltruhe, um den frisch gefangenen Fisch hier einfrieren zu können. Aber wirklich ohne direkte Absicht bzw. nicht direkt als Bitte formuliert. Und was soll ich sagen? Als die Truppe nach zwei Tagen fertig war, hatte ich eine Steckdose in meinem Keller. Der Angler hatte nichts dergleichen vorher angedeutet, sondern einfach gehandelt. Das nenne ich Angler-Solidarität."

Barschige Bildungsreise

Ein alter Barsch schwamm einst mit einem jungen Artgenossen am Ufer des Flusses entlang. Da sahen sie einen dicken Wurm im Wasser schweben, der sich eifrig regte. Der Junge wollte sich auf den Wurm stürzen, aber der Alte hielt ihn gerade noch davon ab. „Traue niemals frei schwebenden Würmern", mahnte er. „Sie verbergen einen Haken, den tückische Angler an der Sehne haben und diese Sehne wiederum an einer Rute. Kaum hast du geschluckt, hängst du daran und wirst unweigerlich aus dem Wasser in den Tod gezogen."

Wenig später schwamm ein silbriges Fischchen flattrig an ihnen vorbei. Erneut wollte der junge Barsch das Tierchen verfolgen und wiederum hielt ihn der Alte zurück. „Traue niemals solchen flattrigen Silberfischchen. Auch sie sind nur ein Köder der Angler, um uns zu erbeuten."

Der junge Barsch verspürte bereits großen Hunger, als beide einen toten Fisch bemerkten, der sich allerdings manchmal eigenartig hoch und herunter bewegte. Gegen diesen toten Fisch wird doch mein Lehrer keinen Einwand haben, dachte der Schüler und stürzte sich auf ihn, ehe der Alte ihn zurückhalten konnte. Aber in dem Moment sauste der tote Fisch nach oben und dem jungen Barsch aus dem Maul.

„Du hast noch einmal großes Glück gehabt", belehrte ihn der Alte. „Denke immer daran, an toten Fischen mit unnatürlichen

Bewegungen ist meistens ein Haken, der wiederum an einer Angel befestigt ist.“ „Ja, aber wenn wir so weiter schwimmen, dann verhungere ich“, klagte der junge Barsch. Was soll ich denn fressen, wenn du mir dauernd erzählst, die besten Happen seien für uns tödlich.“ Da bewegte der Alte seine Schwanzflosse und antwortete: „Eben dies war der Sinn unserer Bildungsreise. Nicht die leichtesten sind die besten Happen, sondern jene, die du mit List und Schnelligkeit erbeutest hast, auch wenn du nicht in jedem Fall erfolgreich bist.“

Angeln und Sport

„Hier habe ich meine Angelzeitschrift. Die Redaktion ruft auf zur Diskussion, ob Angeln Sport ist oder nicht. Wollen wir uns daran beteiligen?“ eröffnete Ludwig das Gespräch.

„Nee, nicht schon wieder.“ Günter winkte ab. „Die Diskussion ist doch eigentlich fast so alt wie es organisierte Anger gibt. Und seit dieser Zeit gibt es Pro und Kontra, wobei die Befürworter bis heute überwiegen.“

„Ich stimme Dir prinzipiell zu, aber es kann ja nicht schaden, auch scheinbar seit einem Jahrhundert festgeklopfte Positionen neu zu überdenken“, gab Arthur zu bedenken. „Für mich ist die Sache klar“, sagte Ludwig. „Ohne körperliche Anstrengung kein Angeln, deshalb ist Angeln zumindest dann Sport.“ Arthur entgegnete: „Angeln ist auch Sport, wenn es ums Turnierangeln oder Casting geht, wie es heute heißt. Das war und ist Sport im besten Sinne. Aber das, was wir machen, nein, nein, das ist kein Sport, weil es hier um ein Wirbeltier geht. Und das passt nicht zusammen, da sind wir doch heute viel weiter in unseren ethischen Ansprüchen als beispielsweise vor 30 oder 40 Jahren, vom Beginn des organisierten Angelns ganz zu schweigen.“

„Ich sehe schon, sogar wir kommen da nicht weiter, obwohl wir doch prinzipiell eine Antenne haben", unterbrach Günter. „Ich schlage vor, Arthur macht sich mal schlau in der Geschichte, trägt uns das Ergebnis vor und wir diskutieren dann noch mal."

Damit waren die beiden einverstanden. Arthur erarbeitete eine „Denkschrift", wie er es stolz nannte und schickte sie Ludwig und Günter zu.

Hier seine Position: Angeln ist kein Sport!

Es waren die Angler selbst, die ihre Passion mit Sport verglichen und somit als Sport bezeichneten. Die Gründung des „Centralverein(s) der Angelfreunde 1866 zu Berlin" am 8. März 1866 gilt als Geburtsstunde des organisierten Angelns in Deutschland. Danach gründeten sich weitere Anglervereine, die bereits im Namen den Sportgedanken hervorhoben, z. B. 1885 der „Fischerei-Sportverein Oberlahn e.V." (Hessen), 1886 der „Sportanglerverein Paderborn 1886 e.V." (Nordrhein-Westfalen) oder der 1891 gegründete „Sportfischer-Verein Fürstenberg" Frankfurt/Oder. Max Paul Gustav Kreuzwendedich von dem Borne (1826 bis 1894), schrieb im Vorwort seines 1894 als Taschenbuch aufgelegten Klassikers „Illustriertes Handbuch der Angelfischerei": „Das Wanderfischen mit seinen Unterarten der ‚Spinnfischerei' oder ‚Flugangelei' ist den meisten Menschen ebenso unbekannt wie die Tatsache, daß es wenige Sports gibt, die an die Beweglichkeit, Kraft und Leistungsfähigkeit gegen den Einfluß der Witterung im Sommer und Winter größere Anforderungen stellen als jene Methoden der Angelkunst, mittels derer sogar zentnerschwere Fische erbeutet werden."

Hier haben wir die Gleichstellung und Einordnung des Angelns mit dem bzw. als Sport durch die körperlichen Anforderungen als erste Argumentationslinie.

Eine zweite bestand in dieser Zeit der Herausbildung Deutschlands zu einer modernen Industriegesellschaft darin, die junge Anglerbewegung mit der sich rasant entwickelnden Sportbewegung zu verbinden und ihr so eine gleichberechtigte Aufnahme und vor allem Anerkennung in der Öffentlichkeit zu sichern. Damals entstanden die ersten gesamtdeutschen Sportverbände, so 1898 die Deutsche Sportbehörde für Athletik (Vorläufer des Deutschen Leichtathletik-Verbandes) in Berlin, 1899 die Deutsche Automobilclub in Berlin oder 1900 der Deutsche Fußball-Bund in Leipzig. Nach der Aufhebung des Sozialistengesetzes (1878 bis 1890) erlebte auch der Arbeitersport einen Aufschwung. Es gründeten sich zahlreiche Sportverbände wie 1893 der Arbeiter-Turner-Bund oder 1897 der Arbeiter-Schwimmer-Bund. Die Angler koppelten sich an diesen Zug an, um vom allgemeinen Aufschwung des Sports mit zu profitieren.

Schließlich gab es eine dritte Argumentationslinie. Der sportliche Angler oder der Sportangler war eben nicht der Frei- oder Raub- oder Wildangler. Der Sportangler hielt sich an die Gesetze und behandelte den Fisch fair wie es Sportler generell untereinander und gegeneinander sein sollen. Man legte in der Anfangszeit des organisierten Angelns sehr großen Wert auf diese Unterscheidung, weshalb der Sportgedanke dafür als überzeugend betrachtet wurde.

Mit diesem Selbstverständnis wehrten sich die Angler gegen das damals gültige Preußische Fischereigesetz vom 30. Mai 1874. Den Fischern war es aber noch zu anglerfreundlich und so schlugen sie Abänderungen vor, die die Angler nicht mehr hinnehmen wollten. Im Ergebnis dieser Stimmung wurde am 31. Mai 1900 mit dem Deutschen Angler-Bund (DAB) die erste gesamtdeutsche Anglerorganisation gegründet. Es ist daher nicht verwunderlich, um nicht zu sagen nur konsequent, dass der Aufruf des Komitees so beginnt: „Deutsche Angler! Werte Sportsgenossen, hochverehrte Freunde der Angelfischerei! Unter den erfreulichen Errungenschaften der letzten Jahrzehnte steht nicht zuletzt das Aufblühen der verschiedensten Sports in unserem deutschen Vaterlande. Diese Thatsache muß alle Vaterlandsfreunde mit Genugthuung erfüllen, denn vernünftig betrieben, trägt ein jeder Sport in sich die Keime zu harmonischer Entwicklung von Körper und Geist des Einzelnen und dient damit zur Förderung der Gesamtheit. Den Wert des Sports vermochte wohl eine frühere Zeit zu verkennen, heutzutage ist jeder Einsichtige davon durchdrungen, daß Volksgesundheit und Daseinsfreude durch frischen Sport ihre beste Hebung erfahren. Aber noch immer steht einer der schönsten, anregendsten und gesundesten Sports – unser Angelsport – wenig geachtet, vielfach verspottet und von Nichtkennern mitleidig oder höhnisch belächelt, beiseite, gewissermaßen ein Aschenbrödel!"

In diesem Zeitabschnitt förderte auch der als „Altmeister des Angelns" bekannte Dr. Karl Heintz mit seinem 1903 erschienenen Buch „Der Angelsport im Süßwasser" die Verbreitung und Entwicklung neuer Angelgeräte und machte vor allem das Spinnfischen als Sport populär. Der von ihm 1906 kreierter Heintz-Blinker ist bis heute ein Begriff. Sein Buch ist wohl das erste mit der Bezeichnung Angelsport im Titel.

Der 1921 gegründete Arbeiter-Angler-Bund Deutschlands verstand sich als Teil der Arbeiter-Sportbewegung. Obwohl es heftige Auseinandersetzungen mit dem DAB und anderen regionalen bürgerlichen Verbänden gab, war man sich darin einig, Angeln als Sport zu begreifen und erste Angriffe der Angelgegner abzuwehren. Hinzu kamen die Auseinandersetzungen mit den Berufsfischern. Speziell an die Adresse der Fischer, die die organisierten Angler nach wie vor mit Misstrauen, ja Feindschaft begegneten wurde hervorgehoben, dass schon die bloße Existenz eines Anglervereins genüge, um die Wildfischer zu vertreiben, weshalb man den Widerstand der Berufsfischer gegen die organisierten Angler nicht verstehen könne.

Nach dem Krieg organisierten sich die Angler neu. Am 18. Januar 1946 wurde der Verband Deutscher Sportfischer (VDSF) für das Gebiet der alten Bundesrepublik gegründet. Hier ist der Name schon Programm. In der sowjetischen Besatzungszone bzw. der DDR entstanden Anglervereinigungen in den Ländern und am

23./24. Oktober 1954 auf dem I. Verbandstag nach vielen Mühen und Druck von der Basis der Deutsche Anglerverband (DAV). Er war korporatives Mitglied des Deutschen Turn- und Sportbundes der DDR. Damit waren auch hier die Einordnung und die Botschaft eindeutig.

Von Beginn der organisierten Anglerbewegung an wurde zwar die als Selbstverständlichkeit geltende Auffassung, dass Angeln Sport sei, auch von Anglern selbst angezweifelt. Es gab sogar Diskussionen darüber in der Angelpresse. Eine besonders heftige Ablehnung finden wir z.B. in der Ausgabe 12/1927 der Zeitschrift „Der Angelsport“: „Angeln kann nie und nimmer den Zweck haben, Fische lediglich aus dem Grund zu fangen, um einen Rekord aufzustellen ... Rekord! Da haben wir den Ausdruck des Ueberbietens und Ueberspannens in reinster Form. Angeln ist kein Sport, keine Gelegenheit zum Rekordaufstellen ...Die eheliche Verbindung von Sport und Angeln ist eine Mißehe, die Bezeichnung Sportangler eine elende Missgeburt.“

1950 zitierte der Nestor der DDR-Fischereiwissenschaft Prof. Dr. Wundsch im Aprilheft von „Fischen und Angeln“ einen Fischereifachmann, wenn auch nur im Scherz, dennoch mit ernster Absicht: „Wie wäre es denn, wenn mal einer einen Obstpflücksport oder Kartoffelbuddelsport erfinden würde, und diese „Sportsleute“ ihre Betätigung in derselben Weise verlangten wie unsere Angler?“ Wenn Angeln Sport ist, dann ist es auch die Kleingartenarbeit.

Letztlich blieben jedoch die Angler unerschütterlich. So war und ist auch heute sicherlich die Mehrzahl der Angler dafür, Angeln als Sport zu begreifen. Daher war es nur logisch, auch Angelwettkämpfe zu veranstalten. Andere und neue Argumente pro Sport als die bereits dokumentierten vor mehr als 100 Jahren gibt es bis heute nicht.

Aber in den letzten Jahrzehnten hat sich das öffentliche Bewusstsein für den Tierschutz, für die Anerkennung und Achtung der Rechte eines Tieres, vor allem eines Wirbeltieres, geschärft – auch unter den Anglern. Bestes Beispiel ist das Verbot, einen lebenden Köderfisch zu benutzen und nicht den Wettkampf in den Mittelpunkt des Angelns zu stellen. Wir erleben also in dieser Beziehung nach und nach einen Wertewandel, eine neue Gewichtung des Tierschutzgedankens.

Gerade dieser kommt in der bisherigen Argumentation pro Sport von Anfang an zu kurz – aus damaliger Sicht verständlich. Heute aber ist es völlig berechtigt, ja notwendig, die bisherige Bindung des Angelns an den Sport infrage zu stellen ohne das Angeln in irgendeiner Form abzulehnen oder gar zu diskriminieren.

Dem Angler ist wie auch dem Jäger ein Wirbeltier als hohes Gut anvertraut. So ist zu fragen, ob es heute noch vertretbar sein kann, alle Handlungen und Anstrengungen, die den Fang und letztendlich die Tötung des Wirbeltieres Fisch zum Ziel haben, als Sport zu bezeichnen.

Während bisher die Handlung Angeln im Vordergrund stand, sollte nun der Zweck selbst zum Kriterium gemacht werden, ob Angeln Sport sein kann. Und da muss ich eindeutig bekennen, dass ich es nicht als Sport einstufen kann.

Wenn es damals nachvollziehbar war, das Image des Angelns durch seine Einbindung in den Sport zu verbessern, dann beobachten wir gegenwärtig mehr und mehr das Gegenteil. Die Betonung des Angelns als Sport wird genutzt, um das Angeln selbst zu diskreditieren. Es wäre gut, wenn wir nun den Mut aufbrächten, das Angeln auch im Bewusstsein der Öffentlichkeit vom Sport abzukoppeln. Dies brächte uns jetzt und künftig erst recht mehr gesellschaftliche Anerkennung. Verlieren würden wir nichts.

Ja, und was ist Angeln dann? Es ist schlicht und einfach eine beliebte Freude spendende Freizeitbeschäftigung von Millionen Menschen, die körperliche Anstrengungen, viel Geschick und Wissen erfordert. Angeln ist uralte Fertigkeit, uraltes noch immer mit Geheimnissen begleitetes Kulturgut und somit Erbe der Menschheit. Angeln beschert den Reiz des Ungewissen, des Nichtvorhersagbaren ebenso wie das Glücksgefühl des Fanges und den Fisch als gesundes Nahrungsmittel. Angeln ist unverzichtbare Hege und Pflege der Fischbestände, Wiedereinbürgerung verschwundener und Erhaltung bedrohter Arten in einer vom Menschen geschaffenen Kulturlandschaft. Angeln ist eine Form, vielen Menschen, besonders Kindern und Jugendlichen, das Abenteuer Natur näher zu bringen und zu genießen. Angeln ist, nicht zuletzt in Verbindung mit dem naturnahen Tourismus, auch ein bedeutender wirtschaftlicher Faktor. Angeln hilft, die Natur zu erhalten, zu verbessern und dient damit zukünftigen Generationen. Angeln ist eben noch viel mehr als Fische zu fangen. Das reicht doch völlig aus, um ein begeisterter Angler zu sein oder?

Nun konnte die Diskussion fortgesetzt werden. „Ich stimme Dir voll zu", eröffnete Günter.

„Aber ich nicht", widersprach Ludwig. „Es ist ja nichts dagegen einzuwenden, die Ethik mehr in den Vordergrund zu stellen, aber das tun wir doch schon lange, zuletzt sehr deutlich mit unserem Ehrenkodex. Ich jedenfalls behandle von Beginn meiner Anglerlaufbahn an jeden Fisch mit Respekt. Und wenn ich nach einem Angeltag zu Hause bin und am nächsten Tag Muskelkater habe, dann habe ich mich auch sportlich geschafft."

„So, dann kannst du auch, wie wir gelesen haben, die Kleingartenarbeit als Sport bezeichnen. Da hast du unter Umständen noch mehr Muskelkater. Wir müssen uns entscheiden. Wollen wir ein klares Zeichen setzen oder nicht? Beim Hegeangeln sind wir Dienstleister für die Natur, tun wir etwas für das biologische Gleichgewicht der Fischarten, indem wir überschüssige Weißfischbestände dezimieren. Mit dieser klar definierten Absicht kann man auch den besten Hegeangler sprich Naturdienstleister ermitteln.

Das ist ein weites Feld. Wenn wir Angeln mit Sport verbinden, dann verbinden wir Angeln automatisch auch mit Wettkampf, obwohl wir das noch nicht mal wollen. Aber wir können nicht die öffentliche Meinung ignorieren."

„Wir könnten noch lange diskutieren“, unterbrach Günter, „wenn wir uns hier schon nicht einigen können, dann können es die vielen Millionen Angler schon lange nicht. Hier müssen die Verbände ein klares Wort sprechen.“

Petri Heil!

Nach einer Pause lenkte Arthur die Aufmerksamkeit auf ein neues Thema. „Ich wurde neulich gefragt, seit wann gibt es den Gruß Petri Heil! für die Angler? Ich gehe davon aus, dass das auch euch interessiert.“ Er holte einige bedruckte Seiten aus seiner Tasche und trug vor: „Der 31. Mai 1900 ist der Gründungstag des Deutschen Anglerbundes und damit der ersten Anglerorganisation für ganz Deutschland. Der Aufruf des Komitees zur Gründung des Allgemeinen Deutschen Anglerbundes vom April 1900 endete mit dem Gruß ‚Petri Heil!‘.

Hier finden wir also zum ersten Mal in einem offiziellen Dokument der Angler unseren Gruß. Das dürfte unstrittig sein, weil es ja auch das erste offizielle Dokument war.

Mit großer Wahrscheinlichkeit haben die Komiteemitglieder den Gruß Petri Heil! von den Fischereivereinigungen übernommen. So schließt in der 1. Ausgabe des Jahrgangs 1897 der Allgemeinen Fischerei-Zeitung der Glückwunsch der Redaktion für das Jahr 1897 mit Petri Heil! ab und in einem 1892 in Lauenburg bei Harburg a. d. Elbe von W. Vogel, Inhaber einer Aalversandfirma, im Selbstverlag erschienenen Buch ‚Der Aal und dessen Aufzucht‘ endet das Vorwort mit dem gleichen Gruß. Während also die Fischer diesen Gruß offensichtlich bereits seit längerer Zeit verwendeten, seit wann genau wäre interessant zu wissen, haben ihn die Angler offiziell mit diesem Gründungsaufruf übernommen. Ein früherer Gebrauch des Grußes durch die Angler ist momentan nicht nachweisbar, aber durchaus auf lokaler Ebene möglich.“

„Mann", sagte Ludwig nachdenklich, „da gebrauchen wir diesen Gruß so oft und die Wissenschaft hat bis heute nicht exakt herausbekommen seit wann. Aber immerhin sind wir Angler jetzt schon ein Stück weiter. Was man heutzutage noch alles rauskriegen kann.

Drei Richtersprüche

Einst stritten sich die Fische erneut darüber, wer von ihnen im Range am höchsten stünde. Ein jeder Vertreter seiner Art beanspruchte mit Hinweis auf seine Bedeutung für das gesamte Fischvolk die Spitzenposition für sich.

Da nun alle für sich gute Gründe vorbrachten, konnten sich die Fische wiederum nicht einigen. Da unterbreitete der Wels folgenden Vorschlag: „Wir wollen drei unabhängige Richter bitten, unseren Streit zu schlichten."

„Und wer sollte das sein?", fragten die anderen. „Sie müssten aber gut über uns Fische Bescheid wissen", gab der Hecht zu bedenken. Der Wels antwortete. „Ja, so sollte es ein. Deshalb würde ich den Haubentaucher, den Kormoran und den Angler als Richter nominieren. Wenn ihr einverstanden seid, wollen wir ihren Spruch ein für allemal anerkennen."

Die Versammlung signalisierte durch eifriges Flossenschlagen Zustimmung und der Wels wurde beauftragt, einen jeden der Genannten zu bitten, das Richteramt zu übernehmen.

So geschah es. Nach zwei Wochen stellten sich die Fische wieder ein und warteten gespannte auf die Urteile. Zuerst sprach der Haubentaucher: „Die edelsten Fische sind für mich jene, die ich ohne große Probleme verschlingen kann, also eher die kleineren."

Der Kormoran schüttelte mit dem Kopf und erklärte: „Für mich sind alles edle Fische, wenn sie nur groß genug sind, um meinen Hunger zu stillen. Deshalb plädieren ich eher für die mittelgroßen, wenngleich ich auch kleine nicht verachte."

Nun waren alle gespannt, was der Angler ihnen zu sagen hatte: „Als Angler strebe ich immer nach dem Fang meines Lebens, also möchte ich große Fische fangen. Deshalb stehen sie für mich in der Rangfolge ganz oben."

Da waren die Fische so klug wie zuvor und schwammen auseinander.

Kastanien

Zuerst beherrschten Kastanien das Gespräch. Nicht verwunderlich, denn Herbstzeit ist auch Kastanienzeit. Eigentlich wollten sie eine Angeltour unternehmen, aber das Wetter schlug um und wurde so windig und regnerisch, dass das Trio beschloss, es ein andermal zu versuchen. Als sie sich bei Günter, der am nächsten wohnte, aufwärmten, hörten sie in unregelmäßigen Abständen Peng-Geräusche – peng und kurz darauf wieder kurz hintereinander peng, peng.

„Was ist denn hier los?", fragte Ludwig den Gastgeber. Der winkte nur ab. „Schau doch mal raus, lauter Kastanienbäume hier vor dem Haus. Die Kastanien fallen jetzt raus und knallen auf die Autodächer. Da sitzt ganz schön was hinter, da kannst du manche Delle sehen, mein Lieber, vor allem die Japaner haben dünnes Blech." „Da bin ich ja froh, dass mein guter alter Mercedes, erst vor ein paar Tagen günstig erworben, etwas weiter weg steht", reagierte Ludwig erleichtert. Und wie viel verbraucht der?", wollte Arthur wissen." „Keine Ahnung, wenn der Tank leer ist, tanke ich nach."

„Da wir gerade bei Kastanien sind", nahm Günter, heißen Tee schlürfend, den Gesprächsfaden wieder auf. „Ich hab da einen Geheimtipp, habt ihr garantiert noch nicht gehört." Nun war natürlich die gewohnte Spannung wieder da. Ludwig und Arthur schauten Günter erwartungsvoll an und der legte los: „Am Rande meines Heimatdorfes gibt es einen kleinen See, der mich schon als

Kind fasziniert hat. Hier unternahm ich meine ersten Angelversuche. Das Besondere aber ist, am Südufer stehen uralte Kastanien. Als ich vorgestern wieder dort war, um mit alten Freunden über alte Zeiten zu plaudern, musste ich natürlich auch probieren, ob ich einen Karpfen bekomme. Ich hatte mir ein frisches Weißbrot besorgt und warf einige große Flocken in den Teich. Es dauerte nicht lange, da kam auch schon einer von unten bis an die Oberfläche und schlürfte förmlich den Leckerbissen in sich hinein. Diesen Spaß wiederholte ich mehrmals. Und da passierte es."

Günter machte eine Pause, aber die beiden reagierten nicht. Also stand er auf und blieb eine Weile weg. Schließlich kam er mit einer Kanne frisch gebrühten Tees zurück und schenkte ihn gemächlich ein. Ludwig rutschte ungeduldig hin und her: „Wieso, was soll denn passieren, du bist doch nicht etwa reingefallen?", kicherte er.

Günter schüttelte nur den Kopf. „Schlimmer oder soll ich sagen überraschender? Kurz vorher war nämlich eine Kastanie runter gefallen und einer Ente genau auf den Kopf. Ein Volltreffer, denn die machte vielleicht ein Geschrei." Seine Freunde machten ein bedeppertes Gesicht. „Kann ja passieren", warf Arthur dröge dazwischen.

„Richtig", fuhr Günter fort. „Aber eben noch mehr. Jedenfalls montierte ich meine Angel nun mit Schwimmbrot und es dauerte nicht lange, da schluckte ein Karpfen gerade mein Weißbrot und zog damit ab. Nun, dachte ich, der reicht für eine Mahlzeit, haute an, drillte ihn an die Oberfläche und wollte ihn gerade keschern, als eine riesige Kastanie genau auf seinen Kopf sauste und sofort die zweite hinterher, kurz hinterm Rüssel, versteht ihr? Der war so erschrocken, dass er im Bruchteil einer Sekunde abtauchte, doch nach kurzer Zeit an derselben Stelle wieder auftauchte, aber offensichtlich benommen, wie besoffen. Der flosselte da so hin und her, so dass ich keine Mühe hatte, in den Kescher zu bekommen."

Beide Freunde schwiegen.

„Den Karpfen könnt ihr mal probieren, „nahm Günter wieder

das Wort. „Der Geschmack hat was." Sprach's, ging in die Küche und servierte den beiden wie auch für sich einen ordentlichen Kosthappen mit Weißbrot – und nun auch ein Bierchen.

Arthur und Ludwig schnüffelten erst mal neugierig und kosteten voller Spannung. „Hm", meinte Arthur, schmeckt gut, aber du hast Recht, da ist noch was, dass ich bisher noch nicht kannte." „Sage ich doch", Günter setzte sein Fanglächeln auf. „Und was sagst du Ludwig?" Der schmeckte und schmatzte, wiegte den Kopf hin und her, probiert erneut. „Komisch", sage ich, „komisch, da stimmt irgendetwas nicht. Die haben doch da in dem Teich nicht etwa irgendwelches Zeug eingeleitet und du bist drauf reingefallen?" „Diesen Satz hättest du dir wirklich sparen können", parierte Günter. „Oder glaubst du, dass ich euch dann etwas vorgesetzt hätte? Nein, nein, es ist – höchstwahrscheinlich – was anderes, eigentlich einfaches, aber doch überraschendes." Günter grinste. „Als ich den Karpfen ausnahm, traute ich meinen Augen nicht, da sah ich eine halbverdaute Kastanie. Was sagt ihr dazu?"

Ludwig schaute noch immer skeptisch, holte tief Luft: „Ich hab ja schon viel erlebt, selbst ausprobiert, noch mehr mit anderen erlebt, nicht zuletzt mit euch, habe viele Angelbücher gelesen, aber das ist mir noch nicht untergekommen. Wo soll denn die Kastanie herkommen?"

„Na, du kannst ja fragen. Woher soll die Kastanie herkommen. Woher wohl, von den Kastanienbäumen natürlich." „Ich meine doch, wieso soll ein Karpfen eine Kastanie fressen? Dann kannst du die doch gleich als Köder nehmen. Und das hat man ja nun wirklich noch nicht gehört."

„Woher soll ich das wissen", antwortete Günter. Das ist doch das Faszinierende beim Angeln. Es gibt eben Dinge, die kann man nicht erklären- oder doch? Ein Karpfen ist ein Wasserschwein. Der Bursche hatte wohl gewaltigen Knast und ließ sich durch eine ins Wasser gefallene Kastanie verführen. Ein instinktmäßiger Schnappreflex sozusagen. Jedenfalls würde das den etwas stärkeren nussigen Geschmack erklären. Und der ist doch wohl nicht übel, oder?“

Schwein und Karpfen

Ein Bad im Teiche nahm das Schwein
Es wollte nicht mehr schweinisch sein
Da kam ein Karpfen angeglotzt
Und hat das Schwein bös angemotzt
Sieh her, ich bin das Wasserschwein
Warum willst du kein Erdschwein sein?

Ja, es hat schon seinen Sinn

Ludwig hatte am 13. Mai Geburtstag. Das ist in der Geschichte des Deutschen Anglerverbandes ein historisches Datum, denn genau an diesem Tag 1954 hatte die Regierung der DDR die „Verordnung über die Bildung einer einheitlichen Anglervereinigung in der Deutschen Demokratischen Republik“ erlassen. Auf dieser Grundlage konstituierte sich der DAV im Oktober des gleichen Jahres. Verständlich also, dass die Geburtstagsfeier bei Ludwig immer einen historischen Anstrich hat.

So war es auch in diesem Jahr. Ludwig versank geradezu in Erinnerungen und erzählte: „Es war der 15. Mai 1954. Diesen Tag vergesse ich nie. Mein Vater – seit jeher begeisterter Angler – hatte sich frei genommen und wollte ‚reinhauen‘ auf Hecht, wie er es nannte. Und ich durfte mit. Das hatte er mir zu meinem 10. Geburtstag vor ein paar Wochen fest versprochen. Was mein Vater versprach, das hielt er auch.

Ich konnte die Zeit kaum abwarten und rutschte unruhig auf meinem Platz in der Schule hin und her. Die Ermahnungen der

Lehrerin halfen nichts, bis sie es schließlich aufgab. ‚Was ist denn bloß heute mit dir los?', wollte sie wissen. Tja, wenn sie es wüsste, aber ich sagte es ihr nicht, dass meine Unruhe etwas mit meinem Spitznamen ‚Fischer' zu tun hat, weil meine Angelleidenschaft im ganzen Dorf bekannt war.

Allerdings angelte ich meistens Stichlinge mit Wurm im Steinbruch am Dorfrand. Die band ich an einen normalen Faden hielt ihn ins Wasser und schon war so ein kleiner Stachelfisch dran. Sie hielten den Wurm so fest im Maul, dass ich sie hochziehen konnte. Dabei spreizten sie die Stacheln ab. Da sie den Wurm nicht schlucken konnten, zog ich sie vom Wurm einfach ab und weiter gings. Das klappte zwar nicht immer, aber meistens. Auf diese Art und Weise fing ich in einer halben Stunde an die zwanzig Fische. Meine Versuche, sie in einem Aquarium zu halten bzw. ein einem großen Glas scheiterten, weil ich zu wenig über sie wusste. Aber für den Spitznamen reichte es.

Nach dem Unterricht rannte ich nach Hause. Vater erwartete mich schon und lachte. ‚Sachte, sachte, es ist noch Zeit. Iss erst mal einen Happen, dann fahren wir los. Ein Angler muss warten können'. Aber ich konnte es nicht, schlang die Happen herunter, begleitet vom Kopfschütteln der Mutter.

Endlich ging es los. Am See angekommen, durfte ich den Köderfisch angeln. Es roch faulig und nach frischem Grün. Ich kannte fast jeden Schilfhalm, den Frosch und den Drosselrohrsänger von nebenan, den Bussard oben am Himmel.

Vater hatte zwar schon zwei, ehe ich meine Plötze aus dem Wasser zog, aber er nahm meine für den Hecht. Er wusste, dass hier einer steht. Sofort nach dem Wurf tauchte die Pose ab. ‚Deine Plötze hat aber Kraft oder es ist zu viel Blei dran', meinte Vater und wollte Fisch und Pose wieder ans Ufer ziehen. Doch das ging nicht. ‚Hänger, auch das noch', rief er verärgert und riss die Rute hoch.

Die Spitze bog sich enorm und bewegte sich. Ich hörte auf zu angeln und schaute zu, was Vater jetzt machte. Er lockert die Bremse und dann ging es los. Mann, war ich gespannt.

Ob es wirklich de Hecht ist, ob Vater ihn bezwingen wird? Nun, da hatte ich keinen Zweifel, denn in Kriegszeiten erbeutete er mehrere große Hechte, wie er mir öfter erzählte. Aber wie groß wird der sein? Ich hatte noch nie so einen Kampf verfolgt. Nach einigen Minuten, die mir ewig lang vorkamen, konnte ich den Fisch erkennen – tatsächlich ein Hecht. Der beginnt jetzt erst richtig zu kämpfen, sprang aus dem Wasser und klatschte auf die Wasseroberfläche, dass es nur so spritzte.

‚Du musst ihn Keschern', rief mir Vater zu, ‚alleine schaffe ich ihn nicht'. Und wirklich, jedes Mal, wenn Vater ihn in Ufernähe hatte und ich glaubte, ihn Keschern zu können, rutschte er, immer noch wild, über den Kescherrand. ‚Du musst den Kescher tiefer halten', rief Vater aufgeregt, denn jetzt hatte es auch ihn total gepackt.

Ich hielt ihn tiefer, der Hecht war fast drin, da knickte der Kescher ab und der Hecht war wieder draußen. Er zog nach rechts, die Schnur verfing sich in den im Wasser hängenden Ästen eines Strauches – und tauchte offensichtlich total ermattet auf.

‚Es hilft nichts', sagte Vater, ‚du musst ins Wasser'. Das war kein Problem, doch der Hecht erkannte die Gefahr und sauste erneut in die Tiefe, wobei er die Sehne zum Glück aus dem Strauchwerk befreite. Allmählich gelang es Vater, der nun wieder ganz ruhig war, den Hecht immer näher an mich heranzuführen. Ich hielt den Kescher rechts und links am Bügel, schob ihn unter den erschöpften Hecht und hatte Mühe, ihn mit einem Ruck aus dem Wasser zu heben. Geschafft. Ich freute mich riesig und schaute Vater an, der ganz still war und nur sagte: ‚Prima, das haben wir doch gut gemacht was?'. Ich bewunderte noch immer den Hecht. So einen hatte ich jedenfalls noch nie gesehen. Aber auch Vater war zufrieden, das Bandmaß zeigte 95 cm und die Waage 6 kg.

Ich stellte mir vor, wie Mutter sich freuen würde, denn auch sie aß gern Fisch und konnte ihn prima zubereiten. Sie hatte es auf einer Haushaltsschule gelernt. Inzwischen begann es zu dämmern. Wir schnappten unsere Fahrräder und fuhren gemächlich nach Hause. Mutter machte große Augen und übernahm sofort traditionell das Abschuppen und Ausnehmen unserer Beute. Vater wird bestimmt den Hechtkopf präparieren, dachte ich und wunderte mich nur, dass er immer noch so ruhig war. Die Schilderung des Fanges für Mutter überließ er mir.

Während des Abendbrotes las Vater immer sehr zum Ärger von Mutter ganz konzentriert mit ernster Meine die Zeitung. Mit einem Mal huschte ein Lächeln über sein Gesicht, aber er sagte nichts. Als er sich am Abend den Oberkörper wusch, trällert er sein Lieblingslied ‚Ja, es hat schon seinen Sinn, dass ich Wasserträger bin. Ohne Wasser merkt euch das, wär' unsre Welt ein leeres Fass'.

Er musste ausgesprochen gute Laune haben, denn sonst würde er dieses Lied nicht singen. So fragte ich: ‚Na, freust du dich endlich mal richtig über unseren Hecht?'. ‚Ja, schon', antwortet er, ‚aber ich freue mich auch noch über das, was ich heute in der Zeitung gelesen habe. Vorgestern, also am 13. Mai, hat nämlich der Ministerrat eine Verordnung erlassen. Und da steht:

‚In der Deutschen Demokratischen Republik wird durch den Zusammenschluss der derzeitigen Anglerorganisationen und der Sektionen Angeln, die den Verbänden der Fischwirtschafts-Genossenschaften angeschlossen sind, der Deutsche Anglerverband gebildet.'

Dabei betonte er ganz langsam mit erhobenem Zeigefinger ‚Deutscher Anglerverband' und fuhr fort: ‚Endlich hat es geklappt. Jetzt wird das Angeln für uns alle hoffentlich leichter, weil wir nun vereint stärker sind. Besser konnte der heutige Tag nicht enden. Ja, mein Sohn, es hat schon seinen Sinn.'

Die Angelrolle übrigens war ein Geschenk zu Weihnachten 1953. Bisher reichte das Geld dazu nicht, zumal ich ja noch zwei Geschwister hatte. Viel nötiger jedoch fehlte meiner Mutter ein neues Kleid. Gemeinsam beratschlagten beide, was angesichts des bescheidenen Familienetats auf den Gabentisch kommen sollte. Über die Geschenke für uns Kinder wurden sich beide schnell einig. Vater wagte es nicht, für die Rolle zu bitten. Aber Mutter hatte sich schon lange entschieden und so verkündete sie geradeheraus mit fester Stimme: ‚Ich weiß, wie sehr du dich über eine Rolle freuen würdest. Ich verzichte auf mein Kleid, aber ich möchte dann mehr und größere Fische sehen'.

Mutter hat ihren Entschluss nie bereut, denn ich erinnere mich an den Silvesterkarpfen des gleichen Jahres, den mein Vater mit stolz geschwellter Brust präsentierte. Den Kopf übrigens hatte er präparierte. So erinnerte diese Trophäe viele Jahre an den ersten Großen mit der ersten Rolle."

„Stichwort Kescher", sagte Arthur.

Aberglaube

„Mein Schwiegervater, Zeit seines Lebens ein begeisterter Angler, drillte einen 10-pfündigen Hecht, aber sein Kescher war zu klein oder besser, der Stil knickte ab, weil der der Belastung nicht standhielt. Ich ging ins Wasser, fasste so wie du an den beiden nach vorn zugehenden schrägen Gummileisten des Keschers und hob den Hecht heraus. Am nächsten Tag ging er ins Angelgeschäft und kaufte sich einen viel größeren und stabileren Kescher, mit dem er sicher einen 15-Pfünder gelandet hätte. Aber mit diesem Kescher im Gepäck fing er nie wieder einen ähnlich großen Fisch.

Nun gibt es Angler, die sind sogar abergläubisch. Sie lassen den Kescher zusammengeklappt neben sich liegen oder aufgeklappt, aber ein ganzes Stückchen weiter weg. Nicht selten liegt darin erst mal der Proviant. Sie glauben, wenn man den Kescher sofort fangfertig neben sich hat, dann braucht man ihn sowieso nicht. Sie gehen das Risiko ein, ihn im Falle eines Falles schnell aufzuklappen oder aber erst anzuhauen, wenn sie den Kescher in Griffnähe gerückt haben, auch wenn sie dabei Gefahr laufen, den ganzen Fang zu verlieren. Mit Kescher, meinen sie, käme dieser ohnehin nicht. Aber haben sie auf diese Weise einen Biss versaut, ändern sie ihr Verhalten. Der Kescher steht aufgeklappt griffbereit – nur der große Biss bleibt aus. Nun wird er wieder – siehe oben. Und siehe da, der große Fisch ist an der Angel, aber der Kescher ist nicht zur Stelle.

So auch vor einigen Jahren, als wir mit Familie in einem Waldsee angelten, d. h. Helga und ich, mein ältester Sohn mit seinen zwei Söhnen. Als nach kurzer Zeit die Fische ausblieben, verloren sie das Interesse und erkundeten mit Helga die Umgebung. Ich hatte derweil den neuen Teleskopkescher griffbereit auf meine Angeltasche gelegt, die allerdings ein paar Meter entfernt stand. Den alten Teleskopkescher hatte ich auch mit Gewalt nicht mehr ausziehen können und ausgemustert. Also kaufte ich mir einen neuen, aber im Baumarkt, wo ich gerade war und weil ich am nächsten Tag angeln gehen wollte.

Der lud nun nach Rückkehr von der Erkundung geradezu ein, sich mit ihm zu beschäftigen. So schnappte ihn der Jüngere, er war zweieinhalb Jahre, und spielte Rasenmähen, d. h. er bewegte ihn wie ein Schneeschieber. Der Waldboden sah bald wie gefegt aus. Soll er, dachte ich, dann ist er wenigstens beschäftigt. Das war zu viel Toleranz und Gutmütigkeit, denn lange hielt der Kescher das nicht aus und brach oben am Stil weg. Das hat man davon, wen man auf dem Baumarkt Billigzeug einkauft. Als Vater übrigens hätte ich da streng durchgegriffen und die Spielerei verboten. Aber als Opa lebt man doch in einer andern Welt.

Es kam so, wie es kommen musste. Lange tat sich nichts bei meiner Stipperei, abgesehen von einigen kleinen Rotfedern, die ihr Sonnenspielchen in der verkrauteten Schilfbucht veranstalteten. Ich vergrößerte die Teigkugel und schob den Stopper knoten nach oben, denn ich dachte, hier wäre es relativ flach. Jetzt musste der

Köder dicht über Grund sein. Und richtig, es dauerte nicht lange, das probierte unten jemand, knüppelte, zog, ließ los, knüppelte wieder. Eine Schleie dachte ich, so beißt nur eine Schleie. Dann ging die Pose weg, ich haute an und hatte sie auch dran, aber was für eine. Ohne Kescher würde ich sie niemals rauskriegen, zumal ja auch noch das Kraut den Drill erschwerte. Aber der Kescher war kaputt. So bat ich meinen Sohn, vorsichtig ins Wasser zugehen und den Kescher mit beiden Händen am Bügel haltend unter die Schleie zu bugsieren. Das Manöver gelang, die Schleie landete eingepackt in einen großen Krautbatzen im Kescher. Das Fischlein war immerhin 42 cm lang und wog 1,7 kg.

Und da die Schleie der Lieblingsfisch von Helga ist, spielte der kaputte Kescher erst recht keine Rolle mehr. Aber natürlich habe ich mir einen neuen gekauft, aber dieses Mal einen stabileren bei meinem Angelgerätehändler."

„Es gibt Angler, die bereiten ihren Angelausflug ganz gründlich vor." Ludwig löste nun Arthur ab. „Ist ja auch nichts gegen zu sagen. Aber sie machen auch den Teig zu Hause fertig, damit sie am Wasser sofort losstippen können. Das mache ich nicht. Vielleicht ist es Aberglaube, vielleicht aber auch nicht. Ich knete meinen Teig grundsätzlich mit dem Wasser in dem ich auch angle.

Außerdem gehe ich prinzipiell unrasiert angeln. Warum kann ich nicht mal rational begründen. Vor vielen Jahren habe ich mal unrasiert einen herrlichen Karpfen erwischt. Danach fing ich längere Zeit nichts oder nicht das, was ich mir erhoffte und stellte fest, ich war stets rasiert. Nun ging's wieder unrasiert ans Wasser – und siehe da, ein guter Schlei. Seit der Zeit gehe ich nur noch mit Bartstoppeln angeln. Je unrasierter, desto besser die Aussichten oder wenigstens desto größer die Fangerwartung. Ich weiß, das ist Quatsch, aber den Tick gönne ich mir, weil es Spaß macht."

„Und du Günter?", wandte sich Arthur an den Dritten im Bunde. „Da kann ich nicht mithalten. Aber wenn ich mit Teig stippe, befeuchte ich die Kügelchen immer mit Spucke, bevor ich sie anködere und habe immer eine weitere Teigkugel als Reserve zwischen den Lippen. Da fragte mich neulich ein junger Angler ängstlich, was ich denn da hätte. Da erklärte ich es ihm, nahm aber die Kugel aus dem Mund. Ansonsten habe auch ich immer drei Karpfenschuppen in meinem Portemonnaie."

„Was mich betrifft", schloss Arthur die Aberglauben runde, „so achte ich darauf, immer mit den gleichen Sachen zu angeln. Natürlich keine Uniform, aber meine persönliche Angelkleidung- Jeanshose und Jeanshemd. Kann ich auch nicht richtig begründen, aber ich fühle mich eben darin besonders wohl.

Aber meinen Angelhut, den habe ich schon seit Jahrzehnten und gebe ihn auch nicht her. Der ist schon ganz zerlöchert von den vielen Ködernadeln, die ich da immer reinstecke. Da weiß ich wenigstens, wo sie sind, denn ich bin zu schusselig. Jedenfalls ohne Hut geht gar nicht. Der ist mein Markenzeichen. Ich hatte ihn einmal kurze Zeit nicht auf, da fragten mich die Kumpels, ob was passiert wäre. Aber das finde ich eigentlich ganz normal. Wenn überhaupt, dann esse ich beim Angeln abends nur Stulle mit Leberwurst. Da hat der Zufall nachgeholfen. Einmal hatte ich ein sehr leckeres Leberwurstbrot als ich einen prächtigen Karpfen fing und kurz vor Sonnenuntergang noch eine Schleie. Seither esse ich nur noch Leberwurst, die schmeckt ohnehin immer, noch dazu, wenn das Brot schön frisch ist."

Vorsicht

Eine Schleie bemerkte einst einen wohlriechenden großen Köder aus Teig, der ihren Appetit ungeheuer verstärkte. So schwamm sie hin und wollte ihn schlucken. Aber kurz vorher besann sie sich und tippte den Köder nur an, dessen Geschmack ihn nur noch begehrlicher machte. Sie sperrte das Maul auf, um erneut innezuhalten und den Köder von der anderen Seite anzuschwimmen.

Schließlich fasste sie ihn vorsichtig, spuckte ihn aber sogleich wieder aus. So ging das ein um das andere Mal, bis der Köder immer kleiner wurde und schließlich ganz verschwunden war.

Nach kurzer Zeit aber erblickte sie einen neuen Teigkloß und das Spiel wiederholte sich, wobei sie noch vorsichtiger agierte. Schließlich sah sie den Haken und sprach zu sich: „Vorsicht schützt vor Unglück, jedoch macht sie nicht satt, denn mein Hunger ist größer denn je. Aber lieber mehrere kleinere Happen als einen solchen großen."

Backfisch

Ludwig war umgezogen. Raus aus der Stadt, rein in ein kleines Dörfchen. Das hatte er sich schon lange im Einverständnis mit seiner Frau vorgenommen.

Natürlich zog er nicht im Sommer oder Herbst um, das kann man einem passionierten Angler auf keinen Fall zumuten. Also rollte der Möbelwagen Anfang Dezember. Die neue Wohnung war noch nicht vollständig eingerichtet, da suchte Ludwig den Vorsitzenden des Angelvereins auf oder richtiger, er wollte ihn aufsuchen. Aber den gab es nicht, weil es hier auch keinen Angelverein gab. Ludwig konnte sich vieles vorstellen, z. B. dass nicht weit von hier auf einer großen Wiese Außerirdische gelandet sein sollen. Aber ein Dorf ohne Angelverein? Nein, das lag völlig außerhalb jeder Vorstellungskraft und Phantasie. Ein Dorf ohne Angelverein ist doch wie ein Fisch ohne Flossen.

Seufzend, aber tatendurstig machte er sich auf, knüpfte Kontakte, sprach mit einigen nicht organisierten Anglern und solchen, die woanders organisiert waren und hatte kurz vor Weihnachten 12 Angler (für jeden Monat einen, wie Ludwig feststellte) zusammen, die bereit waren, einen neuen Verein zu gründen und aktiv zu arbeiten – aber nur unter der Bedingung, dass Ludwig den Vorsitzenden „macht“, wie sie sagten. Das hatte der sich ohnehin schon gedacht und zierte sich auch nicht.

Als sie kurz vor Weihnachten am 4. Advent in Arthurs Stube zusammenkamen, um auch die juristischen Vorbereitungen abzuschließen, sagte Hans, der sich bereit erklärt hatte, als Schatzmeister zu kandidieren. „Habt ihr schon mal überlegt, wie unser Verein heißen soll?“ „Mensch“, sagte Ludwig, „da denkt man an alles Mögliche, aber daran nicht. Ja, du hast recht, wie wollen wir uns denn nennen? Es müsste ein besonderer Name sein, originell meine ich oder hast du schon eine Idee?“ Ja, da war erst mal Stille im Raum. Man hörte nur das Schlürfen beim Kaffeetrinken.

„Nixe.“ Hans beendete die Pause. „Eine Nixe – halb Fisch, halb Weib. Und was für ein halbes Weib, wenn man den Phantasien der Künstler trauen darf. Welche Faszination oder Verführung gerade für einen Angler. Aber auf die Dauer mit einer Nixe? Mal abgesehen davon, dass sie nur im Wasser leben kann. Höchstens, wenn sie die Fähigkeit hätte, ihre Körperhälften je nach Bedarf zu wechseln.“

Die anderen wiegten die Köpfe hin und her. „Klingt erst mal nicht schlecht“, meinte Ludwig. „Nee, nee“, widersprach der Dritte der Runde. In den meisten Fällen bringen die Nixen den Menschen Unglück. Auch die Loreley soll eine Nixe gewesen sein.“ „Wir fragen mal Uta wie sie das findet“, nahm Ludwig wieder das Wort. In dem Moment kam sie herein und stellte frisch gebackene Plätzchen auf den Tisch. Zu Ehren der Männerrunde und ihres Anliegens hatten diese alle die Form eines stilisierten Fisches. „Hier habe ich Backfische. Lasst sie euch schmecken, im nächsten Jahr gibt es dann richtige.“, sagte sie und verschwand gleich wieder.

„Na das ist es doch“, rief Ludwig. Backfisch, einfach Backfisch. Das erinnert doch an unsere heutige Gründungsbesprechung und ich kenne keinen Verein, der so heißt.“

Wiederum Stille im Raum. „Backfisch?“, fragte der künftige Schatzmeister, „Backfisch? So nannte man doch früher junge Mädchen, die für die Jungs interessant wurden- Teenager sozusagen. Ist zwar heute nicht mehr gebräuchlich, aber nicht dass man uns dann falsch versteht." „Na und?" entgegnete Ludwig. „Bei der Nixe wäre es auch so. Ist doch egal. Und wenn schon, dann sollen sie doch denken, was sie wollen. Wer ist dafür?" Alle hoben die Hand. Und seitdem heißt eine neuer Angelverein „AV Backfisch".

Nach nur zwei Jahren hatte der Verein 50 Mitglieder, darunter 5 Kinder. Eines davon wurde feierlich mit einem Geschenk als 50. Mitglied aufgenommen. Die Lokalpresse war auch dabei.

Als sich unsere drei Freunde nach der Gründung des neuen Vereins trafen, amüsierten sie sich über den Namen. Ludwig konterte: „Was wollt Ihr, da sind wir in einer guten Gesellschaft. Ich behaupte mal, dass Angelvereine die phantasiereichsten Namen haben. Meistens sind sie nach Orten oder Ortsteilen oder auch nach den Angelgewässern benannt. Aber es gibt auch andere tolle Schöpfungen. Sie widerspiegeln die ganze Angelphilosophie, die Hoffnung und Freude auf einen guten Fang, die Voraussetzungen dafür, eben alles, warum wir uns dem Angeln verschrieben haben. Ich nenne mal ohne besondere Ordnung einige Namen und ich wette, euch fallen auch noch welche ein. Gut Biss, Gut Wurf, Hau an, Gute Laune, Einigkeit, Sonntagsfreude, Kameradschaft, Posenkieker. Früh auf, Geduld, Stippfreunde, Eiserne Ruhe."

„Da hast du völlig recht, da kommt einiges zusammen, wenn man mal so richtig im Gehirnkasten herumkramt", meinte Arthur. „Ich kenne oder habe gehört Die Rutenhalter, Münchhausen, Petri Heil, Morgenröte, Neptun, Wurmbader"

„Fische sind auch Namen von Vereinen", setzte Günter fort. „Also richtige Fische, nicht Backfisch. Meiner heißt ja Karpfen. Da gibt es noch Barsch, Tinka, Hecht, Plötze, Zander, Aalglatt, Rotfeder, Knicklichter."

„Na bitte" resümierte Ludwig. Da kommt schon auf Anhieb einiges zusammen. Also kann ich mich doch mit Backfisch sehr gut hier einreihen."

Gedankenperücke

Ludwig hatte eine stressige Woche hinter sich, denn die Wahlen für den Verein mussten vorbereitet werden, und da Ludwig ein gewissenhafter Mensch ist, nahm er das nicht auf die leichte Schulter, denn da ist eine Menge Arbeit zu bewältigen, wie Referat schreiben, Einladungen verschicken, die Presse informieren usw. Wobei stressig zu betonen eigentlich überflüssig ist, etwa so, als würde jemand sagen, dies sei ein schuppiger Fisch.

Nun sagt man ja, wenn es kommt, dann kommt es dicke. Diese Lebensweisheit bestätigte sich auch hier. Gerade die Vorwahlwoche war zusätzlich dermaßen angereichert mit allen möglichen Ereignissen, Erfolgen, Irrungen und Wirrungen dass er nachts kaum Schlaf fand, weil sich alles noch ein seinem Kopf hin und her und herumwälzte, miteinander vermischte und sich zu einer gedanklichen Perücke verfilzte.

Als er nun Günter im Traum anrief, hörte sich das so an: Hallo Günter, der Kreisvorsitzende hat angerufen, weil er zur Versammlung kommen will. Da gibt es noch Fördermöglichkeiten für Kormorane, die man am besten mit Köderfisch angelt. Obwohl der Bürgermeister abgesagt hat, aber zum Heringsangeln mitkommt und offiziell keine Zeit hat, ist Baden momentan verboten, denn das Elektrofischen findet nicht statt. Aber die Tagesordnung kann sich sehen lassen, kein einziger Kratzer, wie neu.

Schließlich hat ein Vereinsmitglied noch nicht seine Beiträge überwiesen, weil Lachs und Meerforelle sich immer mehr bei uns heimisch fühlen, denn wir müssen davon ausgehen, dass auch der Nichtangler das Forellenquintett kennt. Aber das werden wir erst im geschäftsführenden Vorstand vorbesprechen, da hilft uns auch keine Bundesregierung, wenngleich sich das Angeln auf Friedfische ohne Fischereischeinpflicht eindeutig bewährt hat, denn Angeln macht bekanntlich schlau, da lassen wir uns nicht beirren.

Auf meinen Schatzmeiser kann ich mich verlassen, der hat noch nie die Geflochtene nachlässig oder zu straff aufgespult. Das Protokoll und die Würstchen habe ich schon bestellt. Aber die Tagesordnung ist entschieden zu lang, das beißt niemand an und zu der Zeit schon gar nicht.

Wir sind da optimistisch, aber es wird problematisch, wenn das Vereinsgewässer seine Flügel zum Trocknen aufspannt. Das gibt ein ganz charakteristisches Bild bei unserem Kinder- und Jugendtag, der sachte und behutsam mit dem Paarangeln vereinigt werden soll. Da müssen wir die Traditionen erhalten, obwohl ich den Eindruck habe, dass die Tierschützer einen Rechtsanwalt geangelt haben und zwar auf Blinker, was nicht alle Tage vorkommt. Wenn man bedenkt, dass die letzte Nummer der Angelzeitschrift auf der letzten Hauptversammlung unseres Verbandes eine Panne hatte und die Meeresangler dagegen protestierten, was uns in der Öffentlichkeit gut getan hat, dann sollten wir diese guten Erfahrungen auf jeden Fall weitergeben. Das sind immer noch die Nachwirkungen des Anangelns und unseres Hegetages.

Es wird höchste Zeit, dass Arthur mit dem Fischer spricht, weil die Öffentlichkeitsarbeit im Supercasting durch das Brandungsangeln und den Aalbesatz nicht wie vorgesehen stattfinden kann, da die Landwirtschaftsausstellung ausfällt, obwohl mir versichert wurde, dass das Bewirtschaftungskollektiv anwesend ist und die Anglerprüfung nur in der Unteren Fischereibehörde organisiert werden darf. Allerdings nur dann, wenn wir uns vorher mit dem Präsidenten des Bauernverbandes über das Gemeinschaftsangeln geeinigt haben, wobei Frauen laut Gleichstellungsbeauftragte extra gewertet werden müssen. In diesem Sinne wäre die erste Versammlung nach der Vereinswahl zu organisieren, wobei das Dorffest für Wettbewerb, wer die beste Fischsuppe kocht, genutzt werden sollte, sonst haben die ein Problem.

Was die Finanzen betrifft, so hat die Tiefenprüfung durch die Revisoren ergeben, dass im See keine organischen Gifte herum schweben, die können ohnehin keine Beschlüsse fassen, aber ein

Votum abgeben, wohin die Reise künftig gehen wird. Eine Tendenz zur Zunahme tierschutzwidrigen Verhaltens sehe ich nicht, denn in unserer Gesellschaft ist das Bewusstsein für das tierschutzgerechte Verhalten insbesondere gegenüber Wirbeltieren und Wirbellosen gerade in den letzten 10 Jahren enorm gewachsen, obwohl ein Huhn keinen Rogen produziert.

Ich möchte mal wissen, wer solchen Unsinn erzählt. Die Wahlversammlung des Vereins kann also wie geplant stattfinden, das neue Faltblatt in Druck gehen und die Familiengeburtstage ausgetauscht werden. Nur dieses Mal machen wir das mit den Besten beim Gemeinschaftsangeln anders. Wir schicken sie als Mannschaft zu den Weltmeisterschaften der Senioren, da können wir sicher sein, dass es dieses Mal nicht regnet.

Aber wer traut schon den Tierschützern, die jeden Tag hier anrufen und wissen wollen, ob der Regenwurm sowie Fritze Bollmann zu den geschützten Tieren gehören. Da hört doch alles auf, die kennen nicht mal die rote Liste, die finden sie in jedem Restaurant, aber geizig wie sie sind, wollen sie lieber von uns eine eidesstattliche Erklärung, dass Angeln Mord ist. Und das auch noch umsonst.

Na gut, Günter, du weißt jetzt Bescheid.

Was, wer hat sich aufgeregt? Ach ja, der hat vorher bei mir angerufen, im Auto, war gerade unterwegs. Ich kam nicht zu Wort. Der braucht das zum Anfüttern, das können wir vergessen, schließlich ist er schon Mitglied seit Gründung des Vereins vor 55 Jahren, da sollten wir nachsichtig sein und uns mehr um die Fischereiaufsicht kümmern, da haben die Keiler bei dieser Kontrolldichte keine Chance, obwohl eine Tierschützerin protestierte, aber nachdem eine Rotte ihren Garten regelrecht umgepflügt hatte, meinte sie, sie habe nicht gewusst, dass Welse eine derartige Kraft hätten, wenn die Vorstandsitzung nicht zu lange dauert und die Presse mal pünktlich ist, da ist ein zehnpfündiger Karpfen für die noch immer kein großer Fisch.

Kurz und gut, die Natur ist keine Puppenstube, wie Arthur richtig sagt, und ein einheitlicher und starker Anglerverband steht auf dem Speiseplan mit gleich bleibenden Mitgliedsbeiträgen beim traditionellen Eisangeln im Hotel zum großen Hecht. Mein Stellvertreter will mir gottlob für das Referat zuarbeiten, der findet immer die richtigen Köder. Ich freue mich schon auf die Zeit danach. Irgendwann muss ich ja auch mal ausspannen – Petri Heil bis morgen.

Ein ungewöhnliches Geschenk

„Auf unserer letzten Vereinsversammlung vor Weihnachten überraschte uns mein Stellvertreter Ulli mit einer ungewöhnlichen Idee, berichtete Ludwig. „Weihnachten ist die Zeit der Geschenke. Wie wäre es, wenn wir als Verein die Natur beschenken?“ Zunächst herrschte Ruhe, einige schauten ihn irritiert an. Wie denn das, wie soll das gehen, was meinst du eigentlich? Ulli antwortete: „Na beschenken, indem wir ihr etwas wegnehmen.“ Nun war die Verwirrung ebenso groß wie die Neugier. „Rede hier nicht in Rätseln, sondern sage klipp und klar, was du meinst oder was du willst“, forderte ihn einer auf und beifälliges Murmeln bekräftigte seinen Zwischenruf.

Ulli erklärte: „Wir hegen und pflegen unser Gewässer, aber dennoch steht es mit der Sauberkeit nicht zum Besten, d. h. ihr wisst selbst, wie es manchmal an einigen Angelstellen oder an den Wegrändern aussieht, wenn die aufgestellten Müllbehälter überquellen. Meistens kennen wir die Übeltäter nicht. Fakt ist, da liegt allerhand herum, was da nicht hingehört bis hin zu einem Minigrill, das ich neulich erst entsorgt habe. Wenn wir nun zu Weihnachten bzw. vor Weihnachten, also in den nächsten 14 Tagen unser Gewässer von diesem Ufermüll befreien, dann haben wir der doch ein Geschenk gemacht oder nicht, sozusagen ein Weihnachtsgeschenk.“

Ludwig als Vorsitzender hakte sofort ein: „Ich finde, Ulli hat da eine gute Idee. Ich jedenfalls bin dafür und wir sollten da auch nicht lange herum reden. Mehr als zwei Stunden brauchen wir nicht. Lasst uns das gleich am nächsten Sonntag-Vormittag machen. Ich informiere unsere Lokalredaktion."

Wer sollte etwas dagegen haben? Die Aktion wurde also einstimmig beschlossen und auch durchgeführt. Am Montag erschien ein Artikel auf der Lokalseite unter der Überschrift. „Angler beschenken ihr Gewässer zu Weihnachten", in dem es hieß: „Ein Geschenk besonderer Art machten die Angler des Vereins Backfisch ihrem Hausgewässer. Sie befreiten das Ufer und die Wegränder von allerlei Dreck und Unrat, der vergangenen Saison, leerten die Müllbehälter und bewiesen damit, dass ein Geschenk nicht immer mit Geben verbunden sein muss, sondern in diesem Falle mit Nehmen. Bleibt zu hoffen, dass nicht nur die Angler, sondern alle Bürgerinnen und Bürger das ganze Jahr über die Natur mit Sauberkeit beschenken."

Der Vorsitzende freute sich natürlich über das Medienecho, zumal auch der Bürgermeister diese Aktion lobte und versprach, sich künftig persönlich um das Leeren der Müllbehälter entlang des Ufers zu kümmern. Mit seiner Zustimmung installierte Ludwig noch am gleichen Tag eine Holztafel am Ufer mit der Inschrift: „Sauberkeit ist das beste Geschenk für die Natur – AV Backfisch".

„Da kann ich von einer anderen Aktion berichten, die auch in der Öffentlichkeit wohlwollend aufgenommen wurde", berichtete Günter.

Der Schneekarpfen.

„Mein Angelverein heißt ja sinnigerweise ‚Karpfen'. Auf der ersten Vorstandssitzung des Vereins im neuen Jahr beklagten sich einige, dass der Verein noch immer zu wenig in der Öffentlichkeit wahrgenommen werde. ‚Angler haben eben keine richtige Lobby'.

‚Aber das liegt doch an uns‘, meinte der Vorsitzende und bekannte zugleich: ‚Eine Idee, wie wir das ändern können, habe ich auch nicht‘. Da meldete sich der Jugendwart: ‚Wenn der erste Schnee fällt, dann baut jeder von uns vor seinem Haus oder seiner Eingangstür einen Schneemann. Und statt der Rute bekommt der einen Stock mit Strippe oder eine ausrangierte alte Angel. Da weiß jeder, aha, hier wohnt ein Angler und das Angeln ist sozusagen im Kopf‘.

‚Warum nicht?‘, griff der Vorsitzende die Idee auf. ‚Aber statt des Schneemanns wäre doch ein Fisch viel besser. Nicht vor unseren Türen, sondern hier vor dem Vereinshaus‘.

‚Der müsste dann natürlich richtig groß sein, wirklich nicht zu übersehen, ein Riesenkarpfen etwa‘, ergänzte der Schriftführer. Dem Vorsitzenden gefiel die Idee sehr gut und er bat den Jugendwart, ob seine Truppe den Bau des Schneekarpfens nicht übernehmen könne. Und zwar noch vor der Weihnachtsfeier des Vereins. Der sagte zu.

Glücklicherweise hatte Petrus ein Einsehen mit seinen Jüngern und schickte genügend Schnee. Am 4. Advent bauten die jungen Anglerinnen und Angler vor dem Vereinshaus mit großem Hallo einen drei Meter langen und zwei Meter hohen Spiegelkarpfen und befestigten als Schuppen ausgeschnittene Silberfolie, installierten zwei angemalte Suppenteller als Augen und färbten die Flossen ein, so dass das Kunstwerk nun wirklich nicht zu übersehen war und sich in der Tat sehr gut präsentierte. Schon während des Entstehens der Skulptur hatten sie nicht wenige neugierige Zuschauer.

Der Vorsitzende hatte den Redakteur der Lokalzeitung rechtzeitig informiert. Dieser veröffentlichte am Montag eine Bild-Nachricht mit der Überschrift ‚Riesenfisch bewacht Haus des AV Karpfen‘ mit diesem Text: ‚Diesen Riesenkarpfen aus Schnee errichtete die Jugendgruppe des AV Karpfen als Weihnachtsüberraschung für die Einwohner des Dorfes und die Besucher. Er ist drei Meter lang und zwei Meter hoch. Vielleicht freut sich Petrus als Schutzpatron der Angler darüber und beschert allen als Dank im nächsten Jahr beißfreudiges Wetter'.

Am gleichen Tag erhielten er und der Vorsitzende schon die ersten Anrufe. Es wäre doch Weihnachten und noch nicht Silvester, die Scherze sollte man sich doch für den Jahreswechsel aufheben, aber die Bildmontage wäre dennoch sehr gelungen. Oder: ‚Wir haben natürlich sofort an Anglerlatein gedacht und sind am Vereinshaus vorbeigegangen. Wie überrascht waren wir, dass das wirklich stimmt. Den Junganglern sollte man ein Lob aussprechen und ihnen im Fach Biologie gratis eine 1 geben'.

Am Tag der Veröffentlichung fand auch die Weihnachtsfeier statt und natürlich war der Karpfen hier erst recht in aller Angler-Munde. Die jungen ‚Karpfenkünstler' erhielten ein gesondertes Weihnachtsgeschenk. Der Jugendwart bedankte sich und kündigte an, auch im nächsten Jahr, so Petrus mitmache, eine Schneefisch errichten zu wollen, aber es müsse ja kein Karpfen sein oder? Der Vorsitzende lobte unter Beifall den Ideenreichtum der jungen Leute und meinte zum Schluss: ‚Es ist wahr: Angeln ist wirklich mehr als Fische aus dem Wasser zu ziehen'.

Als der Verein im Jahr darauf seinen 50. Geburtstag beging, bastelten die jungen Angler nach dem Vorbild des Schneekarpfens einen riesigen Karpfen aus Stereopur und trugen ihn stolz beim Jubiläumsmarsch durch das Dorf. Bis heute signalisiert dieser vor dem Vereinshaus schon von weitem, hier haben die Angler ihr Domizil."

23 Stühle

„Eine wahre Geschichte natürlich, aber ganz kurz." Ludwig hob den Zeigefinger. „Der Vorsitzende des Angelvereins im Nachbardorf hat eine Kneipe. Oder besser seine Frau. Ist ja auch egal. Nun haben sie natürlich auch einen Raum für kleinere Feste und Veranstaltungen aller Art. Der wird auch als Versammlungsraum für den Angelverein genutzt. Ist ja naheliegend. Hier gibt es ganz genau 23 Stühle und somit 23 Plätze. So weit so gut. Aber nun ratet mal, wie viel Mitglieder der Angelverein hat? Richtig, genau 23 Mitglieder. Erst wenn einer weggezogen oder ausgetreten oder verstorben ist, nehmen sie ein neues Mitglied auf. Ich kann es immer noch nicht fassen."

„Das ist vielleicht ein krasses Beispiel", reagierte Günter, „aber es gibt tatsächlich Angelvereine, da wollen die Mitglieder lieber unter sich bleiben und haben also kein Interesse, neue Mitglieder aufzunehmen. Auf der grünen Woche kam eine Frau an unseren Stand und erkundigte sich nach einem Angelverein in ihrer Nähe. Der nächstgelegene, erzählte sie, habe ihren Jungen nicht aufnehmen wollen. Aber der möchte eben unbedingt angeln. Erfreulicherweise konnten wir helfen."

Der Stegaal

Da sich unsere drei Freunde mehr als vier Wochen nicht gesehen hatten, was selten vorkam, hatte Ludwig sogleich das neueste Erlebnis parat.

„Das Stammgewässer unseres Vereins kann sich sehen lassen. Es ist gut besetzt, gut gepflegt, die Angelstellen sind sauber, zusätzlich steht an jeder ein Müllkorb, der an einem in die Erde geschlagenen Pfahl befestigt ist. Nur der Steg war schon lange nicht repariert worden. Die Pfosten standen schon viele Jahre im Wasser und waren zum Teil bereits durchgefault. Jedes Jahr zur Hauptversammlung stand der marode Steg im Mittelpunkt der Diskussion. Jedes Jahr wurde beschlossen, ihn komplett abzureißen und zu erneuern, wenigstens die Pfosten auszutauschen. Aber jedes Jahr wurde nichts daraus. Eine Firma zu beauftragen war zu teuer. Der Enkel des Vorsitzenden hatte sogar eine Baufirma, aber trotz Zusagen verschob er die Reparatur von Monat zu Monat. Und ganz alleine fehlten uns die Möglichkeiten zur Reparatur.

Nur die Mutigen trauten sich noch hinauf, zumal die Bretter oben noch einigermaßen aussahen. Aber er musste schließlich gesperrt werden, woran sich in vielen Fällen die Vereinsmitglieder nicht hielten und die Gastangler auch nicht. Dies änderte sich schlagartig vor 14 Tagen. Und das kam so.Ich wollte unbedingt eine kleine Plötze als Köderfisch fangen, aber es gelang einfach aus den verschiedensten Gründen nicht. Nur mehrere große Bratpfannenexemplare holte ich aus dem Wasser. Da fiel mir ein, ich könnte es ja mal mit einem Fetzenköder versuchen, hatte ich schon lange nicht probiert. Gedacht, geschnitten, angeködert und hinausgeworfen. Der Steg übrigens befand sich links von mir.

Und tatsächlich, es funktionierte bereits nach ca. 20 Minuten. Die Pose verschwand ruckartig, blieb unten, tauchte wieder auf, tänzelte eine Weile hin und her, taucht wieder unter und erneut auf, dabei immer näher an den Steg kommend. Erst dachte ich an Hecht, aber auch ein Aal war möglich, denn genau so ein Beißverhalten eines Aals hatte ich schon in diesem relativ flachen Wasser erlebt.

Ich nahm mit der Schnur Fühlung auf, haute an und bemerkte den sofortigen Widerstand. Ich bemühte mich, den starken Räuber am anderen Ende nach rechts zu drillen, also weg vom Steg – aber vergeblich. Mehr noch, dem Burschen gelang es, den vorderen Stegpfosten zu umkurven, so dass die Sehne den Pfosten umwickelte. Nun saßen wir beide fest. Ich vorne und er hinten. Aber ich war noch guten Mutes, schließlich hatte ich eine 40er Sehne, zog kräftig an, um im selben Moment wieder loszulassen. Das wiederholte ich mehrmals – ebenfalls vergeblich. Da verlor ich die Geduld und handelte nach dem berühmten goetheschen Motto ‚und bist du nicht willig, so brauch' ich Gewalt', auch auf die Gefahr hin, alles zu verlieren. Und tatsächlich bewegte sich etwas, aber nicht der Fisch in meine Richtung, sondern der Steg. Der Pfosten gab nach und der Steg sank langsam ins Wasser.

Ich schnitt die Sehne durch, holte mir ein Boot und ein Paar Arbeitshandschuhe und ruderte zur Bruchstelle des Pfostens. Die Sehne hatte sich richtig in das morsche Holz eingeschnitten. Ich schnappte die Sehe, wickelte sie wieder zurück und konnte einen 95 cm langen Aal aus dem Wasser ins Boot ziehen, der sich natürlich sehr heftig wehrte. Nächstes Wochenende bauen wir nun einen neuen Steg."

Spitznamen

Bei diesem Treffen standen Spitznamen im Mittelpunkt.

„Angler sind bekanntlich erfinderisch, auch beim Ausdenken von Spitznamen. Solche Scherznamen sind ein tolles Thema, so ein richtiger Einblick in die spontane Kreativität des Volkes“, machte sich Günter Gedanken. „Bei einem erkennst du eine Logik, wie beim Flossenstier oder bei einem Bekannten, der Bismarck genannt wurde, weil er so gerne Hering aß. Bei anderen wiederum bleibt die Logik verborgen. Wird jemand Slimo oder Pitze genannt, dann wissen wohl nur die Eingeweihten, wenn überhaupt, wie das zusammenhängt. Meistens sind ein bestimmter Anlass, ein Ereignis, eine Marotte bzw. Eigenschaften oder Fähigkeiten, auch ein Hobby die Initialzündung. Das ist so vielfältig wie die sich daraus ergebenden Spitznamen selber. Bei Promis gehören sie zum Image. In diesem Fall aber drängte sich der Neckname geradezu auf.“

Flossenstier

„Der stellvertretende Vorsitzende des Vereins, mit dem wir jedes Jahr Gemeinschaftsangeln organisieren, heißt Kurt, ist 1,90 m groß und über 100 kg schwer. Aber unter uns heißt er nur der Flossenstier, nicht weil er diese Figur hat, was ja immerhin noch naheliegend wäre. Nein, diesen Spitznamen verdankte er nicht dem Einfallsreichtum seiner Vereinsfreunde, sondern einem Zeitungsredakteur vor einigen Jahren. Und das kam so: Am 23. Dezember saß der Redakteur der Regionalzeitung nachmittags in der Redaktion und dachte gerade über eine schöne Schlagzeile für den 24. nach. Aber er hatte keine Idee. Wie so oft in solchen Fällen kam die Hilfe unerwartet. In der Tür stand Kurt und präsentierte dem staunenden Redakteur einen großen Spiegelkarpfen von sage und schreibe genau 24 Pfund. Na, das war's doch. Flugs wurde der Angler fotografiert und interviewt.

Am nächsten Tag erschienen auf der Titelseite groß aufgemacht das Foto und der Beitrag mit folgender Überschrift:

„42 Kilo zum 24. – Flossentier als Weihnachtsgeschenk."

Den Zahlendreher bemerkte der Redakteur in seiner Eile nicht. Die Zeitung war noch nicht lange ausgeliefert, das klingelten in der Redaktion die beiden Telefone. Wieso denn dieser Monsterkarpfen nicht als Weltrekord angemeldet wurde oder für das Guinness-Buch der Rekorde. Schließlich wäre der bisherige Weltrekord schlappe 38 kg und 150 Gramm. Ein anderer Anrufer erbot sich, einen Gedenkstein zu sponsern. Ein weiterer wollte unbedingt die Telefonnummer des erfolgreichen Anglers und rief auch tatsächlich dort an und bat um eine Schuppe. Kurt hatte natürlich auch keine Ruhe. Eine Frau wollte seinen Geburtstag und damit sein Tierkreiszeichen wissen. Der Chefredakteur einer Anglerzeitschrift erbat sich einen langen Fangbericht, ohne auf den Druckfehler einzugehen. Die regionalen Fernseh- und Rundfunkstationen standen auch schon auf der Matte. Kurz, es war die Hölle los.

Eine Berichtigung war wohl noch nie so nötig wie dieses Mal. Sie erschien natürlich in der nächsten Ausgabe, also direkt nach Weihnachten: 24 Kilo zum 24. – Flossenstier als Weihnachtsgeschenk.

Den erneuten Druckfehler bemerkte der Redakteur nicht in seinem Stress, denn Flossenstier erschien ihm irgendwie gewaltiger und interessanter als schlicht Karpfen. Nun war natürlich die Leserschaft erst recht aufgescheucht. Die Anrufer sparten nicht mit hämischen Bemerkungen, z.B. wo denn die Hörner von dem Stier seien und mit 24 Kilo wäre der Fang vielleicht ein Kälbchen und es wäre doch neu, dass Stiere Flossen hätten usw. Peinlich, peinlich. Eine erneute Entschuldigung bzw. Korrektur war unumgänglich.

Und so erschien dann die nächste Ausgabe folgende Berichtigung: ‚In unserer letzten haben wir einen Karpfen zum Flossenstier gemacht. Das ist natürlich falsch und wir bitten die Leser und vor allem den erfolgreichen Angler Kurt Glaser erneut und damit zum zweiten Mal um Entschuldigung. Richtig muss es heißen ‚Flossentier als Weihnachtsgeschenk.' Aber es war zu spät. Der neue Name war geboren und Kurt hatte sich ein solches nachträgliches ‚Weihnachtsgeschenk' bestimmt nicht gewünscht."

Erdbeere

Ludwig hatte bereits seine Erzählmine aufgesetzt: „In meinem Verein gab es einen begeisterten Angler, der ebenso leidenschaftlich seinen Kleingarten pflegte. Der Garten war ziemlich groß, denn unser Angler hatte immer Obst und Gemüse in Mengen, von Blumen, insbesondere Hortensien, nicht zu reden. Er hatte einen direkten Fimmel für Hortensien. Zum Verdruss seiner Frau kaufte er dauernd welche und dann gleich fünf und mehr Sträucher. Das war schon Manie oder so etwas.

Bis einmal seine Frau verzweifelt rief: ‚Die heißen Hortensie und nicht Horten sie.'

Er erstarrte förmlich, setzte eine eiserne Mine auf und antwortete nicht. Aber es hat geholfen, zumindest in diesem speziellen Fall.

Doch wo war ich stehen geblieben? Ach ja, Stichwort Obst. Vom Obst kochte er Marmelade und setzte Wein an, den im Laufe der Jahre jeder im Verein probiert hatte – ob er wollte oder nicht. Unser Angler war sehr freigiebig. Das betraf auch die gekochte Marmelade. Er versorgte alle Mitglieder, die sich schon so daran gewöhnt hatten, dass seine Marmeladengeschenke schon selbstverständlich waren, vor allem Erdbeermarmelade. Und weil er auch seinen Wein vor allem aus Erdbeeren destillierte, Erdbeerbowle wie kein Zweiter anzusetzen verstand, nannten ihn alle einfach Erdbeere.

Erdbeere nahm es gelassen hin und insgeheim sah er darin sogar eine Anerkennung seiner kleingärtnerischen Arbeit.

Beinahe überflüssig zu erwähnen, dass er auch einen kleinen Gartenteich angelegt hatte mit Wasserlilien, der immerhin so groß war, dass er Plötzen und Rotfedern einsetzen und so ihr Verhalten studieren konnte. Jedenfalls, so Erdbeere, sei er seit dieser Zeit erheblich schlauer geworden, was sich durch seine Angelerfolge nachweisen lasse. Und als er im Sommer sogar ganz kleine Fische entdeckte, hüpfte sein Garten-Anglerherz vor Freude.

Soweit wäre ja alles in Ordnung, wenn da nicht eine Schwäche, ja Unart von Erdbeere gewesen wäre, die er wahrscheinlich schon seit der Kindheit mit sich herumschleppte: Erdbeere war ein Schlampi, Ordnung für ihn ein Fremdwort, Aufräumen eine Strafe. Wenn sich das nur auf sein Angelzeug bezogen hätte, wäre es ja noch nicht so schlimm und seine Sache allein, aber seine Loddrigkeit hatte auch viel weiter reichende Folgen.

Kurz und gut, wenn er seinen Angelplatz verließ, dann sah es danach furchtbar aus. Er ließ seine Marmeladengläser liegen, Plastikhüllen für Angelhaken ebenso, dazu leere Sehnenrollen, Butterbrotpapier usw. Dabei war es nicht Vergesslichkeit, sondern Gleichgültigkeit und Faulheit. Alle wussten es, aber alle Appelle fruchteten nichts. Sicher, es kam auch vor, dass er seinen Angelplatz sauber verließ, dann war er mächtig stolz auf sich. Aber es ging ihm wie einen Raucher, der schon x-mal vergeblich mit dem Rauch aufhören wollte. Der innere Schweinehund erwies sich letztlich immer als zu stark. Und auch seine Frau hatte längst kapituliert.

Nun war Erdbeere beileibe nicht der einzige Abfallsünder, aber er war der größte unter ihnen. Jedenfalls gab es vom Bürgermeister und auch von Spaziergängern Anfragen, warum manche Angelstellen im wahrsten Wortsinne so abfällig aussehen und der Vorstand war gezwungen, sich ernsthaft damit zu befassen. Der einstimmig angenommene Beschluss wurde sofort in die Tat umgesetzt. Die Angelstellen waren von nun an sauber.

Als die Weihnachtszeit nahte, unterbreitete der Vorstand den Mitgliedern den Vorschlag, einmal auch etwas Gutes für Erdbeere zu tun, der sich doch Jahr für Jahr mit Marmelade, Wein, Gemüse und Blumen versorgte. Alle waren dafür und Erdbeere freute sich, ja er fühlte sich fast wie in Kinderzeiten, so gespannt wartete er auf die vorweihnachtliche Versammlung.

Diese war wirklich gut vorbereitet, es ging tatsächlich zu wie in Kinderzeiten. Ein Weihnachtsmann kam herein mit einem riesengroßen Sack, Erdbeere musste ein Gedicht aufsagen, was ihm schon deshalb nicht so recht gelang, weil er immer überlegte, wer da unter dem Kostüm stecken mochte. Nachdem er sich artig mit rotem Kopf unter dem Beifall der Anwesenden bedankt hatte, wurde er aufgefordert, seine Geschenke aus dem Sack zu holen. Und das waren viele. Paket für Paket legte er auf den Tisch, fein säuberlich mit Geschenkpapier und Schleife eingewickelt. Im ersten Moment dachte sich Erdbeere nichts dabei, aber dann siedete doch plötzlich ein Gedanke hoch. Er stotterte ein Dankschön und bat, alle Pakete zu Haue auspacken zu dürfen, denn das würde hier sicher zu viel Zeit kosten. Mit lautem ‚Ja, Ja' wurde seinem Vorschlag zugestimmt.

Als das Frühjahr heran war und die neue Angelsaison richtig begann, hatte Erdbeere seine Weihnachtsgeschenke nicht vergessen. Daraufhin angesprochen, sagte er nur: „Ein schöneres Geschenk hättet ihr meiner Frau nicht machen können. Aber ob ihr es glaubt oder nicht, die vielen Marmeladengläser kann ich gut gebrauchen. Meine waren wirklich fast alle."

„Hoffentlich hat das im wahrsten Wortsinne gefruchtet", sinnierte Günter. „Um ehrlich zu sein, ich glaube es nicht", erwiderte

Ludwig. „Sicher hat sich da im Kopf etwas bewegt, aber er hat sich dann noch selbst eine Lektion erteilt, eine äußerst wirksame. Und die hat gesessen. Im Sommer trat er nämlich in eine Glasscherbe. Es dauerte eine ganze Zeit, bis er wieder fit für den Garten und das Angeln war. Ob es nun eine Scherbe von einem Erdbeerglas war, sei dahingestellt. Wir jedenfalls haben ihn überzeugt, dass es gar nicht anders gewesen sein kann und er hat auch nicht widersprochen. Seit der Zeit jedenfalls nahm er allen Abfall mit nach Hause, auch den klitzekleinsten."

„Aber es geht auch anders und viel besser", meldete sich Arthur: „Im Februar dieses Jahres trieb mich die Sehnsucht nach meinem Angelgewässer. Ich wollte einfach mal schauen, wie es hier im Winter aussieht. Ich hätte nicht gedacht, hier noch jemand anzutreffen. Aber falsch gedacht. In der Ferne bemerkte ich einen Mann und wollte ihn schon bewundern, dass er so früh angelte. Aber wieder falsch gedacht. Als ich näher kam, sah ich, wie dieser Naturfreund, den ich vom Sehen kannte, unermüdlich allerlei Unrat zusammentrug und ihn in eine eigens mitgebrachte Mülltonne warf. Als ich ihn fragte, warum er das tue, antwortete er schlicht, ohne sich aufhalten zu lassen: ‚Wenn ich hier im Frühjahr wieder angle, möchte ich saubere Angelstellen vorfinden'."

„Eine Geschichte gönnen wir uns noch, oder?" Günter als Inspirator des heutigen Themas schaute fragend in die Runde. „Einverstanden" sagten beide wie aus einem Munde.

Kescher

„In unserem Verein gibt es ein Ehepaar – Peter und Klara heißen sie. Beide angeln mit solcher Leidenschaft und mit Inbrunst, da kommen wir alle drei miteinander nicht mit. Übrigens Frauen im Verein sorgen allein schon durch ihre Anwesenheit für eine kulturvollere Atmosphäre. Aber das nur nebenbei. Ja, er brachte es sogar fertig, an seinem Geburtstag die Gäste allein zu lassen, um an der Besatzaktion für das Vereinsgewässer teilzunehmen. Eigentlich ist er ein ruhiger Typ, aber wenn es ums Angeln geht, dann verwandelt er sich in einen Brausekopf. Da übertrifft er seine Frau, die das lächelnd toleriert. Worüber auch immer geredet wird, es dauert nicht lange und Peter ist beim Angeln. Er findet aber auch immer den Dreh, über sein Lieblingsthema zu sprechen. Dann ist mir, als ob seine Augen wie Fischschuppen glänzen. Wenn er Menschen charakterisieren oder beschreiben will, vergleicht er sie mit Fischen, z.B.: ‚Das ist ein richtig fieser kleiner Stichling‘. Oder: ‚Wie soll ich dir die Person beschreiben? Ich sage nur Karpfen‘. Oder: ‚An den kommst du nicht ran, der bewegt sich wie ein Aal in Öl‘. Vielleicht noch dies: ‚Großmäulig und stachlig wie ein Barsch‘. Aber auch Menschen, die er leiden kann, müssen sich einen Fischvergleich gefallen lassen. Wenn er zu mir von seiner Klara spricht, dann sagt er nur ‚meine kleine Rotfeder‘ oder auch ‚meine kleine Bachforelle‘. Er aber freut sich, wenn ich ihn mit ‚na, du alter Hecht‘ begrüße. Mich vergleicht er gelegentlich mit einem Wels, vielleicht nur deshalb, weil ich einen Bart trage, hoffe ich. Damit will ich es bewenden lassen. Jedenfalls ist es normal, dass man bei einem Gespräch mit ihm fast alle einheimischen Fische zu hören bekommt. Wenn dabei noch seine Stimme zittert und die Augen flackern, dann weiß ich, dass er am nächsten Tag wieder angeln will.

Nur mit diesem Wissen ist die folgende Geschichte zu begreifen. Bei diesem Anglerehepaar war es geradezu normal, dass sie ihren Neugeborenen schon mit vier Wochen im Kinderwagen mit zum Angeln nahmen. Anangeln, Hegeangeln, Paarangeln, Betreuung von Kindern und Jugendlichen, Abangeln und natürlich auch Meeresangeln und wer weiß was noch. Sie waren dauernd am Wasser und ihre Tochter immer mit dabei. Ach ja, ratet mal, wie sie heißt.“

Arthur und Ludwig hoben die Schultern.

„Tinca, sie heißt Tinca und hat schöne braune Augen.

Karla besitzt eine Kette, ein Armband und Ohrringe aus – da kommt Ihr nicht drauf – aus den Ohrknöchelchen des Dorsches. Das sieht so was von gut aus, wie Elfenbein und Perlmutt zusammen. Auf diese Idee muss man erst mal kommen. Aber Karla hatte eben diesen Einfall.

Bei diesem angelverrückten Ehepaar blieb es nicht aus, dass Tinca schon als Säugling und Kleinkind bestimmte Anglerbegriffe hörte. Am meisten das Wort Kescher. Wie oft haben allein wir in unserer Runde dieses Wort wohl verwendet. Der zweite Geburtstag rückte heran. Zum Kummer vor allem der Mutter konnte Tinca noch nicht sprechen, sie brabbelte zwar bestimmte Wörter, aber es waren Eigenschöpfungen, z. B. Loli für Teddybär oder Mani für Oma.

Die Familie war wieder am Wasser. Er drillte gerade einen starken Karpfen heran und rief zu seiner Frau ‚Kescher, Kescher!'.

Sie beaufsichtigte gerade Tinca, das heißt sie spielte mit ihr auf einer Decke und wollte gerade losgehen. In diesem Moment echote Tinca ‚Kescher' und noch einmal ‚Kescher'. Der Vater unterbrach den Drill, die Mutter blieb stehen. Beide waren außer sich vor Freude und vergaßen einen Moment Karpfen und Kescher. Es war das erste Wort, das sie aussprechen konnte. Erste danach folgten Mama und Papa. Kescher war ihr erster Wortfang, um in der Anglersprache zu bleiben. Dieses erste Wort hatte den Bann gebrochen und nun lernte bzw. sprach sie Tag für Tag neue hinzu.

Diese einzigartige Familienbegebenheit sprach sich schnell rum und ehe der Hahn dreimal krähte, bekam Tinca ihren Spitznamen. Die Eltern hatten nichts dagegen. Tinca auch nicht, denn sie kennt es ja nicht anders. Jetzt ist sie 12 Jahre alt und natürlich bereits eine gute Anglerin, spezialisiert auf Schleie, ganz klar. Ich bin gespannt, wie lange sie den Kescher akzeptieren wird, aber ich denke, in dieser Familie ist das ein Ehrenname. Und alltäglich ist diese Geschichte ja auch nicht."

„Je wärmer man mit einem Thema wird, desto mehr fällt einem ein. Da kann ich noch etwas anbieten", setzte Arthur nach einer Pause fort.

Shakespeare

„Wir hatten im Verein einen Typen, den nannten alle nur Shakespeare. Er hieß wohl mit bürgerlichem Namen Heinz Feuerball. Ist auch egal, denn niemand kannte ihn mit diesem Namen. Alle kannten ihn nur als Shakespeare. Der Mann war nämlich Schauspieler und als Schauspieler wiederum ein Shakespeare-Fan. Er spielte mit Vorliebe Rollen dieses englischen Literaturgenies.

Angeln konnte er ganz gut. Es entspanne ungeheuer und helfe ihm beim Erlernen der Rollen, bekannte er einmal und gab uns den Tipp, es auch mal zu versuchen, beim Angeln etwas auswendig zu lernen. Ja, er behauptete, er behalte Texte besser, wenn er angle. Sei es wie es sei. Er bereicherte unser Vereinsleben und sorgte in unseren Versammlungen, mehr noch aber beim Bierchen für hervorragende Unterhaltung.

Denn er hatte sich so in seinen Lieblingsautor hineingedacht, dass er aus dem Bauch heraus Angelerlebnisse schilderte und dabei Werkstitel von Shakespeare einfließen ließ. Vielleicht auch deshalb, um uns auf diese Weise für seinen Literaturhelden zu interessieren oder uns etwas Literaturbildung beizubringen. Ich weiß es nicht. Er hatte für alles eine Begründung, für einen guten Fang und für totale Flaute. Es gibt mehr Ding' im Himmel und auf Erden, als unsere Schulweisheit sich träumt. Das gilt besonders für das Angeln. Die Schilderung eines Angelausfluges mit Fangbericht hörte sich dann bei ihm etwa so an:

‚Vor einer Woche hatte ich einige Stunden frei und mich drängte es an den Busen der Natur, denn die beste Wärterin der Natur ist Ruhe. Wie ihr wisst, beginnt ein erfolgreicher Angeltag mit der

Wahl der richtigen Köder. Da kann man sich ganz schön vertun, so dass es schließlich in eine Komödie der Irrungen ausartet. Aber gut, auch wenn man glaubt, die richtige Wahl nun endlich getroffen zu haben, ist es dennoch nicht zu verhindern, dass es verlorene Liebesmüh ist, wenn man nach ein paar Stunden leer ausgeht. Beim Angeln ist ohnehin meist der Wunsch der Vater des Gedankens.

Aber ein Köderfisch ist schon ganz in Ordnung. Es dauerte auch nicht lange und ein Barsch schnappte sich ihn. Mann, dachte ich, der wird doch wenigstens für die Pfanne reichen, aber es war wieder einmal viel Lärm um Nichts, denn es war die Nachtigall und nicht die Lerche. Doch ich ließ mich nicht beirren, versuchte es erneut und hatte viel Zeit für meine Rollentexte. Als sich immer noch nichts regte, dachte ich bei mir: Einen Hecht, einen Hecht, mein Königreich für einen Hecht. Die Pose war derweil abgetrieben dicht neben einem Seerosenfeld. Schließlich riss mir der Geduldsfaden und ich dachte, es ist etwas faul im Staate Dänemark, nahm die Angel heraus und richtig. Die Plötze hing an einem Seerosenstengel und wer da dran hängt, der verliert meistens den Köder, wenn nicht noch mehr.

Also erneut mit der letzten Plötze angeködert. Die Sonne ging unter. Sein oder Nichtsein, das war hier die Frage. Und sie wurde beantwortet mit Sein, denn so einen guten Hecht habe ich lange nicht aus dem Wasser gezogen. Der machte im Wasser einen Tanz wie bei der Widerspenstigen Zähmung. Aber schließlich hatte ich ihn im Kescher wie die lustigen Weiber von Windsor den Falstaff im Waschkorb. Es dunkelte bereits – ein wahrer Sommernachtstraum für einen Angler. Und damit Ende gut, alles gut'."

„Gut gebrüllt Löwe", kommentierte Günter trocken und erzählte diese Geschichte:

Ödipussi

„In meinem Verein gab einen Angler – er heißt Hans, aber wir nennen ihn Ödipussi, weil er, obwohl verheiratet, ein Muttersöhnchen geblieben ist -, der war in diesem Jahr in Norwegen zum Angelurlaub. Dort hat er hervorragende Fangerfolge gehabt und war richtig berauscht vor Glück. Dies musste er uns natürlich nach seiner Rückkehr vermitteln. Mit Begeisterung erzählte er von seinen Angelerfolgen und schilderte ausführlich, wie er Hering, Makrele, Dorsch, Köhler, Leng, Pollack, Rotbarsch, Plattfische und sogar einen Dornhai an Bord hieven konnte. Die 15 kg Filet schöpfte er voll aus. Wir teilten seine Freude, zumal er hier eher mäßige Fänge hatte.

So weit so gut, wenn es dabei geblieben wäre. Aber unser Hansi erzählte uns seine Erlebnisse immer und immer wieder. Zuerst hörten wir noch höflich zu, aber dann versuchte ein jeder, sich irgendwie davonzustehlen, immer wenn er mit diesem Satz begann: ‚Als wir in Norwegen waren …‘ Wenn er bemerkte, dass wir uns verdünnisierten, wurde er aggressiv. Die Fangerfolge hatten ihn richtig vergiftet. Es war unerträglich. Das steigerte sich derartig, dass wir was unternehmen mussten. Aber was?

Da fiel mir ein, ich hatte mir vor einiger Zeit ein Diktiergerät gekauft. Das nahm ich mit und ließ es bei seiner nächsten Erfolgsarie laufen. Kurze Zeit später drängte er sich erneut auf und wollte gerade beginnen. Ich hatte das Diktiergerät auf den Tisch gelegt, angestellt und wir hörten ‚Als wir in Norwegen waren …‘ Hansi war zuerst ganz verblüfft, aber dann explodierte er förmlich. ‚Reg dich doch nicht so auf‘, versuchte ich ihn zum Gaudi der anderen Kumpels zu beruhigen. ‚Ich wollte dir das Erzählen erleichtern, denn du bist danach immer fix und fertig. So können wir alle entspannt zuhören‘.

‚Jetzt rege ich mich erst recht auf‘, wütete er. ‚Damit du es weißt: Ich trete aus dem Verein aus wegen Vertrauensbruch und Heimlichtuerei. Das ist ja wie bei der Stasi'. Damit ging er zornig davon.

Am übernächsten Tag lasen wir in der Lokalpresse einen Artikel mit folgender Überschrift: ‚Geheime Abhörpraktiken im Angelverein'. Na, das war natürlich ein Aufreger.

Das war ja nicht alles gelogen, stimmte ja, aber hier stand eben nur die halbe Wahrheit und die ist bekanntlich wie ein verrostetes Angelmesser – immer noch scharf, aber nicht mehr zu gebrauchen."

„Ein Angelmesser kannst du wieder aufpolieren, aber eine Halbwahrheit nicht", warf Ludwig ein.

„Wie man es nimmt. Na schön, dachte ich, polieren wir die Halbwahrheit wieder auf, indem wir die andere Hälfte hinzufügen. Eine Gegendarstellung taugt hier nicht, also Auge um Auge, Presse um Presse und ging zur Konkurrenz, das heißt zum lokalen Generalanzeiger, einem kostenlosen Anzeigenblatt mit einer höheren Auflage. Der Redakteur rieb sich die Hände vor Vergnügen als ich ihm alles erzählte. Ich mache da was, versicherte er.

Das Blatt erscheint nur Mittwoch und Sonntag. Da ich am Donnerstag bei ihm war, hatte er Zeit. Gespannt schaute ich am Sonntag auf Seite 3. Dort stand als Überschrift: ‚Geheime Praktiken im Angelverein? – die wahre Geschichte.' Der letzte Satz lautete: ‚Nicht jeder Fang ist ein guter Fang'"

„Und Ödipussi?", fragte Ludwig"

„Der ist ausgetreten und hat bereits einen neuen Verein gefunden. Ich bin gespannt."

Nun war Ludwig an der Reihe.

Schuppenwilli

„Opa Willi war ein rüstiger Rentner, der gerade seinen 80. Geburtstag gefeiert und nun auch den Vereinsvorsitz in jüngere Hände gelegt hatte. Der hatte den schönen Nachnamen Hundertmark und war erst nach 1945 von den Masuren hierhergekommen. Deshalb bezeichnete er die einheimischen Angler scherzhaft als Eingeborene. Aber nicht nur seine mehr als vierzigjährige Tätigkeit als Vereinsvorsitzender begründete seine Autorität, mehr noch seine hervorragenden Angelerfolge. Wenn der normale Angler schier verzweifelte, Willi fing immer und zu jeder Zeit seinen Fisch. Deshalb wurde er von allen bewundert. Er war berühmt, ja inzwischen eine Legende. Allerdings kannten ihn viele nicht mit seinem richtigen Nachnamen, aber auf jeden Fall mit seinem Spitznamen Schuppenwilli.

Er wusste viel über unsere einheimischen Fische, um nicht zu sagen alles oder fast alles – Biologie, Lebensweise, Vorkommen, Vorlieben, Fangmethoden, Rekordfänge usw. usw. Sein Wort galt. Jedoch angelte er nur auf einem einzigen See, an dessen Ufer er sich vor mehr als vierzig Jahren einen Bungalow gebaut hatte. Diesen kannte er dafür so gut wie kein anderer, in seiner Westentasche fand er sich manchmal nicht so gut zurecht.

Schon vor Jahrzehnten zeichnete er sich auf einem mal 0,5 Meter großen Papier eine sehr genaue in etwa maßstabgetreue Skizze des Sees – mit Angelstellen, Bodenprofil, Lieblingsplätze der Fische, Besatzdaten, Uferbewuchs. Diese ergänzte er mit einer Fangstatistik – sowohl die eigenen Fänge als auch die der Vereinsmitglieder und, soweit möglich, von Gastanglern. Er wusste genau, wann, wo, mit welchem Angelgerät und Köder in den letzten Jahrzehnten die Fische geangelt wurden. Dabei fing er meistens vom Ufer aus, nur in Ausnahmefällen benutzte er den Kahn, in den letzten Jahren ohnehin nicht und wenn, dann mit einem Kumpel. Wir waren alle der Meinung, er muss ein Ködergeheimnis haben. Aber nichts konnte ihn bewegen, sein Geheimnis preiszugeben. Der andauernden Drängelei deswegen müde sagte er zu mir:

‚Na meinetwegen, ich sage es. Aber ihr dürft nicht enttäuscht sein. Du musst einfach auf den Köder spucken.‘

Natürlich gab ich mich damit nicht zufrieden. Schließlich „verriet“ er mit einem geheimnisvollen Lächeln: ‚Kennst du nicht den Ausdruck Braunbier mit Spucke? Spucke habe ich Dir gesagt, jetzt kommt nur noch das Braunbier hinzu‘. Ich gab es auf. Ich denke, er wollte damit nur zum Ausdruck bringen, was fragst du dauernd, es gibt kein Ködergeheimnis.

Er ging nicht aufs Geratewohl auf Schuppenjagd, sondern ganz gezielt auf eine ganz bestimmte Fischart, vorwiegend Hecht und Karpfen, verschmähte jedoch keinesfalls eine gute Rotfeder oder Plötze und konnte auch einen Blei gut verwerten. Die Zubereitung ließ er sich zur Freude seiner Frau nicht nehmen und so war er im Laufe der Jahrzehnte auch ein guter Fischkoch geworden mit vielen selbst ausprobierten Rezepten , ob nun gebraten, gedünstet, gegrillt, geräuchert oder sauer eingelegt.

Er war übrigens ein begnadeter Gewässerleser und als solcher ein eifriger Verfechter der Blasentheorie. Kennt ihr die? Jeder Fisch, pflegte er zu sagen, muss mal ausatmen und produzieret so Blasen. Also weiß man schon, hier ist einer oder hier sind mehrere. Er behauptete, bereits an den Blasen zu erkennen, welcher Fisch das sei und etwa wie groß. Schleie und Karpfen verraten sich durch Blasen mit Strudel, Blei durch wenige Blasen und Plötzen durch einzelne. Siehst du 5 bis 8 Blasen aneinandergereiht wie auf einer Perlenschnur, dann räubert ein Barsch oder ein Hecht.

Nun kann man davon halten was man will, so ganz ohne ist seine Theorie nicht, wenn man sie am Erfolg misst.

Eines Tages nun fragte ihn ein Angler vom am See gelegenen, neu eingerichteten Campingplatz, ob Willi ihm ein paar Tipps geben könne – Angelstelle, Köder, Zeiten, Futter usw. Willi hielt mit seinem Wissen nicht zurück, es freute ihn sogar, wenn er um Rat gefragt wurde und empfahl den Angelplatz, ‚wo die große Erle am Ufer schräg in Richtung See wächst .‘

Der Gastangler bedankte sich, wurde aber schwer enttäuscht, denn kein Fisch ging an die Angel, obwohl er doch genau nach Schuppenwillis Rat gehandelt und auch mit dem Anfüttern nicht gespart hatte. Willi hörte davon und wunderte sich. Woran mag das gelegen haben? Freilich, Garantien konnte auch er nicht geben. Nun geschah es, dass sich dieses Szenario in den nächsten Wochen mit weiteren Gastanglern wiederholte. Willi kam ernsthaft ins Grübeln und zweifelte zum ersten Mal an seinen eigenen Ratschlägen.

Schließlich entschloss er sich, die unweit gelegene Außenstelle eines Fischereiinstitutes aufzusuchen und die dortigen Wissenschaftler zu konsultieren, denn diese hatten in den letzten Wochen am See Untersuchungen durchgeführt. Er wollte einfach mal unverfänglich fragen, wo denn am See ihrer Meinung nach eine gute Stelle sei, wo sich viele Fische aufhalten. Der junge Projektleiter staunte nicht schlecht über den alten Mann, den er nicht kannte und war um eine Antwort sehr verlegen. Schließlich sagte er:

‚Also wissenschaftlich kann ich ihre Frage nicht beantworten, aber dort, wo die große Äsche am Ufer schräg in Richtung See wächst, da muss eine sehr gute Stelle sein, denn hier haben in den letzten Wochen viele Angler kräftig angefüttert'."

Der Rockerfisch

Ludwig, der Gastgeber, zeigte auf seinen Käfig mit dem Wellensittich und fragte, ob sie eigentlich wüssten, dass er den beim Angeln kennen gelernt habe. Natürlich wussten sie es, aber Günter geriet immer so in Begeisterung, wenn Ludwig davon erzählte, dass sie es nicht oft genug hören konnte. Der Sittich landete nämlich auf seiner Stipprute und blieb da sitzen. Auch wenn Ludwig mal anhaute, glich der Vogel den Schwung gekonnt aus, was Ludwig beim Erzählen zu akrobatischer Körpersprache verführte. Jedenfalls hatte der Vogel nachher nichts dagegen, dass Ludwig ihn mitnahm. Er taufte ihn Tinca, weil er auf Schleie aus war.

„An diesem Tag", so Ludwig, „hatte ich längere Zeit nichts gefangen, wenn man von den Stippfischen absieht. Aber so wollte ich nicht nach Hause und nahm meine Spinnrute. Nach einiger Zeit hatte ich Widerstand – und was für welchen. Dann ließ er wieder nach, um erneut stärker zu werden. Die Angel bog sich und ich hatte meine Mühe. Dieser Wechsel zwischen starkem und schwachem Widersand wiederholte sich mehrmals und ich war gespannt, was mir da wohl an die Angel gegangen war, denn diese Intervalle kannte ich noch nicht. Schließlich erblickte ich unter Wasser was dunkles Rundes und dachte schon an einen Karpfen – aber nee, es war ein alter Stahlhelm."

Arthur blieb stumm. Günter und Ludwig warteten geduldig, bis er sich äußern würde, aber Arthur trank nur mit sichtlichem Wohlbehagen sein Bier und räusperte sich ein paar Mal, wobei seine Freunde immer zusammenzuckten und ihn in gespannter Erwartung anstierten. Ludwig hielt es nicht mehr aus. „Du willst doch wohl nicht behaupten, dass du in diesem Jahr nichts erlebt hast, es sei denn, wir kennen das alles schon", meinte er zu Arthur. „Seitdem du mit einem Walkman herumläufst, stimmt irgendetwas nicht mir dir. Willst du noch einmal einen auf jung machen in unserem Alter?" „Das ist es ja", erwiderte dieser. „Natürlich hab ich was erlebt, aber das kann ich nicht mal euch erzählen. Sogar ihr würdet mich für verrückt erklären." Da hatte Arthur natürlich den besten Köder ausgeworfen und die beiden so richtig angefüttert. „Wir versprechen dir, dass wir es für uns behalten und nichts weiter erzählen", versicherte Günter. Arthur tat mächtig erleichtert und fragte „Angler-Ehrenwort?" „Angler-Ehrenwort" antworteten beide synchron. Und Arthur begann: „Es war noch im Frühjahr, im Mai, um genauer zu sein, das probierte ich es wieder mal an meinem Lieblingsgewässer auf Schleie. Im nahen Dorf feierten sie irgendein Fest, die Bässe dröhnten und gaben den Rhythmus der Rockmusik an. Mein Teigklumpen lag kurz über Grund und es dauerte auch nicht lange, da fing die Pose an zu zuppeln. Geduld, dachte ich, Geduld, lass sie mal probieren, ich werde nicht zu früh anhauen. Das ging eine ganze Weile bis ich zu meinem Erstaunen merkte, dass die Pose auf und nieder tanzte. Anders kann ich das nicht bezeichnen, sie tauchte ein und kam wieder hoch, tauchte ein, kam wieder hoch usw., aber nicht irgendwie, sondern – und jetzt kommt es– im Takt der Musik.

Ich dachte erst, das ist Zufall, aber nein, denn als die Musik aufhörte, stand auch die Pose still und als sie wieder anfing, tanzte auch die Pose im Takt. So etwas hätte ich niemals für möglich gehalten, geschweige denn gehört, gelesen oder selbst gesehen. Ich behielt das alles für mich und wollte es einfach nicht glauben, es musste Zufall sein.

Nun, schließlich zog die Pose ab und ich konnte eine prächtige Schleie landen – immerhin 48 cm und 1,96 kg. Eigentlich wollte ich sie nicht, denn diesen musikalischen Fisch, dachte ich, solltest du lieber im See lassen. Helga, die das alles nicht mitbekommen hatte, freute sich, denn Schlei ist ihr Lieblingsfisch und so kescherte sie ihn entschlossen selbst. Also war das nächste Mittagessen gebongt. Überflüssig zu sagen, dass die musikalische Schleie hervorragend schmeckte.

Am Nachmittag des gleichen Tages besuchte ich mit Helga einen Flohmarkt. Da spielten sie genau die gleiche Musik. Ich war ja bisher beileibe kein Fan von Rockmusik, wirklich nicht. Aber mit einem Mal hörten sich die Wummerklänge auf dem Flohmarkt irgendwie ganz gut an, ja, ich bekam so ein rhythmisches Zucken in den Beinen und skandierte mit meiner rechten Hand den Takt, wobei mir ständig die tanzende Pose vor Augen stand bis Helga mich schließlich wegzog, nachdem sie ihre Hand vor ihren Augen wie einen Scheibenwischer bewegt hatte.

Was soll ich sagen, seit dieser Zeit stehe ich auf Rockmusik, zur totalen Verwunderung Helgas und meiner Kinder, jedoch zur Freude meiner Enkel. Jetzt bin ich für sie ein neuer Verbündeter.

Der Gehirn-Effekt

Als die beiden Freunde bei Arthur eintrafen, las der gerade ein Prospekt des polnischen Anglerverbandes über die Angelmöglichkeiten in Polen – in Polnisch.

„Nanu“, polterte Ludwig los, „außer den schönen Bildern verstehst du das ja doch nicht, oder kannst du etwa neuerdings polnisch?“

Arthur antwortete zunächst nicht, sondern las ruhig weiter. Nach einigen Minuten knisternder Spannung schaute Arthur die beiden an und antwortete: „So ist es, ich kann offensichtlich polnisch, wusste ich bisher selber nicht.“

„Na, du fängst ja gut an heute, bemerkte Günter. So ein Quatsch gleich am Anfang ist ja auch für unsereinen etwas zu viel des Guten. Bist du nicht ganz richtig im Kopf?“

Zu beider Überraschung nickte Arthur und bestätigte. „So wird es wohl sein.“

Diese Antwort hatten sie nun nicht erwartet. Arthur schaute sie unsicher an und begann: „Ich verstehe ja eure Verblüffung, denn ich bin es immer noch. Ihr wisst ja, dass ich in diesem Jahr in Norwegen war. Wenig später aß ich zu Hause ein eingefrorenes Dorschfilet von einem richtigen Prachtexemplar, das mir viel Mühe bereitet hatte. Mein Adrenalin-Spiegel war während des Drills auf Höchstniveau und das Glücksgefühl nachher ebenso, denn ich hatte noch nie einen Dorsch von 20 Pfund gefangen. Nach der Mahlzeit erlebte ich dieses Glücksgefühl erneut, worüber ich mich selbst wunderte. Da ging so ein warmer Blutstrom durch meinen Kopf, also ob ich den Fisch gerade gelandet hätte.

Am Abend studierte ich noch einmal mitgebrachte Prospekte aus Norwegen und stellte zu meiner riesigen Überraschung fest – haltet euch fest, denn jetzt kommt’s – dass ich alles verstehen konnte – also norwegisch, versteht ihr?“

Da hielt es Ludwig nicht länger im Sessel. „Ich habe ja auch schon viel erlebt und sicher dieses und jenes ein wenig übertrieben. Aber deine Story übertrifft ja alles. Er war so erregt, dass er sich beim Biertrinken ordentlich verschluckte. Das war vielleicht ganz gut, denn er konnte nicht mehr weiterreden. Und so fuhr Arthur fort: „Ich verstehe dich ja, Ludwig, denn ich glaubte das alles selbst nicht, aber es war nun mal so. Aber ich erzählte noch nicht mal meiner Frau davon, die allerdings mitbekam, dass ich offensichtlich etwas verwirrt wirkte. Vielleicht war das eine einmalige Verkettung von Hirnsynapsen, dachte ich mir und konsultierte einen Neurologen. Der war zu meiner Verwunderung nicht so völlig überrascht, aber höchst interessiert. Bei unserer Wunderschöpfung Gehirn müssen wir uns immer auf höchst unwahrscheinliche Überraschungen einstellen, erklärte er mir und gab mir den Rat, einen neuen Versuch zu machen. Und so fuhr ich im Herbst nach Polen und drillte dort einen tollen Karpfen, so 8 Pfund, wobei ich dasselbe Gefühl spürte wie beim Dorschfang. Der Karpfen kam am ersten Feiertag auf den Tisch, schmeckte super und wiederum wiederholte sich das Glücksgefühl.

Ich konnte es gar nicht abwarten, las am Abend diesen Prospekt hier – und es funktionierte. Ich kann alles hier übersetzen. Nur mit dem Sprechen habe ich es noch nicht probieren können. So, nun seid ihr dran, was sagt ihr dazu?"

Ludwig schwieg. Günter wiegte den Kopf hin und her: „Sei es wie es sei, wenn es so ist, dann ist es so. Mensch, das ist doch ein bombastischer Hirn-Effekt. Wisst ihr was? Im nächsten Jahr machen wir Angelurlaub in China."

Da fing Ludwig an, laut zu lachen. „Was ist denn daran so lächerlich?", wollte nun Günter wissen. „Naja, ich stelle mir vor, wir angeln in China, in einem See oder Fluss und rund herum wächst Bambus. Wir haben die Angel vergessen. Aber das ist nicht schlimm. Manche Bambusarten wachsen bis zu einem Meter pro Tag. Da kannst du zugucken, wie deine Angel wächst. Das ist doch lustig." Die beiden Freunde winkten nur ab.

Heimlicher Doppel-Umtausch

Normalerweise ist es ja so, dass die Heimlichkeiten in der Vorweihnachtszeit passieren, aber es kommt auch vor, dass sie nach Weihnachten erst richtig beginnen. Ludwig kaufte nicht gerne ein – und wenn, dann nur so kurz wie möglich – mit einer Ausnahme, nämlich beim Kauf von Angelgeräten. Da nahm er seine Frau nie mit, wählte wirklich lange Zeit aus, probierte, überlegte, ehe er sich zum Kauf entschloss. Wenn er aber beispielsweise eine neue Rute erworben hatte, dann ging er mit einem großen Gefühl der Befriedigung nach Hause, etwa so, als ob er eine gute Tat vollbracht hätte.

Uta war in dieser Beziehung eher das Gegenteil. Wenn Ludwig mit ihr zusammen in ein Kaufhaus fahren musste, weil die Entfernung sonst zu groß oder ein schwerer Gegenstand zu schleppen war, empfand er das als Strafe und er machte vorher so etwas ähnliches wie autogenes Training, um sich selbst zu beruhigen. Uta fand nämlich kein Ende, konnte sich nicht entscheiden und so fuhren sie nicht selten ergebnislos nach Hause. Und wenn sie schon etwas erstanden hatte, dann zweifelte sie es zu Hause wieder an, bereute den Kauf und brachte das neu erworbene Kleid oder Bettzeug wieder zurück. Oder sie bereute, dass sie etwas nicht gekauft hatte, fuhr am nächsten Tag wieder in das Kaufhaus und kam oft genug enttäuscht nach Hause, weil das Kleid oder die Schuhe oder Bluse nicht mehr bzw. nicht mehr in der richtigen Größe da waren.

Unter diesen Vorzeichen sich Weihnachten zu beschenken ist wirklich ein Drahtseilakt ohne Netz. Ludwig jedenfalls kaufte für seine Frau eine wertvolle Uhr, da ließ er sich nicht lumpen – ein wirklich kleines und zierliches Schmuckstück.

Uta ging heimlich in Arthurs Angelgerätegeschäft und suchte lange mit dem Inhaber, der ja Arthurs Ludwigs kannte, eine neue Rute aus. Mit Spannung warteten beide auf die Bescherung, denn jeder war sich sicher, genau das richtige Geschenk ausgesucht zu haben. Als Ludwig dann das lange Futteral sah, ahnte er Schlimmes. Nie und nimmer hätte er daran gedacht, ausgerechnet von seiner Frau, die doch überhaupt keine Ahnung hatte, eine Angel zu bekommen. Aber er tat so als ob er sich freue und lobte sie sogar.

Uta packte die Uhr aus und dachte so bei sich. Da hat er sich zwar Mühe gegeben, aber die ist viel zu klein, wie soll ich denn ohne Brille schnell erkennen, wie spät es ist. Aber auch sie rang sich ein Strahlen ab. Ludwig probierte die Rute aus, die wirklich ganz in Ordnung war. Aber da er sie nicht ausgesucht hatte, konnte sie nicht wirklich so gut sein, wie er es wollte.

Am nächsten Tag überlegten beide, wie das Geschenk wohl so umgetauscht werden könnte, dass der andere davon nichts erfährt. Jeder fand einen Vorwand, noch etwas zu erledigen und der doppelte Umtausch ging über die Bühne. Dabei waren sowohl Ludwig als auch seine Uta davon überzeugt, dass das eigene Geschenk in Ordnung gewesen war.

Silvester waren sie bei Freunden eingeladen. Uta warf sich in Schale und band auch die neue Uhr um, die aber ganz anders aussah als Arthur sie in Erinnerung hatte.

Scheinbar entrüstet sprach er sie daraufhin an und da sagte sie: „Ich habe deine Uhr umgetauscht, sie war wirklich toll, aber zu klein, ich konnte die Ziffern so schlecht sehen. Da habe ich sie eben umgetauscht ohne großes Gewese. Du hättest doch ohnehin gemeckert."

Das lachte er laut und irritierte seine Frau damit. „Warum lachst du denn so komisch?", fragte sie etwas gereizt. „Ach", gluckste er, „stell dir vor, auch ich habe deine Angel heimlich umgetauscht, sie war wirklich toll, aber irgendetwas fehlte. Sie lag nicht so richtig in meiner Hand. Ich kann dir das schwer erklären." „Schon gut, schon gut", antwortete Uta. „Das war mal ein Versuch. Aber es ist wohl doch besser, wir suchen die Geschenke für das nächste Fest gemeinsam aus."

Arthur tröstete Ludwig: „Ich behaupte, das ist schon vielen, wenn nicht jedem passiert. Ist doch ganz normal. Ich jedenfalls habe Ähnliches erlebt. Ein wenig Schuld habe ich wohl selbst."

Der Räucherofen

„Mit meiner Angelausrüstung war und bin ich zufrieden. Sie wird regelmäßig ergänzt. Nur eines fehlte mir noch, nämlich ein ordentlicher Räucherofen. Ich hatte mir vor Jahren einen selbst gebaut und hing an das alte Stück, aber nun war er nur noch Schrott. Zu Weihnachten, sagte ich mir, machst du dir selbst ein Geschenk und kaufst dir ein schönes Stück, denn wer weiß, was Helga da anschleppt, wenn ich mir einen Räucherofen wünsche. Ich hatte da meine genauen Vorstellungen. Überlegt und getan, ging ich zum Angelgerätehändler und Vereinskumpel, ließ mich von ihm beraten und kaufte ein wirklich schönes Stück. Ich roch und schmeckte schon in Gedanken die frisch geräucherten Fische, Aal und Hecht insbesondere. Der Kumpel wies mich extra darauf hin, dass er selbstverständlich bei Problemen den Ofen wieder zurücknehmen würde.

Das irritierte mich zwar, denn das ist doch selbstverständlich, aber ich dachte nicht weiter darüber nach. ‚Im Moment benutze ich ihn ja nicht, aber später, wenn überhaupt, ist das erst spruchreif', antwortete ich und wollte gehen, als er fragte: ‚Soll ich dir den Ofen noch schön einpacken? Muss doch nicht gleich jeder sehen.' ‚Nee, nee, mach dir nicht die Mühe, ich weiß ja, was drin ist und die Auspackerei ist sowieso nicht mein Ding.' Ich schnappte mir den zerlegten Ofen und verließ zufrieden das Geschäft. ‚Alles Gute zum neuen Jahr und hoffentlich bald bis zum nächsten Mal', rief er mir noch hinterher. ‚Ebenfalls alles Gute und bis zum nächsten Jahr', antwortete ich schon fast auf der Straße. Helga hatte ich selbstverständlich nichts gesagt und versteckte den Ofen im Keller.

Die Familie freute sich schon auf Weihnachten und obwohl wir alle erwachsen sind, freuen wir uns jedes Jahr wie die Kinder. Wenigstens hier und für diese kurze Zeit ist die Kindheit wieder da. Ich bekam zwei wunderschön eingepackte Pakete, die so groß waren wie mein Karton, der daneben so richtig schäbig aussah. Eines von Helga und das andere von meinem Schwiegersohn.

Gleich nach Weihnachten brachte ich die beiden Prachtpakete zum Angelladen. ‚Ich habe schon auf dich gewartet.' ‚Du hast also alles gewusst?' ‚Natürlich, aber dein jetziger Besuch ist mir die Sache wert.' ‚Hast du die anderen so kunstvoll eingepackt?' ‚Nee, nee, das haben deine Frau und deine Schwiegertochter selbst besorgt.' ‚Dann bekommst du jetzt die beiden kunstvoll verpackten Öfen zurück, damit du sie auspacken kannst. Ein bisschen Strafe muss sein.'"

Viehische Angelei

„Ich kam am Sonnabend von einer Anglerversammlung nach Hause", begann Arthur. „Der Vorsitzende des Vereins hatte mitgeteilt, dass der nächste Arbeitseinsatz am Gosener Kanal in vier Wochen sei und um zahlreiches Erscheinen gebeten werde. Helga fragte sogleich, was es Neues gegeben hätte.

‚In vier Wochen zu Frühlingsbeginn ist am Gosener Kanal ein Arbeitseinsatz. Der Wildwuchs am Ufer soll beseitigt werden. Da nehmen wir die Axt mit'. Am nächsten Tag telefonierte Helga mit einer Arbeitskollegin. ‚Leider können wir in vier Wochen nicht kommen. Arthur hat eine Angelveranstaltung mit der Axt. Sie wollen Wildwuchs aus dem Gosener Kanal bergen'.

Der Mann der Arbeitskollegin fragte, wer da angerufen habe und warum. Seine Frau antwortete: ‚Helga war dran. In vier Wochen können sie nicht kommen, denn da angelt Arthur am Gosener Kanal mit einer Axt nach Wild'.

‚Mensch', rief ihr Mann, ‚das müssen wir uns anschauen', und er rief seinen Kumpel an: ‚Hör mal, in vier Wochen gibt es eine tolle Veranstaltung am Gosener Kanal. Da sollen Wildschweine und Rehe mit einer Axt geangelt werden. Hast du nicht Lust mitzukommen?‘.

Der Kumpel hat einen Bruder, der ist Journalist. Als sich beide am gleichen Tag treffen, erfährt dieser:

‚In vier Wochen werden Wildschweine und Rehe aus dem Gosener Kanal geangelt Das habe ich aus zuverlässiger Quelle‘.

Am nächsten Tag kommt eine Zeitung mit folgender Überschrift heraus: ‚Verhaltensforscher sind baff. Wildschweine und Rehe können Fische angeln. Zu sehen in vier Wochen am Gosener Kanal‘. Als ich das las, sagte ich zu Helga: ‚Was die da für einen Mist schreiben. Es wird wohl nichts mit unserem Arbeitseinsatz. Du kannst deine Arbeitskollegin anrufen, dass wir sie besuchen können‘.“

Enter-Angeln

Diese Spinnstunde war einem Erfahrungsaustausch über moderne Angelmethode gewidmet – oder sollte es zumindest. Während Ludwig in dieser Beziehung durchaus mit der Zeit ging und mit Neugier Berichte über neueste Methoden studierte und auch probierte, war Arthur dazu zu bequem und angelte wie eh und jeh. Er war der Meinung, modernes Angeln sei nur ein Köder für den Kauf immer neuer und teurerer Angelgeräte bzw. Angelzubehör. Es war nicht Geiz, aber es ging ihm einfach gegen den Strich.

Er wollte schon seit Jahren eine Veranstaltung organisieren, wo Angler auf einer historischen Strecke, wie er es nannte, mit den Geräten vor 100 Jahren und mit modernen Ruten angeln. Dazwischen Angler mit Angelzeug aus den dreißiger, fünfziger, siebziger und neunziger Jahren. „Ich bin mir keinesfalls sicher, wer da wohl am meisten fängt. Jedenfalls ist es nicht von vornherein klar, dass der Angler von heute die meisten Fische fängt."

Dann erläuterte er seine Horror-Vision über das Angeln wahrscheinlich nicht allzu ferner Zukunft: „Die modernste Methode ist das Enter-Angeln bzw. der Fischfang mit dem Computer. Der Angler braucht nur noch einen Laptop mit Empfänger (integriert oder extra), eine normale Rute und einen schwebenden künstlichen Fisch-Köder. Das kann ein Boilie sein oder eine Fischimitation – je nachdem man auf Fried- oder Raubfisch aus ist. Hier sind Kamera, Sender und eine Haken-Betäubungsspritze mit eingebaut.

Der Köder wird normal ausgeworfen und der Angler kann nun am Bildschirm verfolgen, wo sich der Köder unter Wasser befindet, ob und welche Fische in der Nähe, welche Hindernisse zu beachten sind usw. Jetzt muss er nur noch den Köder führen und den Fisch zum Anbeißen verleiten. In dem Moment, wo der Fisch den Köder im Maul hat, drückt der Angler auf die Enter-Taste und der Fisch bekommt mittels eines Hakens, der elektronisch ausgelöst wird, eine kleine Injektion, die ihn auf der Stelle betäubt.

Nun kann der Angler seine Beute schonend ans Ufer bzw. an das Boot drillen und ausheben bzw. keschern. Der Fisch erleidet keinen Stress durch den Drill. Es ist das sanfteste Angeln das es je gab. Auch Anfuttern ist eigentlich nicht nötig. Man kann sich seinen Fisch nach der Größe bzw. nach Gewicht sozusagen passend für den Kochtopf aussuchen. Die Tierschützer haben Schwierigkeiten, die Angler dauernd zu attackieren. Ja, diese Methode ist zudem bestens geeignet, Fische in ihrer natürlichen Umgebung zu studieren und so die Gewässer gewissermaßen auch von innen kennen zu lernen. Immer mehr Angler probieren diese Methode aus, die Bestandteil der Fischereischeinprüfung geworden ist.

Wer sich mit dem Enter-Angeln angefreundet und noch ein paar Scheine übrig hat, der kann sich dann als neuesten Schrei Köder mit einem integrierten Scanner nebst dazugehöriger Spezial-Brille kaufen und so auf den unbequemen Laptop verzichten. Nehmen wir mal an, es geht auf Hecht. Dann wird der Hechtköder montiert. Der Scanner tastet die Umrisse ab, erkennt den Hecht, der Angler erkennt auf seiner Brille nicht nur den Fisch, sondern eingeblendet auch Größe und Gewicht und kann die separate Entertaste (ein einfacher Druckmechanismus) bedienen, wenn er ein Exemplar ist, das er haben will. Denn nur wenn es ein Hecht ist, funktioniert die Injektion. Ist es z.B. ein Zander oder Barsch, dann wird der Haken mit der Betäubungsspritze nicht ausgelöst und der Angler kann den Köder mehr oder weniger mühelos aus dem Fischmaul ziehen, ohne den Fisch zu verletzen. Ja es ist sogar möglich, nicht nur die Fischart, sondern auch Größe und Gewicht zu programmieren.

Natürlich muss der Angler immer vor Ort sein. Fernsteuerung ist zwar auch möglich, aber laut novellierten Fischereigesetzen der Bundesländer nicht gestattet – völlig zu Recht. Ja, ja, diese Regelung ist einheitlich in allen Fischereigesetzen der insgesamt 4 Bundesländer ohne Berlin. Und nicht nur die. Es gibt jetzt identische Bestimmungen zum Angeln von ausländischen Bürgern, zum Angeln von behinderten Mitbürgern und eine einheitliche Festlegung, dass Kinder ab 8 Jahren selbständig angeln können, wenn sie in einer Angelschule einen Befähigungsnachweis erworben haben und in einem Verein organisiert sind. Denn das ist wirklich notwendig, um richtig auf Fisch entern zu können, was natürlicherweise besonders bei Kindern und Jugendlichen beliebt ist.

Da sich aber besonders die älteren Sportfreunde nicht so recht mit dem Enter-Angeln anfreunden können, sei es, weil sie sich nicht mehr umstellen wollen oder können, sei es aus finanziellen Gründen, haben sich die Enter-Angler in Spezialvereinen organisiert wie beispielsweise die Fliegenfischer oder Karpfenangler und es dauert nicht mehr lange, bis sich daraus ein weiterer Spezialverband des entwickelt – die Enter-Angler."

Die Galaktikangler

Günter überraschte seine Freunde mit einem Weltraumerlebnis.

„Ich weiß, es ist alles so unwirklich, aber ich muss es erzählen, um meine innere Ruhe wiederzufinden. Die Klagen über leergeangelte Gewässer reißen nicht ab. Nun sagen zwar die Wissenschaftler und andere Experten, dies sei ein Irrtum, die Gewässer sind gut besetzt und fischreich. Aber glauben sie mir, ich weiß es jetzt besser. Manche, nicht alle, aber viele Gewässer sind wirklich ziemlich leer. Und bald wird es auch die anderen Gewässer erwischen, sage ich mal voraus.

Schuld daran sind – die Galaktikangler, wie ich sie nennen möchte, oder die Außerirdischen. Durch Zufall habe ich sie entdeckt. Eines Tages war ich auf der Suche nach einem neuen Angelgewässer, weil auch das meinige, wo ich seit Jahren fast jedes Wochenende verbringe, wie ich glaubte, leergefischt sei. Das neue Gewässer müsste abgelegen, noch nicht so bekannt und natürlich fischreich sein. Ich blätterte also in unserem Gewässerverzeichnis, legte die Landkarte daneben, suchte mir einige Gewässer heraus und fuhr los.

Da ich es nicht leiden kann, wenn man mit dem Auto bis dicht ans Ufer fährt, stellte ich meins etwas abseits und ging frohen Mutes zu Fuß weiter. Dieses Mal ohne jegliche Ausrüstung, vom Feldstecher abgesehen. Und das war – wie sich herausstellen sollte – mein Glück. Ich setze mich also gemütlich auf einen umgekippten Baumstamm und blicke mit meinem Fernrohr das Ufer ab. Ja und was sehe ich?

Drei kleine tiefblaue Männchen, also ich schätze maximal 1 Meter groß, wirtschaften da am Ufer und keschern einen Fisch nach dem anderen. In kurzer Zeit hatten sie mehrere Hechte, Aale, Karpfen sowie Schleie gefangen und offensichtlich in Kühlboxen verstaut. Aber diese Boxen waren außergewöhnlich klein, höchstens Platz für einen mittleren Karpfen. Ihr könnt euch vorstellen, dass ich völlig verwirrt war, ja mir wurde sogar übel. Aber nicht wegen der vielen Fische, sondern weil ich – ich gebe es zu – Angst hatte. Was ist da los? Oder war ich schon völlig Irre geworden? Aber es dauerte nur ein paar Minuten, bis ich meinen Schockzustand überwunden hatte, dann überwog die Neugier.

Die Galaktiker bzw. Außerirdischen, denn nur um solche konnte es sich handeln, hatten mich noch nicht entdeckt. Da hört man nun von Ufos und Außerirdischen, fasst sich an den Kopf über soviel Spinnerei oder auch Phantasie und sieht nun solche Wesen leibhaftig vor sich, wie sie einen Fisch nach dem anderen aus dem Wasser holen. Das muss ich jetzt mal näher beschreiben.

Jedenfalls die erste Überraschung, sie hatten keine Angel, nichts dergleichen. Aber jedes Männchen schaute durch eine große braune Brille, die wiederum durch ein Kabel mit einem einer Pistole ähnlichen Gerät verbunden war. Sie schauten aufs Wasser, drückten ab und kurz danach kam ein offensichtlich betäubter großer Fisch -von solchen Exemplaren träume ich bis heute – an die Oberfläche. In diesem Moment drückten sie erneut ab und der Fisch, welche Größe er auch besaß, wurde winzig wie ein Stichling. Den holten sie dann mit einem kleinen Kescher heraus und verstauten ihn in die Kühlbox.

Es war noch keine Stunde vergangen, da quollen alle drei Kühlboxen über. Ich schätze mal, dass sich in jeder mindestens 100 bis 150 geschrumpfte kapitale Exemplare befanden, von den Plötzen und Rotfedern nicht zu reden. Offen sichtlich hatten sie es diesmal besonders auf Schleie abgesehen, wie ich auch. Als sie alles verstaut hatten, richtete jeder die „Pistole" auf die Kühlbox, dann auf sich -und weg waren sie, jedenfalls konnte ich trotz anstrengendster und gründlichster Suche nichts mehr entdecken.

Nun fragt mich also nicht, wie die Galaktik-Angler da hingekommen und wie sie wieder verschwunden sind. Ich weiß es einfach nicht. Ich brauchte Tage, Wochen und Monate, um dieses Erlebnis zu verarbeiten. Bis jetzt habe ich auch noch niemandem davon erzählt. Bei Annegret habe ich es versucht, aber sie winkte nur ab und wollte es nicht hören. Nun aber, wo die Diskussionen über leergefischte Gewässer wieder hochkommen, will ich mein Geheimnis lüften. Meinen Artikel habe ich schon abgeschickt. Denn mündlich aufzutreten, sozusagen als Vortrag, traue ich mich immer noch nicht. Ich will ja wieder heil und gesund nach Hause kommen.

Es ist eben nicht leicht, als Angler immer die Wahrheit zu sagen."

Die Teleskoprute

Ludwig kaufte sich auf Empfehlung Arthurs eine ca. 4 m lange Teleskoprute zum Fest der Geschenke, weil die so schön in den Kofferraum passt, wie Ludwig meinte.

Es war bereits Frühjahr, als sich beide mit Günter zu einem Bierchen trafen, um das Neueste zu bequatschen. Ludwigs rechter Arm war eingegipst. Arthur fragte ihn nach der Teleskoprute – schon damit geangelt, wie ist sie denn überhaupt usw. und Günter wollte wissen wieso der Arm im Gips sei.

Ludwig schaute besonders Arthur so ein wenig schräg von unten an und antwortete: „Also, das ist ein hochinteressantes Gerät. Als ich zu meinem persönlichen Anangeln die Rute das erste Mal probierte, war ich begeistert. Man muss sie ja nicht auseinander ziehen, das geht mit kurzem kräftigen Schwung hervorragend. Herrlich, wie sie zusehends größer wird. Nun montierte ich feines Zeug zum Stippen und los ging's. Es dauerte auch nicht lange, da hatte ich einen Biss, der sah nach Blei aus, weil sich die Pose hob und auf das Wasser legte. Ich haute an und spürte ordentlichen Widerstand – da rutschte die Rute bis zum Griffteil mit der Rolle in sich zusammen. Ich war total überrascht und zog die Rute wieder auseinander, aber der Blei war weg.

Das passiert dir nicht wieder, sagte ich mir und zog jedes einzelne Teil kräftig heraus. Der Blei kam aber nicht wieder und andere Fische bissen auch nicht. Also packte ich zusammen oder wollte zusammenpacken. Denn offensichtlich hatte ich die Rute zu fest gezogen, ich kriegte sie einfach nicht wieder klein. Und rohe Gewalt wollte ich auch nicht aufwenden. Nachdem es mir gelungen war, wenigstens ein Segment locker zu kriegen, verstaute ich die immer noch lange Angel irgendwie im Auto, wozu ich aber den Kofferraum umbauen musste.

Das ist aber der Rutenspitze nicht gut bekommen. Auf dem Weg nach Hause fuhr ich noch schnell zur Tankstelle und schaute in den Kofferraum, ob alles in Ordnung wäre. Aber offensichtlich hatte ich die Klappe nicht richtig hochgestemmt, denn sie fiel mir ins Kreuz. Zu Hause brauchte ich eine gehörige Zeit, um die Angel wieder richtig auf Transportgröße zu bekommen und die Spitze zu reparieren.

Wenige Tage später wollte ich erneut an der gleichen Stelle angeln, kurz vorher hatte es geregnet. Dieses Mal zog ich die Teile behutsam heraus. Als ich gerade damit fertig war, kam ein Angelkumpel vorbei und wir unterhielten uns über dies und jenes. Dabei fasste ich die Angel in der Mitte und benutzte sie gewohnheitsgemäß als Stütze. Aber das hätte ich nicht tun sollen, denn ehe ich mich versah, rutschte sie wieder zusammen und ich fiel in eine Schlammpfütze, wobei ich mir außerdem noch das Gesicht durch den daneben stehenden Busch verkratzte sowie den Arm verstauchte und nur mit Mühe nach Hause kam. Die Angel hatte auch gelitten."

Beide Kumpel hatten still zugehört und wussten wirklich nicht, was sie dazu sagen sollten, was ja nun wirklich außerordentlich selten vorkam. Spott ist hier fehl am Platze, dachten sie und Arthur fragte: „Na wann hast du denn nun damit den ersten Fisch gefangen?" Ludwig schaute ihn mitleidig an und antwortete: „Wieso, kann man denn damit wirklich angeln?"

„Da fällt mir auch noch eine Geschichte ein." Arthur kratzte sich am Kopf.

Glück muss man haben

„Geht es euch auch so? Lange Zeit funktioniert beispielsweise im Haushalt alles wunderbar. Dann geht die Kaffeemaschine kaputt. Am selben Tag der Geschirrspüler und auch der Staubsauger gibt seinen Geist auf. Wenn es kommt, dann kommt es dicke. So eine Strähne hatte ich vor einiger Zeit an einem Angeltag, den ich nicht vergessen werde.

Es begann schon in der Frühe. Ich wollte bei Sonnenaufgang am Wasser sein und den neuen Tag begrüßen, aber der Wecker klingelte nicht. So fuhr ich dann früh mit dem Fahrrad los, aber eben nicht früh genug. Aber eine schwarze Katze war schon aufgestanden und rannte in mein Fahrrad, besser ich erwischte sie noch beim Überqueren der Straße. Nun, es ging noch glimpflich ab, wenn man von ein paar blauen Flecken bei mir absah, die ich mir beim Sturz zugezogen hatte.

Ich rückte Lampe, Dynamo und Bremse wieder an die richtige Stelle und fuhr weiter, tapfer die schwarze Katze und eventuelle Schäden an meinem Angelzeug aus meinem Gedächtnis verdrängend. Der leise Nieselregen störte mich nicht. Durch den Sturz aber hatte sich unten mein linkes Hosenbein befreit, was ich aber zu spät merkte, nämlich erst, als es zwischen Zahnrad und Kette geriet und nur mit Mühe einen zweiten Sturz verhindern konnte. Auch dieses Malheur konnte ich schnell wegstecken.

Nachdem mein Angelrucksack zweimal vom Gepäckträger gerutscht war, offensichtlich hatte der auch gelitten, erreichte ich das Gewässer und sah, dass meine Lieblingsstelle schon besetzt war. Pech gehabt, das Anfuttern gestern und vorgestern umsonst. Ich war eben zu spät dran. Also nahm ich mit der nächsten freien Stelle vorlieb und montierte mein Angelgerät. Das schien in Ordnung zu sein, wenn man von der Rolle absah, die sich leicht verkanntet hatte. Die Spule lief nicht rund.

Ich war gerade im Begriff, meine Angel ausgeworfen, da hörte ich einen lauten Hilferuf nach einem Kescher. Der kam von neben an von dem Angler auf meiner Lieblingsstelle. Der hatte einen großen Karpfen dran, halb mein Karpfen sozusagen, und konnte ihn nicht keschern. Warum weiß ich nicht. Ich schnappte also meinen und lief los. Dabei verhakte sich das Netz in einem abgebrochenen Baumast, aber ich riss ihn wieder los und konnte meinem Nachbarn helfen. Der bedankte sich vielmal und ich kehrte wieder zur Angelstelle zurück.

Hier bemerkte ich zu meiner Freude, dass die Sehne trotz der Unwucht hurtig von der Spule lief. Ich haute an und spürte heftigen Widerstand. Nach meiner Erfahrung musste es ein Aal sein. Und richtig. Mit Mühe drillte ich ihn heran, da brach die Spitze der Angel, knickte ab wie ein trockenes Zweiglein. Jetzt rief ich meinen Nachbarn, aber der war schon weg nach diesem Fang. Die Elastizität der Rute war nun empfindlich gestört und es gelang dem Aal, sich irgendwie festzusetzen. Wo und wie konnte ich nicht erkennen.

Mir blieb nichts anderes übrig als hinein in den See und zu versuchen, die Sehe wieder zu lösen. Ich muss dazu sagen, dass es ansonsten ein heißer Tag war und so war mir dieses Bad ganz willkommen, wenn nur die Mücken nicht so stechen würden. Ich dachte noch, wenn doch nur einmal die Fische so beißen würden wie diese Viecher. Da setzte sich so ein Ungeheuer auf meine rechte Backe und saugte sich voll Blut. Instinktiv haute ich zu und traf die Mücke, aber auch die Brille, die nun im hohen Bogen im Wasser verschwand. Eine Brille mit Gleitsichtgläsern und Blendschutz oder wie das heißt. Ihr könnt euch denken, das wurde nachher eine teure Angelegenheit. Aber nicht kratzen nach einem Mückenstich und wenn es noch so juckt. In dieser Beziehung war und bin ich eisern.

Aber ich bekam die Sehne wieder frei und wollte den Fisch straff haltend mit der Angel wieder ans Ufer zurück. Aber da sah ich eine Bache mit ihren Frischlingen heran traben, die sich sehr für meinen Angelrucksack interessierte. Was sollte ich nun machen? Eine Bache mit Frischlingen ist aggressiv, das wusste ich. Also blieb ich stehen, den Aal immer noch an der kaputten Angel und versuchte, mich so wenig wie möglich zu bewegen. Wie lange ich da wie ein Denkmal gestanden habe weiß ich nicht, vielleicht nur 10 oder 15 Minuten, aber sie kamen mir wie eine Ewigkeit vor, denn die Bache machte keine Anstalten zu verschwinden und die Mücken, die Mücken. Mit einem Mal sah sie mich an, schnaufte kurz und trollte sich mit ihren Frischlingen. Vorsichtshalber wartete ich noch wenige Minuten, den Aal immer noch an der kaputten Angel. Endlich gelang mir, den prächtigen Aal zu keschern – die kaputte Angel in der linken und den Kescher in der rechten Hand. Das ist ja neben einem Drill die hohe Schule des Angelns.

Aber was musste ich nun sehen? Der Aal, zwar noch am Haken, rutschte aus dem Kescher und strebte mit Kraft in die Tiefe. Was sollte ich nun machen? In der linken Hand immer noch die Angel mit dem kräftig ziehenden Aal, in der rechten den kaputten Kescher. Den warf ich hin und begann den Drill erneut. Bald hatte ich ihn wieder vorne, griff den Kescher, die Sehne immer noch straff gespannt, und drückte den Kescher auf den Boden, so dass ich ihn und den Aal auf den Grund schleifend ans Ufer bekam.

Ich stürzte mich auf den Kescher mit dem Aal und brachte beide in Sicherheit. Ich schätzte ihn auf rund einem Meter und einem Kilo. Jedenfalls hatte ich wenigstens kurzzeitig so etwas wie ein Glücksmoment. Schnell zu meiner Angelkiste, das Messer holen, um den Aal ordentlich zu töten. Aber wo war er? Verschwunden, nichts zu sehen. Das hatte ich nun nicht erwartet. Da sah ich, dass ich den Kescher in der Eile über ein kleines Erdloch abgelegt hatte mitten in einem Wurzelgeflecht des Uferbaumes. Und tatsächlich, die Sehne führte in das Loch, denn ich hatte den Haken noch nicht aus dem Maul entfernt. Wahrscheinlich führte das Loch ins Wasser. Aber alles Ziehen half nichts. Der saß da unten fest und rührte sich nicht mehr. Ich musste die Sehne durchschneiden.

Da schlug die Turmuhr schlug vier Mal und erinnerte mich daran, nun endlich den Heimweg anzutreten. Dieser verlief ohne Zwischenfälle, wenn man die Reifenpanne nicht mitrechnet. Fahren konnte ich jedenfalls nicht mehr. So musste ich die 9 km eben schieben. Aber das war mir ganz recht, denn so richtig weit gucken konnte ich ohnehin nicht und nach dem Sturz heute früh traute ich meinem Drahtesel nicht mehr, zu Recht wie sich später herausstellte. Aber das ist bereits eine andere Geschichte.

Als ich zu Hause verschwitzt, zerstochen und geschunden, ermüdet und unbebrillt, aber mit einem Lächeln ankam und gerade meinen schönen Aal präsentieren wollte, bekam ich von Helga eine gehörige Standpauke. ‚Wo bleibst du denn bloß. Die ganze Telefonanlage ist schon seit Stunden blockiert und das Internet funktioniert auch nicht'. Der Abend war gelaufen.

Am nächsten Morgen kaufte ich noch einen neuen Fernseher. Ja, wie ich schon sagte, wenn es kommt, dann kommt es dicke.

Ach so, die Brille. Natürlich habe ich mir sofort eine neue kaufen müssen. Die Ersatzbrille war ohnehin schon einige Jahre alt. Rund 800 Euro sind ja kein Pappenstil. Zwei Wochen später badete ich an der gleichen Stelle, wo mich die Mücke gestochen hatte und spürte an der Fußsohle etwas Dünnes und Glattes. Die Brille, zuckte es durch mein Gehirn. Ich blieb sofort stehen, tastete mit der rechten Hand nach unten und fühlte den Bügel der Brille. Sie war so im Sand versunken oder eingespült, dass nur noch der Bügel herausragte. Nur wenn ich wenige Zentimeter weiter gegangen wäre, hätte ich sie nie erwischt. Nun hatte ich wieder eine sehaktuelle Ersatzbrille ohne Kratzer und voll funktionsfähig. Nur den einen Bügel musste ich etwas nach biegen.

Tja, meine Lieben, Glück muss der Mensch haben, wenn auch etwas später."

Der Karpfenheld

Als ein Karpfen einem Boilie auf dem Seegrund nicht widerstehen konnte, musste er sehr zum Schrecken seiner Artgenossen der unbekannten Gewalt folgen und ward aus dem Wasser gezogen. Die anderen Karpfen versammelten sich, um seiner zu gedenken und sein Leben zu würdigen. Aber zu ihrem großen Erstaunen erschien er wieder mitten unter ihnen.

„Was ist passiert", sprachen sie beinahe platzend vor Neugier, „dass du zu unserer Freude wieder hier bist, denn das hat noch keiner von uns je erlebt." Der Karpfen schwamm stolz im Kreis herum und berichtete: „Zuerst war ich wie ihr euch denken könnt voller Angst, denn noch niemand hat berichtet, was über dem Wasser für eine Welt ist. Diese Angst steigerte sich noch als mich ein riesengroßes zweibeiniges Wesen ohne Flossen behutsam über harte Wasserpflanzen führte und aus dem Wasser hob, denn ich konnte nicht mehr wie gewohnt atmen. Sodann legte er mich auf eine rutschige Unterlage und entfernte mir behutsam den verwünschten Haken aus dem Maul.

Der andere beschaute mich sehr gründlich und versorgte eine Wunde an meiner Bauchflosse. Dadurch ließ meine Angst etwas nach, wobei ich aber immer mehr in Atemnot geriet. Nun legte einer so etwas wie einen ganz langen Seerosenstil über meinen Körper vom Kopf bis zur Schwanzspitze und stieß unverständliche Laute aus. Danach hob er mich hoch, während der andere mich mit einem riesengroßen Auge anblickte. Mir wurde bereits schwindelig, da wurde ich ins Wasser zurückgesetzt und konnte mich in unserer Welt relativ schnell wieder erholen."

Die anderen Karpfen hatten mit offenen Mäulern zugehört. Da rief einer: „Du bist ja ein Held. Du sollst von nun an unser Anführer sein." Alle anderen bewegten zustimmend ihre Flossen.

Der Anführer-Karpfen musste nun überall seine Geschichte erzählen und wurde stets von den Artgenossen gleichermaßen bewundert und gefeiert. Ja, in der Karpfenwelt wurde sein Erlebnis bald schon zu einer Legende, die mit dem eigentlichen realen Geschehen nicht mehr viel zu tun hatte. Die Karpfen erzählten sich untereinander, wie ihr Held als er aus dem Wasser gehoben wurde, die verwünschten Zweibeiner in die Flucht geschlagen und danach wieder zurückgekehrt sei.

Als er jedoch seine Erlebnisse auch den Plötzen und den Rotfedern erzählte, glaubten diese ihm nicht, denn dies lag völlig außerhalb ihrer Erfahrungen und Vorstellungen.

Dies wollte nun der Karpfenheld nicht hinnehmen und schwamm mit Plötzen und Rotfedern genau an jede Stelle, wo er den Boilie geschluckt hatte. Und siehe da, wieder lag dort einer. „Nun werdet ihr sehen, dass ich nicht gelogen habe“, sprach er zu den Ungläubigen, nahm den Boilie und folgte willig der ihn nach oben ziehenden Kraft. „Gleich komme ich wieder“, schrie er bevor er aus dem Wasser gehoben wurde.

Die Zuschauer warteten und warteten, aber der Karpfen kam nicht zurück. Die Plötzen und Rotfedern schwammen schweigend zurück. Das Gefolge des Heldenkarpfens aber sucht ihn noch immer und die Geschichte wird bis heute erzählt.

Angelzeitschriften

„Immer, wenn ich mir die Angelzeitschriften anschaue, bin ich erstaunt, neidisch und nachdenklich. Geht es euch manchmal auch so?“, fragte Günter. „Erstaunt, was andere da für tolle Fische aus dem Wasser ziehen; neidisch, wenn ich in ihre glücklichen Gesichter schaue und nachdenklich, warum mir das nicht gelingt. Ich mache irgendetwas falsch. Denn die Profis in den Zeitschriften ziehen ja nicht nur einmal solche Kapitalen an Land, nein, sie fangen ja dauernd solche Prachtexemplare, so dass ich mich schon wieder frage, ob das für sie denn noch etwas Besonderes ist oder Angelalltag.

Schon seit langem versuche ich, größere Schleie zu angeln. Nach meinen Beobachtungen halten sie sich ganz dicht am Schilf oder an den Krautkanten auf und verschmähen einen schönen Teighappen nicht. So fuhr ich also kürzlich gegen Abend los. Nach geduldigem Warten hatte ich gegen 19.30 Uhr einen ersten Biss. Die Pose zuppelte und zuppelte und wanderte etwas am Schilf entlang, tauchte aber nicht ab. Kleinere Fische, dachte ich, setzte dennoch den Anhieb, spürte zu meiner Überraschung Widerstand, und was für Widerstand – da gab es einen Ruck.

Pose und Schnur flogen in den links von mir stehenden Baum. Es war eine 25er Schnur, allerdings nicht mehr neu. Ich hatte sie schon mindestens ein Jahr benutzt. Solche Fehler machen eigentlich nur Anfänger oder solche wie ich, die zu bequem sind, vor der Saison die Schnur zu überprüfen. Jetzt erst tat ich es und konnte sie ohne große Mühe zerreißen. Das war‘s dann an diesem Abend. Aber nun hatte mich der Ehrgeiz gepackt. Das lässt du nicht auf dir sitzen, sagte ich mir, montierte eine neue Schnur und war richtig voller Hoffnung. Alles spielte sich wie am vorigen Abend ab. Vorsichtiger Biss, Anhieb, kurze Führung – aus. Was war es diesmal? Die maschinelle Bindung des Hakens hatte nicht gehalten. Also band ich flugs einen neuen Haken. Wenn die Bindung wieder nicht hält, dann bist eben du selbst Schuld, sagte ich mir.

Inzwischen hatte sich bei mir ein interessierter Zuschauer eingefunden und wir schwatzten über dies und das, wobei er viel über das Gewässer, die Fische und meine Fangerfolge wissen wollte. Den ersten Teil konnte ich gut beantworten, beim zweiten war ich nicht mehr so gesprächig, weil ich gerade den Haken anband. Zweiter Versuch ganz nah am Ufer. Die Pose machte drei Zupps und tauchte schräg nach rechts ab. Anhieb – und der Fisch war dran. Er wehrte sich, ich führte ihn und sah, es war ein Karpfen. Nun, wenn nicht Schlei, dann eben Karpfen. Mein neugieriger Besucher schnappte eifrig meinen Unterfangkescher, ich hatte keine Chance, es zu verhindern. Er stocherte im krautigen Wasser herum, sprang hin und her, glaubte, dass der Karpfen im Kescher sei, zog ihn nach vorn aus dem Wasser und wunderte sich, dass statt des Karpfens nur ein riesiger Krautbatzen drin war. „Das habe ich gleich gesagt", schob er mir sofort die Schuld zu und verabschiedete sich. Auch dieser Abend war gelaufen.

Aller guten Dinge sind bekanntlich drei. Also erneut probiert. Nichts, am nächsten Angeltag wieder nichts und so weiter. Ich will nicht behaupten, dass ich total sauer war, aber nachdenklich schon. Abgesehen davon, dass frische Luft immer gut tut, ist es doch blöd, sich nur mit frischer Luft zu trösten. Was ich falsch mache, das habe ich einigermaßen begriffen. Das Gegenteil von falsch ist zwar richtig, aber nur sprachlich oder logisch. Beim Angeln ist das Gegenteil von falsch eben noch lange nicht richtig. Wie also mache ich es richtig?

Und da sind wir wieder bei den Angelzeitschriften. Die Angelprofis dort machen alles richtig, klar, sonst würden sie ja nicht solche Fänge vorweisen. Nebenbei bemerkt, woher kommen denn bloß immer die Fotos vor Ort her? Ich selbst habe nie einen Fotoapparat dabei und bin noch nie einem Angler mit Kamera am Wasser begegnet. Die Profis machen wahrscheinlich alles immer richtig, so dass sie das Glück nicht brauchen. Ob ihnen solche läppischen Missgeschicke wie mir auch mal passiert sind? Wahrscheinlich nicht. Das wäre ja so, als ob man einem passionierten Autofahrer unterstellen würde, dass auch er nicht vor einem Anfängerfehler gefeit sei. Und dies zuzugeben, gar noch öffentlich, kratzt an der Ehre.

Da sitze ich nun, ich armer Tor und überlege. Wer ist eigentlich ein normaler Angler – die Zeitschriften-Profis oder ich? Vielleicht wir beide? Die Profis minimieren das Glück und ich fordere es heraus? Und dann habe ich einen Traum:

Ich angele einen schönen Schlei, lasse mich fotografieren und schreibe einen ganz tollen Artikel darüber. Nach Wochen habe ich erneut Glück und lasse es wieder der Angelzeitschrift wissen.

Schließlich gelingt es mir auch zum dritten Mal. Dreimal hintereinander bin ich dort mit einem Prachtfisch abgebildet, und die Leser, die mich nicht kennen, sagen sich:

Immer, wenn ich mir die Angel-Zeitschriften anschaue, bin ich erstaunt, neidisch und nachdenklich."

Da Günter einmal redete, behielt er auch das Wort.

Stippen

„Deine Stippleidenschaft Arthur teile ich voll und ganz." Günter blieb noch beim Thema. „Ich meine Stippen mit Teig, nicht mit Wurm, denn da verderben dir die kleinen Barsche mit ihrer Gier das Vergnügen. Stippen ist ja wirklich viel mehr als schlichtes Angeln. Das ist eine ganze Philosophie. Hier lernst du Konzentration, Reaktionsschnelligkeit, Entscheidungsfreudigkeit, Feingefühl und Geduld gleichermaßen, vielleicht auch noch Risikobereitschaft. Allein die Bisse: zaghaft, unentschlossen, hektisch, langsam, kräftig sind wie menschliche Reaktionen. Wann haust du an? Jetzt oder später oder ist es schon zu spät? Da zuppelt die Pose, der Fisch hat sich noch nicht entschlossen, den Köder endgültig zu nehmen. Dann doch, du setzt den Anhieb, aber eh der durch ist, taucht die Pose wieder auf. Du warst den winzigen Bruchteil einer Sekunde zu spät. Das nächste Mal wartest du, aber zu lange, der Fisch hat die Teigkugel heruntergezupft. Dies wiederholt sich in unzähligen Varianten und ist deshalb immer spannend. Fängst du den Fisch, dann freust du dich, auch wenn es ein kleiner ist, denn du hast optimal reagiert. Fängst du ihn nicht, ist der Ehrgeiz umso stärker, es das nächste Mal besser zu machen. Das alles brauchst du auch im Alltag, im Beruf.

Beim Karpfen- oder Aalangeln zum Beispiel hast du mal Pause, denn der Biss erfolgt ja nicht in jedem Fall sofort. Da gibt es auch Bissanzeiger. Aber hier brauchst du ihn nicht. Bissanzeiger sind deine Augen, deine geschärften Sinne plus Erfahrung. Es gibt keine Pause. Meistens kannst du abschätzen, ob der Fisch groß oder klein ist und manchmal sogar, welche Art von Fisch den Köder probiert. Wenn sich die Pose flach legt, dann ist das mit großer Sicherheit ein Blei. Ich warte dann aber, bis er danach zügig abzieht. Der Blei ist ein viel geschmähter und zu Unrecht unterschätzter Fisch wegen seiner Gräten. Gut geräuchert, wie vorige Woche ist auch er eine Delikatesse. Ich muss allerdings dazu sagen, dass ich ausschließlich mit Teleskoprute stippe. Aber allein aus praktischen Erwägungen, weil sie zusammengesteckt gut in den Kofferraum passen. Und ich behaupte, dass ich hiermit ganz passable Fertigkeiten entwickelt habe." Günter hatte sich richtig in Eifer geredet.

„Außerdem vergleiche ich Stippen immer mit Autofahren. Hier brauchst du die gleichen Reaktionen. Und deshalb behaupte ich, ein guter Stipper ist bestimmt auch ein guter Autofahrer. Ich jedenfalls bin ein Konzentrationsmensch. Wenn ich mich auf irgendeine Sache fixiere, dann nehme ich meine Umwelt nur noch gedämpft oder gar nicht wahr – zum großen Leidwesen meiner Annegret. Aber es macht mir Spaß, mich voll und ganz in einen Gedanken, ein Buch zu vertiefen, eine spannende Dokumentation auf dem Fernseher zu verfolgen oder aber die Stipppose zu beobachten.

Insofern ist für mich das Stippen die anglerische Königsdisziplin, weil man sich hier ohne viel Aufwand alles antrainieren kann, was auch im Leben Erfolg verspricht. Was für die Mathematik die Grundrechenarten ist für das Angeln das Stippen."

„Für mich ist Stippen die mediterrane Seite des Angelns", ergänzte Arthur.

„Na ja", meldete sich Ludwig. „So ein Stippfan wie ihr das hier darstellt bin ich nicht, eher ein Spinnangler. Hier musst du auch ständig konzentriert sein und in jedem Moment mit einem Biss rechnen. Da ist der Bissanzeiger vor allem deine Hand."

„Es gibt auch Dinge, die passieren und sind nicht so richtig zu erklären.“ Arthur wollte also unbedingt noch etwas loswerden. „Wie oft klappen wir den Bügel der Rolle herunter, damit die Schnur beim Wurf frei von der Spule gleiten kann. Das ist nicht nur in Fleisch und Blut, sondern bis in die Zehenspitzen eingegangen. Und doch passiert es mir, dass ich das vergesse. Ich werfe raus und die Pose fliegt mir fast wieder entgegen. Ich hatte vergessen, den Bügel herunterzuklappen. Wie ist das zu erklären?

Das gleiche gilt umgekehrt. Du verfolgst konzentriert die Pose, sie taucht ab, du haust an, aber die Pose rührt sich nicht. Stattdessen peitscht die gesamte Rute von der Waagerechten in die Senkrechte durch die Luft. Auch dieses Mal hatte ich vergessen, den Bügel herunterzudrücken. Auch dies x-mal und noch öfter ausgeführt und dennoch vergessen. Wieso? Ich habe dafür keine Erklärung. Diese Aussetzer, so möchte ich das mal nennen, passieren ja nicht nur beim Angeln, sondern auch im Alltag. Aber das würde jetzt zu weit führen.“

„Das ist mir auch schon passiert“, antwortete Günter. „Ich denke, es ist die Strafe dafür, dass man für den Bruchteil einer Sekunde nicht konzentriert ist. Unser Gehirn schläft, wenn es Gewohnheiten geht. Und genau darin liegt die Gefahr.“

Der Angelneider

„Bei uns im Verein“, nahm Ludwig wieder das Wort, „gab es einen, das ist ein Neidhammel oder Egoist. Von seinen Fängen prahlte er ohne Ende, aber anderen gönnte er keine besseren. Niemand wollte mit ihm angeln. Also blieb er alleine, beobachtete aber mit dem Fernglas, in der Regel von seinem Boot aus, die anderen Angler, was die wohl fangen. Hatten sie gute Beute gemacht, dann dauerte es nicht lange und er war in der Nähe oder wartete, bis man weg war und angelte an der gleichen Stelle. Das ist vielleicht nervig. Einmal stellte er sich direkt neben mich, nachdem ich eine schöne Schleie gelandet hatte. Als er nach kurzer Zeit keine fing, zog er knurrend wieder ab. Besonders unangenehm, dass er beobachtete, wo angefüttert wird, um sich dann in aller Herrgottsfrühe genau hier einzufinden. Was willst du machen. Ist ja nicht verboten, wenn auch höchst unkameradschaftlich.

Nachdem er es einige Zeit so getrieben hatte, überlegten wir, wie wir ihn eins auswischen könnten. Aber wir konnten nicht so fies denken, bis ich eines Tages eine Idee hatte. Der Vorsitzende und ich warteten, bis er mit seinem Boot auf dem See war und angelten genau gegenüber. Wir waren uns sicher, dass er uns beobachten würde. Ich hatte mir einen alten Fahrradschlauch besorgt, ihn halbiert, an der Angelstelle die beiden Teile mit Wasser gefüllt und natürlich beidendig abgedichtet. Einen davon band ich an meine Angel, wobei ich darauf achtete, dass er das nicht mitbekam, denn dauernd hatte er verständlicherweise sein Fernglas nicht auf uns gerichtet, schließlich wollte er ja auch angeln. Nachdem ich eine Weile gewartet hatte, fuchtelte ich mit der Angel herum. Der Vorsitzende sprang auf, holte den Kescher und wir landeten den Schlauchaal. Das musste er bemerken. Und so war es auch. Dies wiederholten wir auch mit dem anderen Schlauch und verließen die Angelstelle. Und richtig. Es dauerte nicht lange, da war er heran.

Nach einer guten Stunde gingen wir wieder zur Angelstelle. Er saß immer noch da. ‚Nanu', sagte ich, ‚was willst du denn hier, da kannst du lange sitzen. Hier ist doch nichts los.' Er wiegte mit dem Kopf und antwortete: ‚Verarschen kann ich mich alleine. Ich hab doch gesehen, wie ihr beide hier vorhin zwei prächtige Aale gezogen habt. Da ist es doch legitim, wenn ich hier ebenfalls mein Glück versuche.' ‚Aale?', tat ich ahnungslos, ‚Aale, wie kommst du denn darauf? Du meinst doch nicht etwa die beiden Gummischläuche, die wir hier für ein Experiment getestet haben?'. Und ich zeigte ihm die beiden Schlauchaale.

Da hättet Ihr mal ein zerknirschtes Gesicht studieren können.

Aber er unterdrückte seine Wut, packte seine Angelsachen und schlich sich grußlos davon. Diese Verarsche sprach sich natürlich schnell herum, zumal der Neider selbst sie tief beleidigt erzählte. Hier galt das Sprichwort ganz besonders, wer den Schaden hat, braucht für den Spott nicht zu sorgen.

Wer nun meint, der hätte aus dieser Geschichte gelernt, irrt sich. Also unternahmen wir einen neuen Versuch. Der Vorsitzende hatte woanders zwei pfündige Aale gefangen und präsentierte sie mir an der besagten Stelle sehr auffällig. Der Neidhammel beobachtete uns mit dem Fernglas. Wie gedacht, war er nach kurzer Zeit ran. ‚Dieses Mal könnt ihr mich nicht verarschen, denn ich habe genau gesehen, dass es zwei richtige Aale waren.' ‚Wollen wir doch auch nicht, hier kannst sie dir anschauen. Viel Glück', antwortete ich und wir verließen die Stelle. Er blieb da und fing nichts. Sein Pech war unser Glück.

Der Vorsitzende hatte die Angewohnheit, manche Fische nicht gleich zu töten, sondern sie in einem großen Behälter in seinen Garten zu transportieren. Dort hatte er sich zum Spaß und zu Studienzwecken, wie er sagte, einen schönen Teich angelegt. Hier setzte er die Fische rein. Bei den Aalen wartete er, bis fünf oder sechs zusammenkamen, um sie dann alle selbst zu räuchern. Ein oder zwei lohnten sich seiner Meinung nach nicht.

Am nächsten Tag brachte er die zwei Aale wieder mit und das Spiel begann von vorn. Der Neider merkte immer noch immer nichts, obwohl die meisten wussten, was hier gespielt wurde. Am dritten Tag verstand er endlich, dass wir ihn wieder hereingelegt hatten. Die Schimpfkanonade hättet ihr hören müssen. Er ließ nichts aus, was die deutsche Sprache auf Lager hat. Aber in unseren Ohren klang es gut. Dabei war er sogar kreativ, wenn man das Wort Aalscheißer so einordnen will. Schon am nächsten Tag verkündete der Neider seinen Austritt aus dem Verein wegen unkameradschaftlichen Verhaltens insbesondere des Vorsitzenden."

Wels und Barsch

Es hat ein Barsch viele Schluckbeschwerden
Und um diese loszuwerden
Fragte er den weisen Wels
Er schluckt ihm vor, der Wels schluckt auch
Da war der Barsch in dessen Bauch

Das Sphinx-Gewässer

„Als ich neulich mit einem Angelkumpel telefonierte", berichtete Günter, „stöhnte der nur: ‚Früher habe ich mehr gefangen, von Jahr zu Jahr wird es schlechter. Ich weiß auch nicht, woran das liegt. Auch anfuttern nutzt nichts. Entweder sind da keine ordentlichen Fische mehr drin oder ich kann nicht mehr angeln.'

Dazu muss man wissen, dass er sozusagen sein Stammgewässer hat, es also ganz gut kennt – ein nicht allzu großer See, nicht so tief mit Krautbewuchs, kurz, ein typisches Hecht-Schleien-Gewässer.

Einige Tage später sprach ich rein zufällig mit einem Angelfreund, der sich über seine Angelerfolge freute, vor allem Schleie, Hecht, Karpfen und Aal. Da war ich natürlich neugierig, wo er denn geangelt hat. Aber so weit ging seine Freude denn doch nicht. Ein prima Gewässer, meinte er, erst voriges Jahr ‚entdeckt', nicht sofort zu sehen von der vorbeiführenden Straße aus, ein Geheimtipp sozusagen, den er aber nicht verrate.

Nun, das ließ mir keine Ruhe. Und irgendwie schaffte ich es auch, das Gewässer herauszufinden. Anfangs wollte ich es nicht glauben, aber es ist tatsächlich das Stammgewässer von meinem Angelkumpel. Nun verstehe einer die beiden Angler, das Gewässer und die Natur bzw. die Fische. Ich jedenfalls bin nun scharf auf das Sphinx-Gewässer."

Der Bumerang

Die folgende Geschichte, berichtete Günter, habe ich nicht erlebt, sondern erzählt bekommen:

„Manfred war ein sehr gewissenhafter und fleißiger Beamter der Naturschutzabteilung einer Bundesbehörde. An seinem letzten Arbeitstag vor dem Urlaub bekam er einen Brief auf den Schreibtisch, den er auf Weisung seines Chefs noch schnell beantworten sollte – lästig, lästig, wo die Gedanken längst im Urlaub sind.

Es handelte sich um eine Bitte. Die Behörde möge doch etwa gegen die Kormorane unternehmen, weil diese ganze Fischpopulationen irreparabel schädigen würden. Im Anhang dazu waren die neuesten wissenschaftlichen Untersuchungen angefügt. Dies alles zu lesen, wollte sich unser ehrenwerter Beamter nun wirklich nicht zumuten. So setzte er sich hin, holte den letzten Antwortbrief in dieser Angelegenheit als Muster hervor und antwortete: ‚Sehr geehrter Herr … Wir haben Ihre Bitte sehr eingehend geprüft und können Ihrer Bitte, die nach unseren Erkenntnissen wissenschaftlich nicht ausreichend belegt ist, zu unserem großen Bedauern nicht bestätigen bzw. nachkommen. Unsere Behörde kann sich nicht vorstellen, dass Kormorane in natürlichen Gewässern Schäden anrichten.

Ich darf Sie daher höflich ersuchen, sich in dieser Angelegenheit nicht mehr an uns zu wenden‘

So, das wäre geschafft. Es sollte doch keiner sagen, er hätte nicht schnell und unbürokratisch geantwortet.

Am Wochenende packte er seine Urlaubssachen ins Auto und fuhr frohgemut gen Süden. Bereits nach einigen Kilometern auf einer mit alten Bäumen gesäumten Allee fing sein Fahrzeug an zu schlingern, aber er konnte es gut abfangen – Reifenpanne. Auf der Suche nach der Ursache entdeckte er einige so genannte Reifentöter und konnte nur mühsam seinen Zorn im Zaum halten. Es war ja ohnehin keiner da. Er montierte das Ersatzrad und fuhr weiter.

Als fleißiger Beamter schrieb er, am Urlaubsort angekommen, sogleich einen Brief an seine Versicherung und bat um Regulierung des Schadens. Laptop und Drucker hatte er selbstverständlich mit.

Als er wieder zu Hause war, fand er das Antwortschreiben der Versicherung. Es lautete: ‚Sehr geehrter Herr …. Wir haben Ihre Bitte sehr eingehend geprüft und können Ihrer Bitte, die nach unseren Erkenntnissen wissenschaftlich nicht ausreichend belegt ist, zu unserem großen Bedauern nicht bestätigen bzw. nachkommen.

Unsere Versicherung kann sich nicht vorstellen, dass Reifentöter an natürlichen Reifen Schäden anrichten.

Ich darf Sie daher höflich ersuchen, sich in dieser Angelegenheit nicht mehr an uns zu wenden.

Mit freundlichen Grüßen …"

Das war natürlich etwas für Ludwig. Er freute sich wie ein kleines Kind. „Es würde mich reizen, so einen zum Angeln mitzunehmen, vorausgesetzt er käme wirklich mit. Was würde der sagen, wie sich verhalten? Eine spannende Vorstellung."

Jahrhundertfischnachlese

Unsere drei Angler waren Anfang November 1999 in guter Stimmung. Am 22. Oktober war der Karpfen zum Jahrhundertfisch der Deutschen gekürt worden. Das inspirierte Arthur zu folgenden Gedanken: Als sich die Auszeichnung des Karpfens als Fisch des Jahrhunderts überall herumgesprochen hatte, trugen die Karpfen ihre Rüssel hoch, gründeten die Partei „Freier Deutscher Jahrhundertfisch" (FDJ) und beschlossen, sich an den nächsten Wahlen zu beteiligen. Tatsächlich gewannen sie die Wahl und stellten den Regierungsfisch. Dem Hecht als König der Süßwasserfische wurden nur noch repräsentative Aufgaben zugebilligt.

Von nun an begann die so genannte Diktatur der Karpfen. An den Universitäten und Schulen wurde nur noch die Geschichte der Karpfen gelehrt. Karpfenwissenschaftler wiesen nach, dass alle Fische vom Karpfen abstammen. Den Raubfischen wurde befohlen, sich wie die Karpfen zu ernähren. Das dauerte fast 40 Jahre. Dann schwammen die Fische durch die Gewässer, darunter auch viele karpfenartige und glucksen laut: „Wir sind das Fischvolk."

Das Ende ist bekannt. Der Karpfenstaat existiert nicht mehr. Jetzt stellen wieder die Raubfische den Regierungschef. Die alten Lehrpläne wurden außer Kraft gesetzt, denn alle Fische waren schon früher eigentlich Raubfische und die Karpfen nur eine biologische Verirrung. Viele von ihnen begannen, nur noch Fisch zu fressen. So ging es fort, der Einheitsfisch regiert auch schon nicht mehr. Nun ist der Aal Regierungs-Chef. Alle Fische waren schon immer Aale. Sie hätten sich vermutlich selbst ausgerottet, wenn es nicht die Fischer und Angler gäbe.

Gar nicht dran denken

Wenn es irgend ging, dann trafen sich die drei Anglerehepaare Silvester, um gemeinsam das neue Jahr zu begrüßen. Dabei stand natürlicherweise das vergangene Weihnachtsfest im Mittelpunkt. Besuche von den Enkelkindern, Geschenke, Essen usw. Ludwig legte los: „Als nun die Weihnachtszeit heran war, sagte Uta zu mir: ‚So, nun denk mal nicht dauernd an große Fische, lass mal die Angelei für eine Weile sein und hilf mir bei den Vorbereitungen für das Fest, denn du weißt ja, wir bekommen Besuch'.' Ich nickte brav. ‚Übrigens', fuhr sie fort, ‚wenn du nun schon Zeit hast, dann kannst du mal die quietschenden Türangeln vom Schuppen ölen'. Ich sagte kein Wort, ölte die Scharniere und seufzte.

Nachmittags schaute ich mir eine ZDF-Dokumentation über die Völkerwanderung an und erfuhr, dass die germanischen Stämme der Angeln und Sachsen 430 nach Christus britischen Boden betraten. Und ich seufzte noch einmal, aber viel länger.

Nachdem auch Uta ihre Hausarbeit erledigt hatte, erklärte sie: ‚Jetzt bin ich aber dran beim Fernsehen. Du weißt doch, die Serie St. Angela im Ersten lasse ich mir nicht entgehen'. Ich zuckte zusammen, räumte den Fernsehsessel und beschäftigte mich mit dem Raten des Tagesrätsels unserer Zeitung. Das ging ganz gut, bis ich bei 23 waagerecht las: ‚Fischfanggerät.' Beim Schreiben des Wortes Angel drückte ich so sehr auf, dass die Mine des Bleistiftes abbrach."

Ludwig hatte sich richtig warm geredet, kühlte etwas nach und sprach weiter: „Am nächsten Tag, es war der 23. Dezember, kamen Tochter, Schwiegersohn und Enkel als erste Besucher. Die 15-jährige Romy bemerkte sofort, dass ihr Opa nicht so gut drauf war wie sonst. ‚Opa, du musst moderne Musik hören, dann wirst du munter und locker.' ‚Zum Beispiel?', fragte ich. Romy holte aus ihrem Rucksack eine CD hervor und ich las auch ohne Brille ‚No Angels'. Ich zitterte so stark, dass Romy Uta fragte, was denn mit dem Opa los sei. ‚Typisch Mann, Romy, kaum müssen sie mal ein wenig mehr Hausarbeit leisten, werden sie schwach.'

Nachts träumte ich, dass ich mit einer riesenlangen Stipprute einen strammen Karpfen drillte, den ich aber nicht in den Kescher bekam. Im Gegenteil, der Karpfen rief mir zu: ‚Du darfst ja nicht, du darfst ja nicht'. Schweißgebadet wachte ich auf. Uta betrachtete mich besorgt. ‚Werd mir nur nicht noch krank', ermahnte sie mich. ‚Das geht jetzt überhaupt nicht.'

Mit Bangen erwartete ich die Bescherung. Schwiegersohn schenkte mir das Buch ‚Der lustige Angler'. Wenn der wüsste, dachte ich, was ich die letzten Tage durchmache und quälte mir ein Lächeln ab. Die Tage nach Weihnachten waren furchtbar. Ich musste dauernd dran denken, durfte aber nicht darüber reden."

„Worüber dauernd denken und nicht reden?", wollte Annegret wissen. „Da fragst du noch? Das kannst du dir doch denken", grollte Ludwig. „Wieso, klappt es bei euch nicht mehr?“, hakte sie nach.

„Quatsch, er spinnt“, antwortete Uta. „Eher ist Weihnachten im Hochsommer als das ein so leidenschaftlicher Angler wie meiner auch nur eine Stunde nicht ans Angeln denkt.“

Die Prüfung

Ludwig hatte schon etliche Jahre große Freude als Mitglied der Prüfungskommission für den Erwerb des Fischereischeines. „Da sind die tollsten Typen dabei. Wenn die erzählen, denkst du, die angeln schon seit Jahrzehnten.“ „Vielleicht stimmt das auch“, meinte Günter, „die haben die ganze Zeit schwarz geangelt und nun endlich kalte Füße bekommen.“ „Nee, nee“, wehrte Ludwig ab. „Dafür sind die meisten viel zu jung, aber wie gesagt, eine große Klappe haben sie doch.“ „Ist doch gut, wenn sie so selbstbewusst sind“, warf Arthur ein.

„Denkt was ihr wollt“, maulte Ludwig, „ich wollte gerade eine schöne Geschichte erzählen, aber ich komme ja nicht zu Wort.“

„Wir sind ja schon still“, besänftige Günter, „und gespannt sind wir auch. Leg schon los.“

Ein Lächeln huschte über Ludwigs Gesicht, er ruckelte sich in seinem Sessel bequem und begann: „Neulich hatten wir einen Prüfling, der übertraf alles Bisherige. Vielleicht dünkte er sich besonders schlau, denn er hatte sich seine eigene Taktik ausgedacht. Zu Beginn sollte er im Themengebiet Allgemeine Fischkunde die Frage beantworten, was er von Wanderfischen wisse. Da legte er vielleicht los. ‚Wanderfische, auch diadrome Fische genannt, sind Fische, die zum Laichen ihre Gewässer wechseln müssen. Wir unterscheiden zwischen anadromen und katadromen Wanderfischen.‘

Wir winkten ab, denn hier hatte er sich offensichtlich gut vorbereitet und stellten die nächste Frage, welches die Urform des Karpfens wäre.

Er macht erst gar keine Pause und antwortete: ‚Es handelt sich zweifellos um den Wildkarpfen, der aus Asien stammt. Die Römer brachten ihn nach Europa. Dabei musste der Karpfen viele Tausend Kilometer zurücklegen, wie beispielsweise auch der Aal. Dieser ist ein katadromer Wanderfisch. Er kommt aus dem Meer, schwimmt ins Süßwasser und wandert dann wieder zurück in den Atlantik, genauer in die Sargassosee in der Nähe der Bahamas, wo er geschlüpft ist.‘

Nun dachten wir, versuchen wir es mit Gerätekunde und fragten, für welche Angelmethoden Multi- und Stationär rollen nicht geeignet seien. ‚Natürlich für das Fliegenfischen‘, kam die prompte Antwort. Und: ‚Diese Art des Angelns ist besonders schonend. Der Lachs ist ein klassischer Fisch für diese Angelmethode. Er ist ein anaerober Wanderfisch, d. h. er wird im Süßwasser geboren, wandert ab ins Meer und kommt dann ins Süßwasser zu seiner Geburtsstätte zurück.‘

Langsam wurde es uns etwas unheimlich und wir fragten nach den gesetzlichen Regeln für die Angelfischerei. Hier kam er sofort auf die unterschiedlichen Fischereigesetze der Länder zu sprechen und kritisierte ungenügende Regelungen zur Beseitigung von Querverbauungen. ‚Diese hindern besonders die Wanderfische am Laichaufstieg. Es gibt ja bekanntlich verschiedene Arten von Wanderfischen. Da wäre auch die Quappe zu nennen. Sie bleibt im Süßwasser, kommt auch im Brackwasser vor, und unternimmt im Winter längere Wanderungen in die Gräben und Seitenarme der Flüsse, um hier zu laichen‘.

Ludwig nahm einen kräftigen Schluck, denn seine Kehle war schon trocken geworden und fuhr fort: „Was wir auch fragten, er fand immer einen Dreh, um zu den Wanderfischen zurückzukommen. Da reichte es dem Vorsitzenden der Prüfungskommission. Er brach das Gespräch ab mit folgender Empfehlung: ‚Wir haben nun genug von den Wanderfischen gehört. Sie scheinen ja ein ganz fleißiger diadromer Wanderfreund zu sein. Deshalb rate ich, nehmen sie statt der Angel den Wanderstab und kommen in einem halben Jahr wieder.'"

„Na und, ist er wiedergekommen?", fragten die Freunde. „War doch eigentlich ein pfiffiger Bursche."

„Nee", antwortete Ludwig, „aber ich habe ihn neulich in einer Sendung des Kinderfernsehens wiedererkannt. Thema: Können Fische wandern?"

Sonnig

Ein Fisch sonnt sich auf einem Stein
Da staunt die Tierwelt groß und klein
Doch der sagt nur, ich bitte sehr
Ich bin ein Sonnenbarsch, nicht mehr

Weihnachtlicher Anglerschlag

„Für manche Zeitgenossen ist der 24. Dezember nicht nur der Heilige Abend und Tag der Bescherung, sondern auch zugleich der Geburtstag. Beneidenswert oder auch nicht?" Mit dieser Einleitung Arthurs begann das erste Treffen im neuen Jahr.

„So war es auch in einer befreundeten Familie, deren Sohn Maik genau am 24. Dezember acht Jahre alt wurde. Mutter und Vater hatten vereinbart, dass er für das Geburtstagsgeschenk und sie für die Weihnachtsüberraschung zuständig sind. Der Vater war schon seit einigen Jahren Vorsitzender des Angelvereins und nahm seinen Sohn mit auf Angeltour bzw. umgekehrt. Der Sohn freute sich jedes Mal, wenn er seinen Vater begleiten und ihm zur Hand gehen durfte. Sehnsüchtig erwartete er nun den Tag seins 8. Geburtstages, noch mehr als das Weihnachtsgeschenk, denn er wusste natürlich, dass er mit 8 Jahren selbständig angeln durfte.

Vater hatte alles vorbereitet. Er kaufte eine Stippangel samt Angelkasten mit Zubehör und besorgte die entsprechende Fischereierlaubnis. Maik ahnte, nein er wusste, dass er am 24. ein richtiger Angler werden würde und konnte vor Aufregung nicht schlafen, denn er hatte sich längst vorgenommen, sofort mit seinem Geschenk zum Angeln aufzubrechen, wobei er auf die Begleitung seines Vaters hoffte.

Vater wusste natürlich, wie seinem Sohn zumute war und weckte ihn ziemlich früh. Gemeinsam mit der Mutter überreichte er Maik das Dokument, ließ ihn sich hinknien und schlug ihn zum Angler, indem er mit der Rutenspitze seine Schulter berührte. Mann, war das ein feierlicher Moment. Diese weihevolle Handlung war für den Jungangler nun doch eine Überraschung.

Das Frühstück war schon vorbereitet und ab ging es, um die neue Rute auszuprobieren. Petrus war gnädig. Vater hatte Maik gesagt, von nun an müsse er alles alleine bewältigen, so wie er es ihm beigebracht habe. Der hatte sich vorgenommen, den Silvesterkarpfen zu angeln, aber da war wohl der Wunsch zu stark bzw. ihm das Glück nicht hold. Aber er zog immerhin vier stattliche Plötzen mit dem freudevollen Ruf an Land ‚ich hab sie, ich hab sie.' Er schuppte sie noch am Ufer ab und nahm sie aus, um die Küche nicht zu belasten und der Mutter keine Arbeit zu überlassen. Pünktlich zum Mittag lieferte er stolz seinen ersten selbständigen Fang ab und Mutter briet ihn selbstverständlich.

Maik war rundherum glücklich. Ihm schien es, dass er noch nie so schmackhafte Plötzen gegessen hätte. Nun konnte er sich auf die vorabendliche Weihnachtsüberraschung freuen."

Die Zander-Brüder

„Wenn wir Angler Hecht, Zander, Wels oder Barsch hören, dann denken wir sofort an die gleichnamigen Fische; an Größe,

Gewicht, Fangerlebnisse, schmackhafte Gerichte usw. Aber es gibt ja auch solche Familiennamen. Vielleicht hatten die Vorfahren mal was mit Fischerei zu tun, aber wer z.B. Zander heißt, muss ja noch lange kein Angler sein, wie der Schlagersänger Frank Zander beispielsweise."

So stimmte Ludwig seine Freunde auf seine Geschichte ein.

„Die Zander-Brüder Hans und Jürgen waren in meinem Heimatkreis berühmte und mit dem Abstand von Jahren sogar fast legendäre, jedoch bodenständige oder standorttreue Angler. Sie kannten ihr Heimatgewässer, einen Schachtsee, wie ihre Westentasche und fingen immer genau das, was sie sich vornahmen. Sie erarbeiteten sich eine genaue Karte vom Schachtsee mit allen Besonderheiten, Tiefen, Barschbergen, Krautkanten usw. und markierten jeden größeren Fang mit allen notwendigen Angaben, also welcher Fisch, wie groß und wie schwer, zu welcher Zeit gefangen und mit welchem Köder. Wenn man sie etwas fragte, dann musste man mit einer originellen Antwort rechnen, beispielsweise auf die Frage, wie die Fische denn jetzt beißen: ‚Keinen Biss und das Schlag auf Schlag.'

Nichts überließen sie dem Zufall oder fast nichts. Es kam öfter vor, dass sie abwinkten, wenn ich auf Hecht aus war. Nein, jetzt wäre keine Beißzeit. Einmal präparierte Hans gerade einen Karpfenköder, d. h. er schnitt eine Kartoffel in zwei große 2 cm mal 2 cm große Würfel und schnürte sie sehr vorsichtig und behutsam wie ein Paket. ‚Von diesen zweien muss einer einen Karpfen bringen', bekräftigte er zum Abschluss seiner Vorbereitungen. Die Stelle habe er angefüttert und er wisse genau, wann sie dort seien. Den Haken hängte er dort ein, wo sich die Schnüre kreuzten.

Am frühen Abend ruderte er hinaus. Das Boot war ein Eigenbau, nur er hatte darin Platz, ein moderner Einbaum sozusagen, auch die Rute war Eigenbau. In der Nähe angelte ich mit meinem Schwiegervater. Es dauerte nicht lange, da hatte Hans tatsächlich bereits mit dem ersten ‚Paket' den gewünschten Biss. Als er den

Karpfen an der Angel hatte, ließ er sich statt eines Drills von diesem etwa 250 m auf dem See ziehen. Alle Angler unterbrachen den Fischfang und sahen zu wie bei einem Naturschauspiel. Und bewundernd sagte einer zum Nachbarn: ‚Zander hat einen Großen dran.' Dieser sagte es weiter und dieser ebenso, so dass dieser Satz sozusagen am Ufer des Sees entlang wanderte. Nach 45 Minuten hatte er den Karpfen am Boot, aber er brauchte drei Versuche, um ihn zu keschern. Wir ruderten nach seinem Fang ebenfalls an Land. Da kam schon seine Frau angelaufen. ‚Den Karpfen müsst ihr sehen, er hat 16 Kilo."

Einer musste mit seinem Handy die Lokalredaktion angerufen haben, denn nach etwa einer Stunde war der Redakteur zur Stelle und fragte den erfolgreichen Angler: ‚Sind Sie der Herr Zander mit dem großen Fisch?'. Hans schaute ihn mit listiger Mine an und antwortete, in dem er auf seinen Bruder zeigte: ‚Nee, das ist mein Bruder, der angelt da drüben.' Und tatsächlich hatte der einen 1,31 m großen Hecht von 18,5 kg. Noch heute bewahre ich ein Foto mit diesem Hecht auf, das ich erst später aufnahm, denn am See hatte ich keinen Apparat dabei. Er fing ihn nach einstündigem Drill mit einer 30 cm großen Plötze in 7 m Tiefe mit einer 50er Schnur. Die Rute hatte er sich selbst gebaut.

Ich hatte seinen Fangbericht auf Tonband aufgenommen. Als ich es abhörte, war nichts zu verstehen. So schrieb ich seine Schilderung aus dem Gedächtnis auf, leider viel weniger emotional, wie das Original:

‚Nach etwa einer halben Stunde verschwand meine Pose mit dem typischen Knall. Ich lichtete den Anker und war auf alles vorbereitet. Denn wenn die Pose knallt, dann ist ein Großer dran.

Die Schnur lief und lief, dann stand sie ruckartig still. Ich kannte diese Bewegungen und machte mir keine Gedanken. Ich ruderte den Kahn weg von der Schilfkante. Nach und nach bremste ich den Burschen immer mehr ab, denn die Rolle war fast leer. Ich schaffte es jedoch nicht, den Fisch nach oben zu drillen, er blieb in der Tiefe.

Immerhin bestand der Abstand zwischen uns noch 100 m. Immer wieder setzte ich ihm zu, zog und ließ nach, zog und ließ nach, bis ich an der Oberfläche seine große Schwanzflosse sah. Jetzt bloß nichts überhasten, sagte ich mir, denn in einer solchen Situation passieren die größten Fehler. Jetzt änderte er seine Taktik, floh nicht von mir, sondern schoss geradezu auf mich los. So schnell konnte ich die Schnur nicht einholen. Als ich wieder Fühlung hatte, versuchte er, sich mächtig schüttelnd den Haken loszuwerden. Ich dachte in dem Moment an einen Stier während des Stierkampfes.

Aber nun ließen seine Kräfte nach, doch mich täuschte das nicht. Ich wusste, wozu so einer noch imstande war. Scheinbar willig ließ er sich nun über den Kescher ziehen, um in dem Moment, wo er schon so gut wie drin war, noch einen letzten Fluchtversuch zu unternehmen. Und tatsächlich, der Kescher war dieser Belastung nicht gewachsen, der Hecht war wieder frei, aber ich hatte ihn noch an der Angel. Jetzt kam die entscheidende Phase. Er entwickelte noch einmal gewaltige Kräfte, sprang aus dem Wasser, tauchte ein und zog seitlich weg. Aber nun ließen auch seine Kräfte nach, nicht nur meine. Und dann passierte etwas, was ich weder vorher noch nachher erlebt hatte. Mit einer letzten verzweifelten Anstrengung schoss er kurz vor dem Kahn aus dem Wasser – und landete in meinem Boot. Sonst hätte ich ihn mit einem Kiemengriff aus dem Wasser heben müssen, was durch die Kiemenzähne sehr schmerzhaft sein kann. Geschafft und zwar im doppelten Sinne.'

Der Rachen des Hechtes war so groß, dass man den Kopf hineinstecken konnte. Und er hatte noch einen 2 kg großen Hecht im Magen. Als ich das meinen angelunkundigen Arbeitskollegen erzählte, lachten sie so laut und so herzlich, dass ich keine Chance hatte. Sie glaubten es einfach nicht.

Ich fragte den Groß-Hecht-Jäger, was er denn mit diesem Riesenfisch machen wolle. Da lächelte er verschmitzt: ‚Den Kopf präpariere ich natürlich, aber alles andere miete ich ein, und wenn ich etwas essen will, stecke ich ein Stück ab.'

Kam man in die Zander-Wohnung, egal in welche, dann musste man schon im Flur an einer stattlichen Galerie präparierter Fische vorbei, vor allem Hechte und Karpfen. Im Dämmerlicht sah das aus wie ein Gruselkabinett."

„Wenn Angler einen Fischnamen haben, dann reizt das natürlich besonders für Überschriften", ergänzte Arthur. So las ich jetzt in unserer Verbandszeitschrift ‚Hecht fängt Marmorkarpfen'. Da ist sofort Aufmerksamkeit garantiert. Dieser Marmorkarpfen war 51 Pfund schwer und 121 cm groß, gefangen auf Blinker. Angler Hecht wollte ursprünglich auch einen Hecht fangen. Aber es wurde eben ein solcher Karpfen, der ungewöhnlich stark kämpfte, weil – wie sich herausstellte – sich der Blinker zufällig in die Schwanzwurzel eingehakt hatte."

Überheblich

Ein Zander durchschwamm sein Revier, um zu sehen, wo es für ihn Nahrung gebe, denn der Hunger machte sich bemerkbar. Zuerst sah er eine Güster. Aber die schien ihm zu gering, also schwamm er weiter. Auch einen kleinen Blei verschmähte er, denn ein so edler Fisch wie ein Zander, so seine Meinung, dürfe nur Fische gleichen Ranges fressen, alles andere würde ihm nicht gerecht. So ließ er auch eine Plötze und eine Rotfeder in Ruhe. Nachdem er sein Revier durchschwommen und keinen Fisch gesehen hatte, der ihm angemessen für einen Zander dünkte, schwächte der größer gewordene Hunger seine Kraft und er wurde langsamer und langsamer. Endlich erspähte er einen Kaulbarsch, den ein Angler gerade ins Wasser geworfen hatte und der deshalb noch benommen war. In seiner Not schluckte er ihn herunter und fand noch eine Plötze, die sich durch eine Bootsschraube verletzt hatte.

Nachdem er nun so seinen ärgsten Hunger gestillt hatte, sprach er zu sich: Es ist mir recht geschehen. Wer sich besser dünkt als er ist, kann leicht ins Unglück schwimmen. Nie wieder werde ich einen anderen Fisch gering achten.

Zander und Hecht

Der Zander sprach zum alten Hecht
Der Mensch ist heuchlerisch und schlecht
Bewundert mich als Stachelritter
Und lockt mich in das Reusen-Gitter

So klagt er Stunden immerzu
Und ließ den Hecht nicht mehr in Ruh
Bis das verlor der die Geduld
Wer Menschen glaubt ist selber schuld

Die Kormoranpetition

„Es stünde uns als Angler hin und wieder ganz gut zu Gesicht, wenn wir uns mehr in die Fische hineinversetzen würden oder auch könnten“, erklärte Günter nachdenklich. „Ich weiß nicht, ob das geht, denn vermenschlichen kann man ja die Fische nicht. Aber wenn es ginge, dann könnte ich mir die folgende Begebenheit lebhaft vorstellen: „Eines Tages rief der Hecht als König der Süßwasserfische seine Untertanen zusammen. In seiner Begleitung befand sich sein Kanzler, der Wels. Der König trug sein Anliegen vor: ‚Wir sind mehr denn je bedroht. Der Mensch stellt uns mit immer raffinierteren Mitteln nach. Es ist Zeit, dass wir uns wehren. Wer mir einen Vorschlag unterbreitet, wie wir das zustande bringen, den will ich königlich belohnen. In vier Tagen will ich je einen Vertreter der Friedfische und je einen der Raubfische empfangen und hören, was ihr euch ausgedacht habt.

Bis dahin gilt Burgfrieden. Kein Fisch darf einem anderen etwas zuleide tun.‘

So geschah es. Vier Tage später empfing der Hecht den Zander als Vertreter der Raubfische und den Karpfen als Abgesandten der Friedfische und forderte zuerst den Zander auf, seine Überlegungen vorzutragen.

‚Wir haben lange, lange überlegt, oh König, denn dein Wunsch ist ja auch unser Wunsch und beschäftigt schon unsere Väter und Vorväter und deren Vorväter. So schauten wir in die ältesten uns überlieferten Schriften, konnten aber keine Antwort finden, Uns war also klar, dass wir selbst eine Lösung suchen mussten.‘

‚Und die lautet?‘, fragte der Hecht ungeduldig. ‚Es ist bekannt‘, fuhr der Zander fort, ‚dass die Menschen immer mehr künstliche Fische in unsere Gewässer setzen, um uns Raubfische zu verführen. Wir müssen lernen, die künstlichen von den echten zu unterscheiden und nur noch die lebendigen jagen. Dies, oh König, ist die Antwort der Raubfische.‘

‚Und was haben uns die Friedfische vorzuschlagen?‘, wandte sich der König an den Karpfen. Dieser hub an: ‚Majestät, bevor ich unsere Vorstellungen erläutere, gestattet mir, etwas zum Vortrag des Zanders zu bemerken. Seit der Zeit, als die künstlichen Fische in unseren Gewässern auftauchten, stellen uns die Raubtische nicht mehr so nach wie vorher. Für uns jedenfalls sind die künstlichen Fische ein Vorteil. Was allerdings die Grundidee betrifft, neuartiges Futter nicht anzunehmen und nur solches, das seit Jahrhunderten in unseren Gewässern selbst vorkommt, da stimmen wir zu und meinen also, wir sollten zur Lebensweise unserer Vorväter zurückkehren und uns nicht von den menschlichen Verlockungen des modernen Lebens verführen lassen.‘

Der Hecht schwamm eine kurze Zeit auf und ab und erklärte dann: ‚Wir wollen hören, was uns der weise Wels zu raten hat.‘ Dieser räusperte sich, bewegte seine Barteln, verbeugte sich vor dem Hecht und begann:

,Gemeinsam an beiden Vorschlägen ist, fortan alle Nahrung zu verschmähen, die künstlich sein könnte und nur noch jene anzunehmen, die seit Urzeiten von unseren Vorvätern benutzt wurde. Dies scheint mir zwar vernünftig zu sein, dennoch zweifle ich daran, dass uns das helfen kann. Abgesehen davon, dass unsere Jugend nicht zu bewegen sein wird, auf die Verlockungen des modernen Lebens zu verzichten, was ich verstehe, denn das ist nun mal Vorrecht der Jugend, also abgesehen davon, haben wir bis jetzt nur vom Menschen als Feind gesprochen. Das ist sicherlich unbestritten, aber dennoch mir die halbe Wahrheit.

Denn wahr ist auch, dass der Mensch uns nicht nur nachjagt, er sorgt gleichermaßen dafür, dass unsere Gewässer wieder sauberer werden, nachdem sie Generationen über Generationen durch seine Schuld verschmutz wurden. Er sorgt dafür, dass wir mehr Nachwuchs bekommen als wir selbst aufziehen können und viele Dinge mehr, die hier jeder kennt. Außerdem genießen einige von uns Schonung zu festgelegten Zeiten, wenn sie eine bestimmte Größe noch nicht überschritten haben. Nicht wenige von uns hat er vollends unter Schutz gestellt. So gesehen halten sich aus meiner Sicht Schaden und Nutzen die Waage. Unsere ersten und schlimmsten Feinde sind jene schwarzen Vögel, die uns in Scharen mit großer Schnelligkeit und Gier nachstellen und weder die Brut noch das Alter verschonen. Es sind die Kormorane. Ich meine also, bevor wir darüber nachdenken, wie wir uns vor den Menschen schützen, sollten wir uns zuerst verständigen, wie wir dem Kormoran entgehen können.'

Als der Wels geendet hatte, schwiegen alle Fische, der König eingeschlossen, eine Weile betroffen. In der Tat, daran hatten sie alle nicht gedacht. Dann aber nahm der König wieder das Wort: ,Ich denke, der Wels hat seinen Ruf als weiser Fisch wieder einmal bestätigt Er hat vollkommen recht Die Frage ist jetzt. wie wir uns vor den Kormoranen schützen können. Was schlägt der Kanzler vor?'. Der Aal schlängelte sich nach vorn und sprach: ,Wir Fische können gegen den Kormoran nichts ausrichten. Es kann jeden von uns treffen, ob klug oder dumm, ob groß oder klein, wir selbst haben darauf nur den geringsten Einfluss. Nur Schnelligkeit und Glück können uns retten. Darauf aber können und dürfen wir uns nicht verlassen. Es gibt nur eins: Wir müssen mit den Menschen Frieden schließen, uns mit ihnen verbünden, um dem Kormoran zu entgehen.'

Die letzten Worte des. Kanzlers gingen in empörten Rufen unter. ‚Niemals! Mit unserem Urfeind seit Jahrtausenden Frieden schließen? Wie kann man nur so etwas denken, geschweige davon reden. Niemals, lieber vom Kormoran als vom Erzfeind Mensch getötet.'

Die Empörung war nicht aufzuhalten. Selbst dem König gelang es nicht, die Mehrzahl der. Fische zu beruhigen Die Besonnensten unter ihnen wurden beschimpft und sogar angegriffen.

Aber das Leben hat nun einmal die stärksten Argumente. Es dauerte nicht lange, da fielen die Kormorane in Scharen in das Gewässer ein und unter den Fischen herrschte große Angst und Not. Sie wandten sich an den König mit der Bitte, etwas zu unternehmen, andernfalls würden sie alle früher oder später getötet werden. Nur noch wenige blieben bei ihrer Meinung, sich niemals mit dem Erzfeind Mensch zu verbünden. So verfasste der Kanzler eine Petition, die der König sofort unterzeichnete, ohne auf einer Versammlung noch einmal Rat zu holen, denn die Zeit drängte. Der Text lautete:

‚Ich, Esox, König der Süßwasserfische, wende mich an Euch Menschen mit der Bitte, in unserem, aber auch in eurem Interesse dem Kormoran schnellstens Einhalt zu gebieten, denn er vernichtet unsere Stämme und letztlich unser ganzes Volk. Es geht nicht an, dass eine Kreatur sich ausbreitet um den Preis der Vernichtung einer anderen. Wie könnt Ihr zulassen, dass der Kormoran uns vernichtet, die wir Millionen Jahre älter sind als Ihr und von Beginn Eurer Existenz an, wenn auch nicht freiwillig, aber dennoch dazu beigetragen haben, Euer Leben zu sichern und zu entwickeln.

Ihr habt uns bis zum heutigen Tag viel zu verdanken. Jetzt in großer Not bitten wir Euch; von dem, was wir in Jahrtausenden Euch gegeben haben, uns etwas zurückzugeben, indem Ihr unser Überleben sichert. Nur Ihr Menschen habt dazu die Macht und die Mittel. Wir Fische liefern Euch die moralische Legitimation.‘

So geschah es. Dieser Hilferuf der Süßwasserfische ging in ihre Geschichte als Kormoranpetition ein. Eines hatten die Verfasser allerdings nicht bedacht. Sie glaubten, dass die Menschen immer einheitlichen Sinnes seien und sich viel schneller einigen würden als sie, die Fische.

Fischer, Kormoran und Vogelschützer

Vergangenheit
Der Fischer fuhr zum Fang hinaus
Der Vogelschützer blieb zu Haus.
Kein Kormoran flog weit und breit
Und beide hatten keinen Streit.

Gegenwart
Der Kormoran macht nun hier Rast
Und ist inzwischen Dauergast
Den Vogelschützer freut es sehr
Den Fischer ärgert's um so mehr

Zukunft
Die Wasser sind von Fischen leer
Der Kormoran ist nun nicht mehr
Der Fischer fährt nicht mehr hinaus
Der Vogelschützer bleibt zu Haus
Ein jeder dicke Tränen weint
Das Leid hat beide nun vereint.

Der Hakenbinder

Als Arthur und Günter bei Ludwig klingelten, dauerte es eine Weile, bis er reagierte. Schließlich öffnete er und bat beide in seinen Angelkeller. „Ich war gerade dabei, einen Stipphaken aufzubinden", entschuldigte er die Verzögerung. „Die Haken selbst sind ja heutzutage wirklich gut, aber die maschinellen Bindungen weniger. Wie oft habe ich nach ein paar Fängen die Haken verloren, weil sie aufgingen. Deshalb binde ich gelegentlich meine Stipphaken neu und weiß, dass sie auch halten. Dabei ist Hakenbinden eigentlich ganz einfach, wenn es nicht so schwer wäre."

„Was ist denn das für eine Aussage", fragte Günter. „Na so ist es doch. Man weiß, wie es geht, aber dies praktisch umzusetzen ist eben schwer hinzukriegen, noch dazu wenn man solche dicken Finger hat wie ich. Für einen Pianisten wäre das eine gute Übung. Viele junge Angler können das nicht mehr oder es ist ihnen zu futzelig."

„Lass dich nicht stören", meinte Arthur. „Über alles Mögliche haben wir schon geplaudert, aber einer ist nach meinem Empfinden bisher zu kurz gekommen – der Widerhaken. Warum eigentlich? Er ist – wie so oft im Leben – eines der kleinsten, aber auch eines der wichtigsten Dinge. Was ist ein Haken ohne Widerhaken? Rein anglerisch betrachtet ist ja alles klar. Aber sehen wir es mal menschlich. Stellen wir uns vor, wir Menschen wären wie ein Haken ohne Widerhaken. Da gäbe es beispielsweise keinen Widerspruch, keine Widerrede, somit keine Kreativität, somit keine Entwicklung. Wir tragen den Widerhaken in der Regel unsichtbar in uns – im Kopf, in der Seele. Sorgen wir dafür, dass er auch zu spüren ist."

Ludwig nickte mit dem Kopf. „Ich fühle mich da nicht angesprochen. Meinen Widerhaken hier oben kennt Ihr ja. Aber mit dem Alter wird man eben ruhiger, jedoch der Widerhaken bleibt. Ihr hättet mich mal in jungen Jahren erleben sollen."

„Aber erst muss der Widerhaken wachsen, ehe er wirken kann.

Stell Dir vor, wir wären in einer Angelschule und du müsstest zeigen, wie man einen Haken bindet. Du bist doch ein guter Erklärer“, forderte Günter ihn auf.

„Ne, ne, ihr wollt mich hier nur auf den Arm nehmen.“ Ludwig schaute die beiden zweifelnd an. „Aber ich mache es nur, wenn ihr nicht dazwischen redet.“ „Versprochen“, beruhigte ihn Arthur.

„Ich demonstriere jetzt mal, wie ich es seinerzeit von meinem Vater gelernt habe. Ich nehme mindestens 50 cm Vorfachlänge, damit bei einem Misslingen noch genügend übrig bleibt. Ein Ende verknote ich zu einer Schlaufe, die nachher an der Schnur befestigt wird. Dann habe ich mir hier einen Nagel eingeschlagen, stülpe die Schlaufe drüber, damit ich das Vorfach straff ziehen kann. Den Haken habe ich schon parat. Den nehme ich und halte ihn zusammen mit dem Vorfach zwischen Daumen und Zeigefinger der linken Hand mit der Rundung nach vorne fest, den Nagel mit der Schlaufe drüber im Rücken. Nun biege ich das andere Ende auch zu einer Schlaufe, knote sie aber nicht fest, so dass etwa 10 cm übrig bleiben. Ich achte darauf, dass das Vorfach möglichst auf dem Hakenplättchen liegt.

Dieses 10 cm lange Ende winde ich jetzt, wenn es geht, 10 Mal um den Hakenschenkel die Sehne zwischen Daumen und Zeigefinger der rechten Hand haltend. Das ist die schwierigste Übung, denn die Windungen dürfen nicht vom Hakenschenkel auf das Vorfach rutschen, was mir öfter passiert. Dann kannst du von vorne anfangen. Deshalb drücke ich nach einer halben Windung das Sehnenende jedes Mal mit dem Mittelfinger der linken Hand an den Zeigefinger. Also konzentriert wickeln und jede vollendete Wicklung mit Daumen und Zeigefinger der linken Hand fixieren. Zum Schluss Spucke drauf. Das macht die Sehne geschmeidiger.“

Ludwig unterbrach seine Erklärungen und wickelte konzentriert, aber da konnte er die Windungen nicht mehr festhalten, sie ringelte sich vom Hakenschenkel und das Vorfach sah hier aus wie eine gedehnte Spirale.

„Mist, nun kann ich wirklich von vorne anfangen“, schimpfte Ludwig. Er schnitt das spiralige Ende ab und begann erneut: „Ein Ende verknote ich zu einer Schlaufe, die nachher an der Schnur befestigt wird. Dann habe ich mir hier einen Nagel eingeschlagen, stülpe die Schlaufe drüber, damit ich das Vorfach straff ziehen kann. Den Haken habe ich schon parat. Den nehme ich und halte ihn zusammen mit dem Vorfach zwischen Daumen und Zeigefinger der linken Hand mit der Rundung nach vorne fest, den Nagel mit der Schlaufe drüber im Rücken. Nun biege ich das andere Ende auch zu einer Schlaufe, knote sie aber nicht fest, so dass etwa 10 cm übrig bleiben. Ich achte darauf, dass das Vorfach möglichst auf dem Hakenplättchen liegt.

Dieses 10 cm lange Ende winde ich jetzt, wenn es geht, 10 Mal um den Hakenschenkel.“

Erneut verstummte der Hakenbinder, aber er konnte sich offenbar nicht genügend konzentrieren. Es passierte das gleiche Missgeschick. „Da seht ihr mal, ich bin total aus der Übung“, wandte er sich seinen Freunden zu. Ich versuche es zum dritten und zum letzten Mal.“

Er stärkte sich mit einem Schluck aus dem Glas.

„Ein Ende verknote ich zu einer Schlaufe, die nachher an der Schnur befestigt wird. Dann habe ich mir hier einen Nagel eingeschlagen, stülpe die Schlaufe drüber, damit ich das Vorfach straff ziehen kann. Den Haken habe ich schon parat. Den nehme ich und halte ihn zusammen mit dem Vorfach zwischen Daumen und Zeigefinger der linken Hand mit der Rundung nach vorne fest, den Nagel mit der Schlaufe drüber im Rücken. Nun biege ich das andere Ende auch zu einer Schlaufe, knote sie aber nicht fest, so dass etwa 10 cm übrig bleiben. Ich achte darauf, dass das Vorfach möglichst auf dem Hakenplättchen liegt.

Dieses 10 cm lange Ende winde ich jetzt, wenn es geht, 10 Mal um den Hakenschenkel. Zum Schluss Spucke drauf. Das macht die Sehne geschmeidiger.

Ist das endlich gelungen, Petrus sei Dank, stecke ich das verbleibende Ende vorne nur noch in die Schlaufe und ziehe es so fest, dass es nicht mehr herausrutschen kann. Nun ist das Wichtigste geschafft. Jetzt nur noch die neue Bindung am Haken festhalten und nach vorne so straff ziehen, aber nicht zu straff, nur so, dass die Bindung festzurrt. Eventuell das übriggebliebene Ende mit einer Zange oder wie früher den Zähnen nachzurren, das Ende abschneiden und fertig."

Ludwig zeigte seinen neu gebundenen Haken. „Ist ganz einfach. Das ist eine Übung für Konzentration und Fingerfertigkeit. Hier prüfe mal." Günter prüfte die Festigkeit. „Alles in Ordnung. Sag mal, hast du nicht Lust, unsere Haken auch zu binden, wo du das doch so gut kannst?"

„So, so, das also ist der Haken am Haken", prustete Ludwig. „Aber wenn ihr auf das geistige und motorische Training verzichten wollt, bitte, ich mach das. Aber dazu muss ich alleine sein. Ihr habt doch selbst gesehen, wie ihr mich abgelenkt habt. Außerdem müsst ihr auch etwas für mich tun." Und das wäre?", fragte Günter. „Ich möchte gern ein oder zwei Geschichten hören."

„Wenn es weiter nichts ist. Ich habe da extra für dich eine etwas längere Geschichte auf Lager", sagte Arthur. „Vergleichbar mit einem Fluss mit Nebenarmen, die letztlich wieder in den Fluss münden."

„Na, du machst es aber heute spannend", reagierte Günter. „Aber nur zu, wir sind ganz Ohr."

Fischflüsterei

„Eigentlich geht es um eine Sache, die uns allen vertraut ist, nämlich das Anfüttern. Ihr wisst ja, dass ich kein großer Freund davon bin."

„Aber warum denn", hakte Ludwig ein. „Nicht nur typische

Schwarmfische, wie etwa Plötzen, sondern auch eher Einzelgänger, z. B. große Schleien, streifen zur Nahrungssuche im Gewässer umher. Wenn der Zufall es will, kommen sie auch dort vorbei, wo du angelst – wie gesagt, wenn der Zufall es will. Aber durch einen Köder an der Angel kannst du sie nicht aufhalten, wohl aber durch Lockfutter."

Arthur entgegnete: „Wenn ich sehe, wie manche ächzend mit schweren Eimern an ihren Angelplatz kommen und sogleich massenweise Futter ins Gewässer werfen, frage ich mich wirklich, ab das noch sinnvoll ist. Jeder Angler sieht doch nur sich, er weiß nicht, was sein Vorgänger bereits in das Gewässer geworfen hat und wie viel sein Nachfolger hineinwerfen wird. Wie viel von dem hochwertigen Futter vertragen unsere Gewässer? Anstatt erst mal zu probieren, zu testen, nein da wird gleich losgefüttert. Aber lass uns darüber nachher weiterreden."

„Das finde ich auch", bemerkte Günter, und so fuhr Arthur fort: „Ich angle von meinem kleinen Spreegarten nach alter Sitte mit Toastbrotteig, versetzt mit Mandel-, Rum- oder Vanillearoma, kennt ja jede Hausfrau, die selbst bäckt. Ich jedenfalls habe schon als Kind gern an den Ampullen gerochen und den kräftigen Duft genossen.

Der lockt bekanntlich auch die Fische an. Aber nicht nur die.

Als ich einmal eine richtig gut durchgeknetete Teigkugel direkt neben mir auf die Gerätekiste ablegte, landete dort eine Kohlmeise. Sie beachtete mich überhaupt nicht. Mit einem Bein hielt sie die Kugel fest und pickte eifrig Teig heraus. Aber sie schluckte den Teig nicht herunter, sondern flog ein paar Meter weiter. Dort saßen laut piepsend zwei junge Meisen. Als die Mutter heranflog sperrten sie ihre Schnäbel auf und sie stopfte die Teighäppchen hinein. ‚Ach sieh an', dachte ich, ‚wie bei uns zu Hause, als die Kinder klein waren.'

Die Meisenmutter entwickelte dabei einen solchen Eifer, dass sie sich in keinster Weise durch mich stören ließ. Auch nicht, als ich meine Kamera holte und sie fotografierte. Das Foto kann ich sofort zeigen, wenn ihr wollt. Ja, mehr noch. Die Meisenjungen flogen nun ebenfalls auf die Kiste zur Mutter und zur Teigkugel und ließen sich füttern."

„Sehr schön, ich bin begeistert, Meisen füttern", knurrte Ludwig. „Warte doch ab",

beschwichtigte ihn Arthur. „Ich sagte ja, es gibt Nebenarme. Aber weiter. Jedes Mal, wenn ich nun die nächsten Tage im Garten war, flogen schon die Meisen heran und warteten. Kaum hatte ich meine Teigkugel am selbigen Platz hingelegt, flogen sie wie selbstverständlich dort hin und futterten.

Aber nun zu den Fischen. Helga schaut seit Monaten die Serie ‚Sturm der Liebe.' Die beginnt immer 15 Uhr – eine gute Gelegenheit für mich, zum Spreegarten auszuweichen, der in fünf Minuten zu Fuß zu erreichen ist. Ich hatte nämlich ein Experiment vor – ein Futterexperiment, um es genauer zu sagen."

„Na jetzt bin ich aber gespannt", unterbrach Ludwig mit einem ironischen Unterton und atmete tief durch. „Kannst du auch. Beim Angeln hast du mehr Geduld als beim Zuhören.

Ich hatte mir von meinem Angelgerätehändler reichlich Weißfischfutter gekauft. Der begrüßt mich immer mit den gleichen Worten, nämlich ‚na Chef, was gibt es Neues?' Dann folgt ein Schwätzchen über dies und das. Da ich noch nie Futter bei ihm gekauft hatte, war er natürlich sehr neugierig, wofür ich denn so viel brauche. ‚Ich will mal was ausprobieren, mal sehen, ob es klappt', stillte ich seine Neugier nur halb und versprach, ihm später darüber zu berichten. Komischerweise futterte der auch immer seine Stullen, wenn ich dort auftauchte. Ich möchte übrigens mal wissen, was der so alles für Angelgeschichten hört.

Im Garten etwa 10 Minuten vor drei angekommen, knetete ich aus dem Futter drei tennisgroße Bälle. Mann, das duftete wie in einer Backstube. Kurz vor drei Uhr rief ich den Fischen zu: ‚Hallo Fische, gleich gibt es leckeres Futter.' Als die gegenüberliegende

Turmuhr Drei schlug, warf ich mit jedem Glockenschlag einen Futterball hinein und verabschiedete mich mit lautem ‚guten Appetit!'"

Arthur machte eine Pause und trank das halbe Glas leer. Weder Ludwig noch Günter reagierten und so berichtete er weiter: „Diese Zeremonie wiederholte ich pünktlich neun Tage hintereinander. Dies blieb natürlich nicht unbemerkt. Unsere Gartennachbarin amüsierte sich und zeigte es mir auch deutlich, hielt sich aber mit einem Kommentar zurück. Dabei ist sie beileibe nicht auf den Mund gefallen, sondern sagt ungehemmt ihre Meinung. Auch wenn andere sie kritisieren, reagiert sie gewöhnlich mit dem Satz ‚Das geht mir am Arsch vorbei." Raue Schale, weicher Kern, wie es so schön heißt. Na ja, sie ist Mitte 50, kam vor etwa 30 Jahre aus Polen, was man noch heute an ihrer harten Aussprache hört und hatte die ganze Zeit keine feste Beziehung. Kein Wunder, dass sie sich so kratzbürstig gab. Sie musste sich eben beruflich und privat behaupten.

Ich hab doch von dem Angler im Garten erzählt, der erfolgreich Aale fing. Das war ihr Freund, aber er war wohl auch Alkoholiker, weshalb diese Beziehung auch nicht lange hielt. Wenn er Hilfe brauchte, zeigte er es ohne Hemmungen an, aber wenn er mal helfen sollte, dann stellte er seine Ohren auf Durchzug. Dieser Egoist hatte einen besonders erfolgreichen Köder für die Aale. Zuerst angelte er ein paar Kaulbarsche mit Wurm. Die warf er in einen alten Eimer, verschloss ihn mit einem Deckel und wartete ein paar Tage, bis der Fisch zu verwesen anfing und entsprechend stank. Für die Aale ist das offenbar ein anziehender Geruch.

Ich wollte das auch probieren. Einen Kaulbarsch fängt man ja schnell in der Spree auf Wurm. Ich warf sie in den Eimer, deckte ihn aber nicht zu. Am nächsten Tag waren sie nicht mehr drin. Die Reiher hatten ihn geholt Zwei dieser Vögel fliegen hier regelmäßig ihr Revier ab und kommen bei mir vorbei. Ich verzichtete auf den stinkenden Kaulbarsch und steckte lieber einen frisch gefangenen Wurm an.

Stichwort Wurm. Früher bei meinen Eltern in der Börde, da gab es welche, die waren mindestens so groß und oft noch größer wie die Kanadier, die man in den Geschäften kaufen kann, aber viel widerstandsfähiger. Richtige dicke Schnürsenkel. Aber die musste man erst kriegen. Im Sommer am Tag vor dem Angeln begoss ich den Rasen mit Wasser, um dann eine Stunde vor Mitternacht gemeinsam mit Helga die Würmer im Schein der Taschenlampe zu fangen. Da lagen sie vor ihren Löchern, glänzten im hellen Licht und genossen die Abendkühle. Aber sie sind so sensibel und reaktionsschnell, was von so einem Tierchen nicht vermutet. Man musste sie ergreifen wie einen Aal. Zupacken und ordentlich festhalten, denn sonst waren sie blitzschnell in ihrer Röhre verschwunden. Nur mit großer Vorsicht konnten wir sie wieder herausziehen, meistens rissen sie ab.

Wurmgreifen war für uns eine besondere Geschicklichkeitsdisziplin, sozusagen das Vorspiel für den Angeltag. Meistens gewann Helga das Familienduell. Sie war schneller und griff besser zu.

Zurück zur Nachbarin Agnesa. Nach einigen Monaten hatte sie wieder einen Freund und das war bzw. ist der Richtige. Man sah es ihr an, sie meckerte nicht mehr so viel und strahlte. Peter heißt er. Ein völlig anderer Typ als der Aalangler. Klug, kommunikativ und hilfsbereit, humorvoll und gutmütig, wie geschaffen für die stachelige Agnesa. Sein Wahlspruch: Leute, seid fröhlich. Sie konnte ihn in Abwesenheit nicht genug loben. Der könne den Haushalt organisieren, kochen, ihren Kater Ludwig versorgen, der ganz verrückt nach ihm sei und alles andere könne er auch."

„Halt", protestierte Ludwig, „jetzt gehst du zu weit. Den Kater auch noch Ludwig nennen."

„Da kannst du meckern oder nicht, der heißt wirklich Ludwig, Aber ich mache weiter

Der gelobte Partner hat einen Hund, ich mag eigentlich keine Hunde bzw. sie sind mir gleichgültig. Aber dieser ist ein imposantes Tier. Ein echter, wie Peter stolz verkündete. Da ich keine Ahnung von Hunden habe, kann ich auch nicht sagen, welcher Rasse er angehört. Er heißt Raveno, ein aristokratischer Name, finde ich, und so sieht er auch aus und so bewegt er sich auch. Hoch erhobenen Hauptes stolziert er stets sehr gepflegt daher. Wenn ich ihn beschreiben müsste, würde ich sagen ein schwarzer Pudel mal Drei.

Die beiden hatten sich wohl gesucht und gefunden, wie es so schön heißt. Sie neckten sich dauernd und er tat so, als ob er als geplagter Mann nur noch ihre Befehle ausführen müsste, wobei er jedoch mit ironischen Seitenhieben nicht sparte. Kurz und gut, nach einigen Monaten heirateten sie zur Überraschung aller, die vor allem Agnesa kannten. Ich muss noch hinzufügen, dass Agnesa selbstverständlich, schon durch ihren verflossenen Freund, mit der Angelei vertraut war und auch die Fische kannte und selbstverständlich auch gern aß. Peter aber hatte von Angeln und Fischen nicht den geringsten Schimmer und Fische sind nicht sein Leibgericht, um es mal so zu sagen, was er auch bereitwillig zugibt, obwohl er sonst gern sein Wissen präsentiert. Immer, wenn ich angele, schaut er mich an als sei ich ein Außerirdischer.

Als Helga und ich von der Hochzeit erfuhren, überlegten wir, was wir ihnen schenken könnten – nicht zu groß und nicht zu klein. Wir entschieden uns für eine etwa 40 cm lange Fischplatte, also geformt wie ein Fisch, aus glasiertem Steingut. Wir nahmen sie immer in den Garten mit, aber die Neuvermählten waren nicht da. Endlich klappte es. Wir waren schon dort, da kamen sie mit dem Hund angeschlendert. Besonders Agnesa freute sich über das Geschenk, denn damit hatten beide nicht gerechnet.

Es wäre doch zu schön, dachte ich, wenn ich ihnen einen frischen Fisch dazu auf die Platte legen könnte. Und tatsächlich war mir das Glück hold. 10 Minuten später hatte ich einen stattlichen Barsch von gleicher Länge wie die Platte, gefangen mit Kaulbarsch auf Grund. Ich schuppte ihn ab, nahm ihn aus, machte ihn also küchenfertig, legte ihn auf die Platte und überreichte beides Agnesa mit den Worten: Der ist wie du, hübsch anzusehen, stacheligwehrhaft und ein wenig rot. Mit Dank und Freude nahm sie das Geschenk entgegen und versicherte, gerade Barsch äße sie sehr gerne."

Arthur stand auf und fragte, ob er noch ein Bier mitbringen solle. Keine Antwort. Er ließ sie eine Weile sitzen und erzählte unbefangen weiter: „Diese ganze Geschichte spielte sich vor meinem Futterexperiment ab. Ich habe sie erzählt, um zu erklären, warum sie meine Anfütterei nicht wie sonst drastisch kommentierte.

Als sie erneut erlebte, wie ich den Fischen das Futter laut ankündigte, sagte sie nur: ‚Du bist ja ein Fischflüsterer.' Das fand ich gar nicht schlecht.

Am 10. Tag war ich wieder wie üblich kurz vor drei im Garten, hatte dort aber zu meiner Überraschung kein Futter mehr. Die Glocke schlug und ich beobachtete neugierig die Futterstelle. Da war vielleicht etwas los. Das Wasser brodelte und kochte – etwa so, als würden Fische in einer Kreislaufanlage gefüttert. Verwöhnt wie sie waren, protestierten sie deutlich sichtbar. Ja, ein oder zwei sprangen sogar heraus, um nachzuschauen, was denn da los wäre – menschlich ausgedrückt.

Sie taten mir richtig leid, aber was sollte ich machen? Da fiel mir ein, dass sie ja meine Stimme kennen. Ich bereitete meine Arme weit aus und rief ihnen zu: ‚Ab heute gibt es kein Futter mehr. Es ist aus und vorbei.' Danach kreuzte ich meine Arme mehrmals, so als ob man auf der Straße ein Auto anhalten möchte."

„Ja, und nun?", fragte Günter und schaute Arthur etwas entgeistert an. „Was heißt und nun? Sofort beruhigten sich die Fische wieder. Ich war froh darüber, denn in den letzten 10 Tagen hatte ich nicht geangelt. Diese Gemeinheit wollte ich ihnen nicht antun. Nun war ich froh, endlich wieder meine Fische fangen zu können."

Da die beiden immer noch nicht reagierten, konnte Arthur die Geschichte endgültig beenden: „Am nächsten Tag angelte ich an der Futterstelle und legte meine Angel auf die Betonkante. Mit einem Mal gab's einen Ruck und ehe ich zugreifen konnte, glitt sie ins Wasser. Alle meine Versuche, sie gleich herauszubekommen, schlugen fehl. Verdammter Mist, dachte ich, du hast vergessen, den Bügel der Rolle umzulegen. Das war mir schon mal passiert. Nun, die Angel war nicht mehr die Neuste. So nahm ich die Reserveangel und versuchte es erneut an der Futterstelle und hatte auch bald einen Biss, die Angel immer in der Hand behaltend. Ich haute an und spürte erst normalen Widerstand, der aber immer größer wurde. Mann, dachte ich, was ist denn das nun wieder.

Ihr ahnt es schon. Es war ein stattlicher Blei von 55 cm. Als ich den heran drillte, traute ich meinen Augen nicht. Er hatte im Maul noch einen Haken und daran ein Vorfach und daran meine Angel. Der war wohl so verwöhnt, dass er die Futterstelle immer noch nicht verlassen hatte. Vielleicht wartete er auf neues Futter oder es war immer noch genügend da, ich weiß es nicht. So hatte meine Anfütterei doch noch ein überraschendes Ende gefunden."

Fischlein und Würmlein

Im Flusse schwamm ein Fischelein
Und sah ein kleines Würmelein
Dies schwamm mit frohen Sinnen
Und war gar bald von hinnen

Das Gebiss in der Fischsuppe

Wieder traf sich das angelnde Rentner-Trio zur jährlichen Spinnstunde. Aber nicht mehr in der Form wie ein Jahr vorher. Das Alter fordert eben seinen Tribut, wenn auch in kleinen Schritten. Arthur hatte nun ein Gebiss, genauer gesagt ein provisorisches durch Klammern gehaltenes Teilgebiss, bestehend aus den vorderen Schneidezähnen und einem Backenzahn. Auf den „Einbau" des richtigen festen Gebisses wartete er noch. Es braucht eben alles seine Zeit. Ludwig konnte sein rechtes Knie nicht mehr voll belasten. Vor Jahren war es operiert worden und dennoch wollte er nicht im Sitzen angeln. Irgendwann musste das ja kommen. Nur Günter war noch ganz der Alte, so schien es jedenfalls, und es nervte ihn, dass sich die beiden anderen zu Beginn über ihre neuen Altersblessuren austauschten.

Arthur konnte sich an seine Hilfszähne nicht gewöhnen und wirtschaftete dauernd mit der Zunge im Mund herum, so dass sie dann und wann neugierig aus dem Mund herausschauten und er aussah wie ein Biber. Obwohl er sich dauernd vornahm, dies zu unterlassen, konnte er sich doch nicht beherrschen. Ludwig schaute sich das nicht lange an und meinte: „Lass das bloß sein, sonst fällt Dir noch das Teil aus dem Mund und du hast den Schaden."

„Wieso, was soll denn da groß passieren?", fragte Arthur zurück. „Das kann ich Dir sagen", erwiderte Ludwig, „ich weiß Bescheid, habe das schließlich selbst erlebt. Wenn ihr wollt, kann ich das ja mal erzählen." „Mach schon", ermunterte ihn Günter, „schließlich sind wir doch hier, um Geschichten zu hören." Ludwig setzte sich gemütlich hin und begann: „Es ist etwa 5 Jahre her, da erging es mir mit den Zähnen so wie Arthur jetzt. Einmal war ich bei einem Angelkumpel zum Essen eingeladen. Es gab Fischsuppe als Vorspeise. Die roch so gut, dass mir wirklich das Wasser im Mund zusammenlief und ich neugierig in den Topf auf dem Herd guckte, was die Frau des Hauses durchaus als Kompliment verstand und also nichts dagegen hatte. Ich bekam eine extra große Schüssel voll.

Und da passierte es. Durch die Schluckerei wegen des Wassers im Mund oder wer weiß warum fiel mir doch in dem Moment von allen unbemerkt das Zahnteil in die Suppe. Ich war selbst so erschrocken, dass ich im ersten Moment nicht wusste, was ich nun tun sollte. Dann kam mir der rettende Gedanke. Ich pries die Fischsuppe in den höchsten, ach was, in den allerhöchsten und schönsten Tönen und fragte die Köchin, ob ich denn von der Fischsuppe noch mehr bekommen könne. Während sie in die Küche ging, um den Topf zu holen und mein Kumpel noch Bier aus dem Kühlschrank besorgte, fischte ich flugs das Zahnteil heraus.

So, dachte ich, das Gebiss hast du erst mal sicher. Alles andere wird man sehen.

Aber die Fischsuppe war doch viel mehr als ich ahnte, denn ich merkte zusehends, dass ich satt und satter wurde. Aber es half ja nichts, das Spiel musste zu Ende gespielt werden und so aß ich zur Freude der Gastgeber den Topf leer.

So weit so gut. Ich war bereits so satt, dass mir das Atmen schwer fiel, vergaß aber nicht die Suppe weiter zu preisen. Es war aber erst die Vorsuppe, denn was dann kam, war der blanke Horror. Es folgten ja Hauptgericht und Nachspeise. Nun konnte ich nicht mehr zurück und musste durch. Unter Schmerzen schaufelte ich schwitzend, aber mit fröhlichem Gesicht alles in mich hinein und schwor, nie nie wieder mit der Zunge am Gebiss herumzuspielen. Nach dem Essen konnte ich kaum laufen. Ich habe zwei Tage danach nichts gegessen und erholte mich nur langsam."

Arthur machte ein nachdenkliches Gesicht.

„Da wir bei den Zähnen sind. Ich war neulich beim Zahnarzt. An der Rezeption stand ein Mann, der den Doktortitel trug. Neugierig fragte die Schwester, was das denn für ein Doktor sei. Mit Dr. rer. pol. wusste sie nichts anzufangen. Also erläuterte er: ‚Ich bin ein Doktor, der von Vielem viel weiß und von Nichts richtig.' Da strahlte die Schwester und antwortete: ‚Ja, ich weiß, Politiker.'"

Hecht und Karpfen

Einst begegneten sich Hecht und Karpfen. Der Hecht sprach: „Es hätte dir gut angestanden, mich zu grüßen, denn der Mensch rühmt mich als Chef im Karpfenteich und sich selbst sogar mit meinem Namen."

Der Karpfen antwortete nicht sogleich, sondern sprach erst nach reiflicher Überlegung. „Ich finde es eigenartig, dass du dir darauf etwas einbildest, stellt der Mensch dir doch ebenso nach wie mir. Aber wer seinen und meinen Feind nur lobt, um sich selbst größer zu machen als die Natur ihm zusteht, der ist für mich keines Grußes wert."

Englisch

Hin und wieder unterhalten sich unsere drei Angelrentner auch über „ernste" Themen. Ludwig beispielsweise beschwerte sich über die „Verenglischung" auch in der deutschen Angelsprache, von der Computersprache nicht zu reden. „Was willst du", entgegnete Günter, „die Engländer sind nun mal historisch und methodisch Vorreiter im Angeln. Da ist es doch normal, dass es viele englische Fachwörter gibt. Das bürgert sich nach und nach ein und bald ist es so normal als wäre es nie ein englischer Ausdruck gewesen. Spinner beispielsweise kommt von to spin drehen. „

„Trotzdem kann man Ludwigs Meinung nicht so von der Hand weisen." Arthur holte eine Angelzeitschrift. Schau Dir mal an, was die so an neuen Angelgeräten bewerben. Das geht ja schon los mit dem Begriff Angelshop. Die Frauen gehen nur noch shoppen und nicht mehr einkaufen. Wir gehen in den Angelshop und kaufen uns eine Mitchell Premium II Feeder Quiver. Dazu eine Fireline Tournament Exceed in den Farben Green, Smoke Crystal und Red lieferbar. Großartig. Nach Rute und Schnur noch die Rolle, z. B. eine Shimano Beat Master. Damit gehen wir dann Drop-Shot-Angeln. Natürlich mit Jenzi, Bloomy Buster, Salted C und Owner-Eric-Jig. Und wenn wir einen Fisch gefangen haben, machen wir Catrch and Relaese. Noch einmal großartig. Das ist für unsereins so richtig kaufanregend. Es dauert nicht lange und wie angeln auch noch Fische mit ihren englischen Namen."

„Auch wir müssen mit der Zeit gehen", widersprach Günter. „Kann doch nicht schaden. Außerdem sind das Firmen, die weltweit auf dem Markt sind und daher ihre Produkte in der Weltsprache Englisch anbieten, anbieten müssen. Die Kosten für Übersetzungen ins Deutsche können die sich nicht leisten und manchmal ist es eben auch sehr schwer, die genau passenden deutschen Wörter zu finden."

„Man macht sich ja keine Mühe, diese Wörter zu finden bzw. man benötigt die englischen Bezeichnungen nicht.", nahm Arthur wieder das Wort. „Hier beispielsweise haben wir einen Beitrag über das Spinnfischen und erfahren von drei Techniken

1. Jerken. Ich zitiere mal: ‚Die wohl bekannteste Technik der Wobblerführung für die Wasseroberfläche (*Top-water*) ist die ‚Walk-the doc-Action.' ‚Ruckartige Schläge mit der Rutenspitze (engl. *to jerk* = rucken), ausgeführt mit dem Handgelenk, lassen den Stickbait von rechts nach links flitzen.'…

2. haben wir Twitchen, also kurzes Zupfen von englisch *to twitch* und 3. Speed-Jigging.

Das sind alles Techniken, um einen Fisch an der Oberfläche zum Anbiss zu verführen.Wenn es erklärt wird, geht es ja noch. Dennoch ist es hier kein Problem, alles in Deutsch zu beschreiben, indem man einfach die englischen Bezeichnungen weglässt."

„Der Zug ist abgefahren", meldete sich Ludwig wieder. „Ich rede so wie ich es verstehe und fertig."

„Es ist aber nicht verkehrt, wenigstens ein wenig Englisch zu sprechen, wenn man sich nicht blamieren will", nahm Günter wieder das Wort. „Der Sohn eines Vereinsmitgliedes bei uns studiert jetzt in England und angelt auch dort. Als er zum Urlaub nach Haus kam, brachte er seinen Freund mit, auch ein Angler, der allerdings kein Wort Deutsch konnte. Mit ihm ging er an sein Heimatgewässer und sahen dort einen älteren Angler, der gerade mit seiner Spinnrute einen guten Hecht gelandet hatte. Das interessierte den englischen Freund und er begann ein Gespräch mit ihm, der wiederum nicht englisch sprach. Aber mit den berühmten Händen und Füßen konnte er sich einigermaßen verständlich machen.

Das ging ganz gut, bis der Angler eine Pause machte. Der Freund wartete, aber sein Gesprächspartner schwieg noch. Dann sagte der Engländer zu ihm „Go on". Zur totalen Überraschung der beiden Besucher nahm der seine Angel und ging. Da lief der Sohn hinter ihm her und fragte, was denn los wäre. Und der antwortete. ‚Ich kann zwar kein Englisch, aber so viel weiß ich, dass go gehen heißt, und da bin ich eben gegangen. War sowieso fertig und anstrengend dazu.'

Nun legte der Student seinen Arm um den Hechtfänger und klärte ihn auf: ‚Go on heißt nicht du sollst gehen, sondern, du sollst fortfahren, weiter erzählen, verstehst du?'

Jetzt lachten beide, gingen zurück und konnten sich noch über viele andere Sachen verständigen – dieses Mal aber mit Hilfe des dolmetschenden Studenten."

„Das könnte ich gewesen sein", gab Ludwig zu. Günter war aber noch nicht zu Ende. „Es hatte sich nämlich herausgestellt, dass sich dieser Angler und der Vater des Studenten seit vielen Jahren kannten. Der Angler kannte auch den Studenten als dieser noch ein Junge war. Kurzum, der Angler lud alle zu sich nach Hause ein und es wurde noch ein sehr gemütlicher Abend. Seit dieser Zeit witzelte der Angler, wenn er die Absicht hatte zu gehen: ‚Los go on.'"

Russisch

„Ich muss ehrlich zugeben, Fremdsprachen sind nicht so meine Leidenschaft", bekannte Arthur. „Da hatte ich und habe ich bis heute Schwierigkeiten. Russisch ging gerade mal so, aber für die englische Sprache habe ich absolut keine Antenne.

Ihr wisst ja auch, dass viele Vereine zu DDR-Zeiten ganz gute Kontakte zu nahe gelegenen Garnisonen der Sowjetarmee aufgebaut und über Jahre gepflegt hatten. Die Sowjets waren nicht nur leidenschaftliche, sondern in der Regel auch gute Angler. Sie waren froh, wenn sie mal raus durften und noch froher, wenn es zum Angeln ging. Dabei waren wir meistens mit dem Material noch besser dran. Davon will ich heute kurz erzählen. Der Freundschaftspartner unseres Vereins in der Dienststelle war der Stab einer Division. Zweimal im Jahr organisierten wir das so genannte Freundschaftsangeln. An einem Sonntag im Mai war es wieder soweit. Wir hatten herausbekommen, dass der Kommandeur der Truppe, ein General, einen Tag vorher seinen 50. Geburtstag hatte und als Geschenk eine schöne Rileh-Rex-Angelrolle mit aufgespulter 40er Schnur besorgt. Zu unserer Freude kam der sogar an diesem Sonntag mit. Vielleicht für ihn eine ideale Gelegenheit, seinen Kopf ordentlich auszulüften. Er freute sich wie ein kleines Kind über das Geschenk und konnte sich gar nicht einkriegen. Flugs montierte er die Rolle an seine Angel und los gings.

Der Buschfunk hatte vorher schon gemeldet, dass wir dieses Freundschaftsangeln organisieren und das genannte Geschenk vorbereitet hatten. Jedenfalls war das Fernsehen da. Der Redakteur hatte aber keine Ahnung vom Angeln, was ich übrigens bis heute erlebe. Denen muss man das Angeln erklären wie man einem kleinen Kind ein Märchen erzählt. Aber er war wissbegierig und notierte sich ununterbrochen, was wir ihm erzählten. Besser, was ich ihm erzählte, denn der Vorsitzende bat mich inständig, die Fernsehleute zu betreuen.

Wie der Zufall oft mitspielt oder Petrus es so wollte, der General weihte seine neue Rolle mit einem prächtigen Hecht ein. Die Fernsehleute waren begeistert, schon nach dem Biss verfolgten wir den Drill, den Hechtsprung kurz vor dem Keschern und erlebten einen strahlenden Angler. Er präsentierte seinen Geburtstagsfisch, wie er ihn nannte mit sichtlichem Stolz. Der Redakteur bat ihn, seine Gefühle am heutigen Tag und seinen Drill für die lieben Zuschauer zu schildern.

Ich muss noch erwähnen, dass wir keinen Dolmetscher dabei hatten, weil wir ihn bisher nicht benötigten und wir auch nicht auf das Fernsehteam vorbereitet waren. Nun erzählte also der General schwungvoll, wie toll doch so ein Freundschaftsangeln wäre und wie sehr er sich freue, diesen Hecht geangelt zu haben, denn das wäre schon lange sein Wunsch gewesen. Und bedeutungsvoll fügte er hinzu, dass er das natürlich nur der neuen Rolle samt Schnur zu verdanken habe.

Ich verstand zwar den Sinn, wie wir alle, die dabei waren, aber ansonsten hatte ich keine Ahnung, was er konkret gesagt hatte. Kaum war er fertig, hielt mir der Redakteur das Mikro vor den Mund in der ganz normalen Annahme, dass ich der Dolmetscher sei. Ich bekam einen gehörigen Schreck. Mir war klar, wir durften uns nicht blamieren. Der Schreck peitschte meinen Adrenalinspiegel in höchste Höhen. Das dauerte keine Sekunde. Mutig antwortete ich und pries die deutsch sowjetische Freundschaft allgemein und konkret zwischen unserem Verein und der sowjetischen Einheit. Dann erklärte ich die Freude über das Geschenk und schilderte den Drill, den wir ja miterlebt hatten, sowie das Gefühl des Glückes eines jeden Anglers nach so einem Fang. Zum Schluss vermittelte ich seine Bitte, ein schönes Foto für die Familie und die Freunde zu machen, denn ich hatte gesehen, dass der Kameramann auch einen sehr guten Fotoapparat mit sich herumschleppte.

Nach diesem Auftritt war ich fix und alle. Aber die Sendung war prima. Der Redakteur schickte uns die Fotos, die der Vorsitzende und ich in die Kaserne brachten und dem General überreichten. Hier bedankte er sich noch einmal überschwänglich.

Nun wäre die Geschichte eigentlich beendet, aber …

Am nächsten Tag klingelte das Telefon. Ich wusste erst gar nicht, wer mich da anrief, bis ich mitbekam, dass es mein ehemaliger Klassen- und zugleich Russischlehrer aus der Oberschule war.

‚Arthur, ich habe die Sendung vom Freundschaftsangeln gesehen und mich sehr gefreut. Du warst wirklich nicht mein bester

Schüler, aber du hast hervorragend übersetzt. Wo hast du denn nach der Schule so gut Russisch gelernt?'"

Deutsch

Günter wandte sich an Ludwig: „Du bist doch auch Fischereiaufseher. Hast du denn da nicht mal was Interessantes erlebt?" „Interessant ist vieles, aber meistens nicht lustig. Das geben die Kontrollen nicht her. Wer wird schon gern kontrolliert? Ein schwarzes Schaf erkennt man sofort, einen Schwarzangler nicht. Die meisten haben ja auch gültige Papiere und halten sich an die Gesetze oder Fischereiordnungen. Ich gehe aber niemals allein, weil man die Reaktion bei den erwischten Schwarzanglern nicht vorhersehen kann. Die werden dann auch mal rabiat. Es ist erstaunlich, wie sich manche – jetzt sag ich mal so genannte Angler – empören, obwohl sie eindeutig gegen Gesetze verstoßen und froh sein können, wenn sie mit einer Ordnungswidrigkeit davon kommen. Das Verhaltensmuster ähnelt etwa dem bei Verkehrskontrollen, einschließlich der Ausreden."

„Es ist ja nicht nur das allein", ergänzte Arthur. „Diese Leute wollen ernten, was sie nicht gesät haben, leben auf unsere Kosten, sind Schmarotzer und haben dann noch die große Klappe. Hege und Pflege der Fischbestände, der Gewässer und Uferzonen? Fehlanzeige! Heranführen unserer Kinder an die Natur durch das Angeln? Fehlanzeige!

Und wenn es ganz schlimm kommt, dann werden auch noch Mindestmaße und Schonzeiten ignoriert. Auch so ein Argument, man könne sich einen Mitgliedsbeitrag nicht leisten, ist totaler Unsinn. Über ein Bier mehr oder weniger wird nicht diskutiert, aber über einen Euro mehr ganz gewaltig."

„Trotzdem", Günter ließ nicht locker, „ich kann mir nicht vorstellen, dass der Fischereiaufseher Ludwig für uns nichts auf Lager hat. Wühl mal deinen geistigen Angelkasten durch. Da findet sich doch bestimmt was."

„Wenn du mich so drängelst, dann ..."

„Was dann?", fragte Günter nach. „Ja, Mensch, dass ich nicht gleich daran gedacht habe. Ich leg mal los: „Im Sommer an einem Sonntag -Vormittag fuhren Otto und ich zur Kontrolle. Als wir den See erreichten, sahen wir eine große Truppe, wahrscheinlich eine Familie – vom Kleinkind bis zur Oma. Die saß auf einer Decke und strickte Socken, während eine jüngere Frau mit zwei kleinen Kindern spielte. Am Ufer standen zwei Männer, möglicherweise Vater und Sohn, und angelten. Ein idyllisches Bild voller Harmonie.

Ich gehe behutsam an die Männer heran und bitte um die Papiere. Da schaut mich der Ältere an, zuckt die Schultern und radebrecht, ich nicht verstehen, sprechen keine Deutsch. ‚Und er hier?', weise ich auf den Jüngeren. Der schweigt nur. Da holt der Ältere sein Handy aus der Hosentasche, tippt daran herum und lässt einen ungeheuren Redeschwall los – auf Russisch.

Aha, denke ich. Dennoch bitte ich um die Ausweise und stelle fest, dass sie aus Berlin, Salvador-Allende-Straße kommen."

„Mir ist schon klar, woher", meinte Arthur. „Das ist in Köpenick direkt an der Spree. Hier wohnen viele so genannte Russland-Deutsche. Deshalb wird das Viertel im Volksmund auch Klein-Moskau genannt. Entschuldigung, Ludwig."

„Aha, aber Fischereidokumente hatten sie nicht. Was machen? Ich fragte, wo die denn seien? Nach der umfangreichen mit vielen Gesten begleiteten Stotterei, einem Mix aus Deutsch und Russisch, bekam ich mit, sie hätten die Papiere zu Haus gelassen und er habe soeben telefoniert, damit man sie hier her bringen könne. Ich gab beiden eine Info-Karte mit den Mindestmaßen und Schonzeiten, ermahnte, die Papiere nicht mehr zu vergessen und ließ es dabei bewenden.

Ein paar Tage später wollte ich gerade in mein Angelgeschäft gehen, da kam der Ältere heraus mit einer neuen Angel und einer neuen Rolle und stürmte an mir vorbei. Ich erkannte ihn sofort. Drinnen seufzte Bernd, der Inhaber, den ich schon viele Jahre kenne. ‚Mann, das war vielleicht anstrengend. Der jetzt eben raus ist, hat gefeilscht und gefeilscht, wollte den Preis herunter handeln, erzählte von seiner Situation und von seiner Familie. Der hat mich ganz besoffen gequatscht'.

‚Das kann ich mir vorstellen', sagte ich mitfühlend. ‚Aber seit wann kannst du denn so gut russisch?'

‚Russisch, wieso russisch?'. Bernd schaute mich verständnislos an. ‚Ach, du meinst, weil der aus Russland kommt? Kennst du ihn etwa? Von wegen Russisch. Der hat hier Deutsch geredet, wie man nur in unserer Sprache reden kann. Das war alles klar und deutlich und nicht miss zu verstehen.'

Nun staunte ich gutgläubiger Mensch und erzählte Bernd mein Kontrollerlebnis. Der lachte nur und ich antwortete: ‚Aber das war nicht die letzte Kontrolle. Der will bestimmt seine neue Rute und Rolle ausprobieren. Ich bin demnächst wieder an der gleichen Stelle. Das kann ja spannend werden.'

Bernd lachte wieder. ‚Da kann ich dir einen Tipp geben. Er hat mir gesagt, wo er am nächsten Sonntag angeln will. Und vielleicht ist es ganz gut, wenn du auch noch seine Familiengeschichte kennst, zumindest diese, die er mir erzählt hat.'

Bernd braucht eine halbe Stunde dafür. Mit einem besten Dank und einem mageren Päckchen Ködernadeln verließ ich das Geschäft und war gespannt auf den Sonntag.

Als wir am Vormittag genau an der gleichen Angelstelle auftauchten, verfinsterte sich der Blick unseres Russlanddeutschen. Ich aber setzte eine freundliche Mine auf: ‚Nun mein Lieber, wie funktioniert das neue Angelgerät, das du bei Bernd gekauft hast, mit Rabatt natürlich. Und du hast gut verhandelt, wie mir Bernd versicherte. Hast du heute die Papiere dabei oder wieder vergessen? Ach so, was ich noch sagen wollte, deine Familiengeschichte ist ja ganz interessant.‘ Sein Gesicht entspannte sich, er wurde ganz freundlich, ja, fast zahm. Und nun kam eine Riesenlitanei. Nein, er habe keine Papiere, aber die Russen essen doch so gerne Fisch und er konnte dem Drängen der Familie nicht widerstehen, angeln zu gehen. Ja, Deutsch spreche er sehr gut, lebe aber noch nicht lange hier und habe Schwierigkeiten, sich bei der Fischereigesetzgebung hier durchzufinden, denn aus Russland kenne er das nicht. Die Angelberechtigung für das Gewässer habe er gekauft, aber eben keinen Fischereischein, den wollte bisher eben keiner sehen und er wisse nun, dass er eine Prüfung machen müsse usw.

Mit der Fischereigesetzgebung musste ich ihm im Stillen Recht geben. Ich bat ihn höflich, das Angeln sofort zu beenden und erst dann wieder zu beginnen, wenn er im Besitz eines Fischereischeines sei. Da ich ja auch die Prüfungen abnehme, sagte ich ihm den nächsten Termin des Lehrganges und auch, dass ich selbst die Prüfung abnehmen werde.

Er sagte kein Wort, die Familie packte ein und fuhr ab. Erst dann kontrollierte ich weiter.“

„Und, hat er Wort gehalten?“, wollte Arthur wissen. „Ja, der war da, Wladimir heißt er. In der allgemeinen und speziellen Fischkunde wusste er gut Bescheid, Gerätekunde ebenfalls. Fischereirecht musste er sich anstrengen und hatte Probleme. Bei Gewässerökologie und Fischhege staunte er, was wir da so alles machen und verlangen. Ebenso beim Natur- und Tierschutz. Ich gratulierte ihm zur bestandenen Prüfung und er bedankte sich für mein verständnisvolles Verhalten am Gewässer. Sollte ich bei einer nächsten Kontrolle vorbeikommen, dann würden wir am Wasser einen russischen Imbiss nehmen.

Zwei Wochen später besuchte ich wieder Bernd, um ihm zu berichten, wie die Geschichte endete. Der aber winkte gleich ab: ‚Ich weiß schon Bescheid. Einen Tag nach der Prüfung war er hier mit Passbild sowie Prüfungszertifikat und bat mich, den Fischereischein zu besorgen. Kein Problem, denn das mache ich ja für alle anderen Angler auch. Er verabschiedete sich freundlich mit unserem Anglergruß, aber nicht ganz richtig‘.

‚Wieso nicht ganz richtig?‘

„Na ja, die Russen können das H nicht aussprechen, da kommt immer nur ein G heraus.‘“

Hechte

„Nun haben wir schon viel erzählt, was wir alles wie gefangen haben“, leitete Günter die Runde ein. „Aber nicht, was wir nicht geangelt haben.“ „Na, was willst du denn erzählen, was du nicht gefangen hast. Nichts ergibt doch nichts.“ Ludwig schaute Günter groß an. „Sag das nicht Ludwig, ich kann beispielsweise einiges erzählen, wie ich Hechte nicht gefangen habe.“

„Na dann erzähl doch mal, da bin ich aber gespannt.“

Günter lehnte sich zurück:

Gipsbeinhecht

„Hecht Nummer 1: Diese Geschichte ist schon eine Zeit her, Ihr werdet wohl merken wie viel Jahre mindestens. Ich wurde am Knie operiert und kam aus dem Krankenhaus mit einem total eingegipsten Bein. Schmerzen hatte ich nicht, aber es war natürlich unbequem. Zu Haus langweilte ich mich, zumal es Sommer war und das Wetter natürlich auch zum Angeln einlud. Mein Schwiegervater konnte meine Stimmung nachempfinden. Los, wir versuchen es, meinte er und holte mich mit seinem Trabant-Kombi ab. Ich setzte mich vorne hinein, leierte die Fensterscheibe herunter und hievte das eingegipste Bein durch das offene Fenster und blieb dann sitzen. Das sah vielleicht irre aus. Aber es funktionierte, wenngleich uns viele erstaunte Blicke nachfolgten. Ihr müsst euch das mal richtig vorstellen. Da ragte ein halbes Gips bei aus dem Fenster.

Am See angekommen fing ich einen Köderfisch und machte die Hechtangel fertig. Es dauerte nicht lange und ich hatte einen wuchtigen Biss. Es konnte nur ein Hecht sein. Der nahm Schnur und Schnur. Ich stand nun humpelig da und war doppelt aufgeregt. Nach dem Anhieb spürte ich, dass hier ein Großer dran war. Und was für einer, der hatte eine Kraft, dass ich keinen festen Stand bekam. Schließlich übergab ich die Angel meinem Schwiegervater. Auch der hatte Mühe, den Fisch heranzudrillen. Und tatsächlich, es war ein richtig großer Hecht, etwa 1 m lang. Wer sollte ihn aber nun keschern? Ich konnte es nicht, er auch nicht. Also versuchte er, den Kerl behutsam kräftig ans Ufer zu bekommen, was auch zu gelingen schien, zumal sein Widerstand nachgelassen hatte. In dem Moment aber, wo sein Kopf aus dem Wasser ragte und ich ihn schon deutlich sehen konnte, schüttelte er sich mit einer solchen Kraft, dass er abriss und auf nimmer Wiedersehen verschwand. Seither achte ich ganz besonders auf die letzte entscheidende Landungsphase.

Das Bild dieses Hechtes aber verfolgte mich noch wochenlang bis in meine Träume."

Krokodilhecht

Günter hatte sich sichtlich in Hitze geredet. Nach einer kurzen Abkühlpause fuhr er fort: „Hecht Nummer 2: Das war vor einigen Jahren. Das Hochwasser der Bode hatte neben liegende Bruchfelder überflutet, die durch den Braunkohletagebau entstanden waren und sich im Laufe des Jahres mit Grundwasser gefüllt hatten. Tief waren sie nicht. Hier hatte ich schon früher herrliche Schleien geangelt. Nun reizte es mich, was aus dem neu entstandenen See auf Zeit herauszuholen wäre.

Eigentlich hatte ich nicht vor zu angeln, sondern wollte in die nächstgelegene Stadt fahren. Das Auto musste ich etwa 200 m entfernt abstellen. Ich nahm schnell die Stippangel und die Hechtangel und eilte los. Annegret folgte langsam. Köderfische zu bekommen war nicht schwer. Also aufgezogen und hinaus damit. Der war gerade hinein geklatscht, das sah ich von rechts eine Bugwelle kommen, so als ob ein Krokodil angerauscht käme, und schon tauchte die Pose unter und die Schnur lief. Der Anhieb saß und auch hier spürte ich einen gehörigen Widerstand. Erst jetzt fiel mir auf, dass ich den Kescher in der Eile vergessen hatte. Ich rief Annegret zu, sie solle den Kescher holen.

So weit so gut. Doch nun packte mich der falsche Ehrgeiz. Was würde Annegret wohl für Augen manchen, wenn sie zurückkommt und ich ihr einen Klopper von Hecht präsentieren kann und das nach gerade mal einer halben Stunde, so dachte ich. Ja, so dachte ich eben falsch, denn der Hecht riss ab. Annegret kam mit dem Kescher angelaufen und war total enttäuscht. Mist. Ich versuchte es noch einmal, bekam auch einen Biss, aber dieses Mal machte mir das Totholz einen Strich durch die Rechnung.

Meine Stimmung während der Weiterfahrt könnt ihr euch vorstellen. Noch heute bin ich der Meinung, der Krokodilhecht wäre der Fisch meines Lebens geworden.

Sprintkönig

Als sich die Hechte zu ihrer traditionellen Jahresversammlung trafen, bat einer sogleich ums Wort: „Verehrte Gevatter, es ist sicher unbestritten, dass wir Hechte die schnellsten Fische in diesem Gewässer sind. So kann sich ein jeder von uns mit dem Titel schnellster Fisch schmücken. Aber welcher von uns Hechten ist der Schnellste, wer übertrifft alle anderen an Geschwindigkeit? Wir wissen es nicht. Darum schlage ich vor, einen Wettkampf zu veranstalten, um genau dies herauszufinden und den Sieger zum Sprintkönig zu küren."

Dieser Vorschlag wurde mit lebhafter Zustimmung aufgenommen und festgelegt, dass jeweils fünf Hechte in fünf Rennen auf einer Strecke von 15 m gegeneinander antreten. Die Sieger der einzelnen Rennen werden dann im Finale den Sprintkönig ermitteln. Es ist eigenartig, meinten einige, dass wir bisher nicht darauf gekommen sind. Die Begeisterung war so groß, dass das erste Rennen sogleich stattfand.

Als nun die anderen Fische fünf Hechte sahen, die mit höchster Geschwindigkeit durch das Wasser jagten, gerieten sie in Panik. Wenn schon die großen und starken Hechte mit einem solchem Tempo fliehen, muss es eine große Gefahr geben, vermuteten sie und schwammen ebenfalls in Massen und aufgeregt in die Zielrichtung. Das Durcheinander war so groß, dass das erste Rennen nicht beendet wurde und die anderen Rennen nicht mehr stattfinden konnten.

Alle Bemühungen der Hechte, die Situation aufzuklären und wieder für Normalität zu sorgen, waren vergeblich. Und so wissen sie bis heute nicht, wer ihr Sprintkönig ist.

Stipphecht

Und nun Hecht Nummer 3: Nicht außergewöhnlich, denn das ist bestimmt schon vielen passiert. Ich zog gerade mit der Stippe eine Plötze heran, da holte sie mit einem deutlichen Platsch ein Hecht, nehme ich jedenfalls stark an. Ich hatte keine Chance. Der war so schnell und so stark, dass ich es nicht schaffte, den Bügel der Rolle herunterzuklappen. Die Rute bog sich und peng war alles vorbei.

Aber aufgeben wollte ich nicht. Den bekommst du heute noch, war ich fest überzeugt. Man muss wissen, dass ich auf einem Steg angelte, zugegebenermaßen einem sehr baufälligen Steg. Schon auf den rauf zukommen glich einem Balanceakt. Jedenfalls wollte ich einige Zeit vorbeigehen lassen und köderte Teig an die Stippe mit 20er Schnur und 15er Vorfach- einen Karpfenklumpen sozusagen. Aber als sich eine Weile nichts rührte zog ich sie wieder ein und wollte die Hechtangel auswerfen.

Zack, beim Herandrillen schnappte sich ein Fisch den Köder und zog ab. Ich haute sofort an und hatte ihn auch dran. Nun war ich so in Eifer geraten, dass ich ganz und gar den baufälligen Steg vergaß. Ich weiß nicht warum, jedenfalls ging ich langsam rückwärts und sagte laut zu mir selber ich hab ihn, ich hab ihn – und Plautz und Krach brach ich ein und war selber gefangen. Mit Mühe rappelte ich mich wieder heraus und stellte fest, dass der Fisch noch dran war. Jedenfalls hatte ich ihn schon kurz vor dem Steg und sah den Hecht, da riss die Sehne wahrscheinlich bedingt durch die scharfen Zähne. Ob derselbe Hecht gebissen hatte, weiß ich nicht, aber es konnte durchaus möglich sein. Das war also Hecht Nummer 4."

Fahrradhecht

Ludwig lachte. „Na, wenn du das so meinst mit dem Nichtfangen, dann ist das klar. Mir ist das mal nachts mit einem Aal passiert. Der hatte sich in der Tiefe um die Wasserpflanzen oder so etwas geschlungen, dass ich ihn einfach nicht herausbekam. Auch nicht mit auf die Rute klopfen und anderen Tricks, nicht mit Geduld. Schließlich versuchte ich es mit Gewalt, aber ohne Erfolg. Als ich mir dann den Haken besah, war der lang gestreckt wie eine kleine Ködernadel. Ja, was mag das wohl für ein Bursche gewesen sein?

Aber ich kann natürlich auch etwas zum Nichtfang beisteuern. Ihr wisst ja, dass ich gerne blinkere. Schon seit längerer Zeit vermutete ich an einer Stelle einen Hecht, denn was da räuberte, war so wuchtig, dass ich es einem Barsch nicht zutraute. Also rauf auf den Steg Versuch Nummer eins. Es dauerte eine Weile, bis ich mich eingeworfen hatte. Vielleicht war es gerade das, was einen Hecht anlockte. Aber merkwürdigerweise machte er solche Hin- und Her-Bewegungen, das heißt, er zog keine Schnur von der Rolle und floh nicht. Erst ging die Bewegung etwas nach rechts, dann Ruhe und dann wieder nach links. Aber ich bekam den Fisch trotz aller Bemühungen nicht herangedrillt. So etwas hatte ich noch nicht erlebt und konnte mir keinen Reim drauf machen, bis mir auffiel, dass sowohl links als auch rechts das Wasser strudelte und ich zu meiner totalen Überraschung zwei Schwanzflossen erblickte.

Da hatten tatsächlich zwei hungrige Burschen exakt zur gleichen Zeit zugeschnappt und sich festgehakt.

Da war mir klar, das bekommst du nicht hin. Ich musste ja davon ausgehen, dass beide nur ganz vorne am Maul gehakt hatten. Und so war es wohl auch. Nach ca. 30 Minuten löste sich der eine und den anderen bekam ich aus den von mir vermuteten Gründen auch nicht. Der hatte immerhin noch so viel Kraft, dass ich, als er abriss, nach hinten samt Rute ins Wasser fiel.

Ob ihr es nun glaubt oder nicht, ich war noch nicht mal enttäuscht. Denn hätte ich sie herandrillen können, mal angenommen, wie hätte ich die keschern sollen, denn ihre 10 Pfund hatten beide bestimmt. Und, mal ehrlich, diese Geschichte hätte mir ohnehin niemand geglaubt. Noch nicht mal ihr. Das waren damit Nummer fünf und sechs.

Aber jetzt packte mich der Ehrgeiz, obwohl es mittlerweile regnete wie aus der Gießkanne. Ich versuchte es erneut, aber dieses Mal mit einem Köderfisch und hatte tatsächlich Glück. Etwa an der gleichen Stelle wie vorhin ging die Pose ab und ich wurde nach einem gar nicht aufregenden Drill mit einem Burschen von immerhin 105 cm und 8 kg. Wenn das einer von dem Doppelpack war, kann man sich vorstellen, dass der andere in etwa die gleichen Maße hatte.

Nun hatte ich ehrlich gesagt, mit einem solchen Klopper nicht gerechnet. Das heißt, ich wusste nicht, wo ich den einpacken sollte.

Mein Rucksack war zu klein dafür. Also packte ich ihn kurzerhand quer auf den Gepäckträger und radelte nach Hause. Da hättet ihr mal sehen solle, wie die Leute gestaunt haben. So, als ob du mit einem nagelneuen Auto aus der Testserie fahren würdest.

Die Lokalpresse hatte das natürlich mitbekommen, was durchaus für sie spricht. Der Redakteur war fast zeitgleich mit mir an meiner Haustür. Na ja, man ist ja bekannt als Angler und offensichtlich stimmte die Beschreibung ziemlich genau. Am nächsten Tag stand das Ende der Geschichte in der Zeitung, also ohne das Drillingsduett, mit Foto selbstverständlich. Die Überschrift lautete ‚Hecht fährt Fahrrad.'

Als ich nach Hause kam, war Uta noch nicht da. So konnte ich in Ruhe die Sachen wechseln. Als sie dann zu Hause war, entschuldigte sie sich. „Es ist heute später als geplant. Ich hoffe, du hast dich bei diesem Mistwetter nicht gelangweilt."

Gedankenhecht

Doch Günter war noch nicht zu Ende. „Moment, ich habe noch Hecht Nummer 7: „Einmal platzierte ich den Köderfisch – Spinnen ist nicht meine Sache, wie ihr wisst – vor dem Schilf. Ich hatte hier bei meinem letzten Angelausflug gegen Abend einen raubenden Hecht beobachtet. Der kam wohl aus der Tiefe, denn unmittelbar hinter der Schilfkante geht es steil nach unten. So ein gewaltiges Raubmanöver hatte ich noch nie gesehen. Es klatschte und gurgelte laut, danach bildete sich ein so großer Strudel, dass ich erschrak. Das konnte nur ein Hecht sein und den wollte ich mir nun holen, denn extra seinetwegen hatte ich mich aufgemacht. Und tatsächlich, ich hatte ihn dran. Ich spürte eine Urkraft wie noch nie. Das konnte nur er sein. Und dann zog er ab, jedoch nicht so weit und er machte mit mir was er wollte und nicht umgekehrt. Ich geriet in die Defensive, konnte ihn nicht beherrschen. Da er seine Flucht nicht weit vom Angelplatz ausgesetzt hatte, stellte ich die Rollenbremse wieder fest und versuchte ihn heranzudrillen. Als ob er mir zeigen wollte, wer hier der Chef ist, verdoppelte er seine Kraft und zerriss die 30er Sehne mit einem lauten Knall. Vielleicht hätte ich schneller die Bremse wieder lockern müssen. Aber ich war überhaupt nicht verärgert, eher erleichtert oder erstaunt und empfand großen Respekt vor diesem Fisch. Bleib wo du bist, dachte ich. Ich verbeuge mich vor dir und stelle dir nicht mehr nach. Sollen es meinetwegen andere tun, ich nicht. Jedes Mal wenn ich an diesem See war, schaute ich ehrfurchtsvoll gespannt auf dieser Stelle und hoffte, dass er sich noch einmal zeigen würde. Aber vergebens.

Es vergingen einige Wochen, das hörte ich von einem Angler an diesem See, dass sein Kumpel just an dieser Stelle einen sehr großen Wels von 2,10 m geangelt habe. Ich dachte sofort an meinen Versuch und überlegte, ob mein Gedankenhecht vielleicht dieser Wels gewesen sein könnte. Möglich ist das. Die Natur gibt uns bis heute Rätsel auf, die wir nicht beantworten können. Deshalb besteht der Reiz des Angelns auch im Rätselraten und darin, keinen Fisch gefangen zu haben.

Ach ja, ich fragte den Angler, wie der Kumpel denn diesen Brocken gelandet hätte.

‚Der saß im Boot und rief mich um Hilfe. Ich ruderte hin, stieg in sein Boot und gemeinsam hievten wir den Brocken über die Bordwand. Dabei rutschten wir aus, fielen nach hinten und der Wels auf uns drauf. Diese ganze Aktion verfolgten die anderen Angler mit großem Interesse. Als wir an Land ruderten, standen schon viele, um den Fisch zu bestaunen. Und es dauerte nicht lange, da war sein Fleisch schon in der Anglerkolonie verteilt.‘“

Setzkescherhecht

„Aber nun muss ich noch von einem zugegebenermaßen originellen Fang berichten“, meldete sich Arthur. Ich habe mal einen Hecht nicht geangelt, sondern aus dem Wasser geholt, nachdem der sich selbst gefangen oder besser verfangen hatte. Er war allerdings nicht so groß wie Eure.

Ich angelte vorne an einem richtig weit in den See hereinragenden Steg, hatte links meinen Setzkescher angebracht, der sich nach und nach mit einigen guten Plötzen füllte. Da bemerkte ich einen neugierigen Hecht, der ganz nahe an das Netz heran schwamm. Oh, dachte ich, dir werde ich mal gleich eine schöne Plötze an der Angel vor die Schnauze halten. Aber das funktionierte nicht, der Hecht machte sich aus dem Staube kann man ja nicht sagen, der machte sich also ins tiefe Wasser.

Nach etwa einer halben Stunde war er wieder heran. Entweder hatte der wirklich Knast, war neugierig oder konnte nicht richtig sehen, vielleicht auch alles zusammen. Möglicherweise war er auch noch dumm. Ich stellte alle Aktivitäten ein und verhielt mich so ruhig wie irgend möglich. Der Hecht stand Minute um Minute vor dem Setzkescher und beobachtete die hektischen Plötzen. Mit einem Mal schnellte er vor und schnappte zu. Aber logisch, er hatte keine Plötze im Maul, sondern das Netz. Und das hatte sich in seinen scharfen spitzen Zähnen so verhakt, dass er es trotz aller Fluchtbewegungen nicht mehr heraus bekam.

Nun, dachte ich, bist du so gierig und blöd, dann hast du eben Pech gehabt und hob ihn einfach aus dem Wasser. Schnell packte ich die ganze Ladung in meinen Kescher, damit er nicht doch noch verloren ging.

Ich muss zugeben, so etwas ist mir nie wieder passiert. Ach so, der hatte immerhin auch seine 65 cm und wog zwei Kilo. Ich räucherte ihn. Ein geräucherter Hecht in dieser Größe ist mit einer Butterstulle und einem Bier eine Delikatesse.“

„Na gut, wenn wir schon bei Hechten sind, dann steuere ich noch ein Kapitel Psychologie bei. Ja, ja, Angeln ist nicht nur mehr als Fische aus dem Wasser zu ziehen, sondern manchmal sogar vielmehr als das.“ Ludwig setzte sich in Position.

Wuthecht

Ich überlege, wie ich beginnen soll. Ich bin kein Freund vom Angeln und Zurücksetzen und halte mich bei derartigen Debatten lieber zurück. Und wenn man zu mir Kochtopfangler sagen würde, dann bekäme er zur Antwort, na und, dann bin ich eben einer. Wobei ich die Argumente der Befürworter aus biologischer oder genetischer Sicht nachvollziehen kann. Aber wenn ich einen Fisch habe, dann will ich ihn auch essen. Nur zu fangen des Kicks wegen oder um ein Drillerlebnis auszukosten und von vornherein zu wissen, den nehme ich nicht mit nach Hause, das Trophäenfoto genügt mir – nein, das ist nicht mein Ding. Aber da sollen sich die Wissenschaftler noch eine Weile streiten. Auf jeden Fall bin ich dafür, dass jeder Angler vor sich selbst und dem Wirbeltier Fisch selbst entscheidet, wie er mit dem Fang umgeht. Ich jedenfalls mache es wie eh und je, als vom so genannten Catch and Release hierzulande noch nicht die Rede war.

Doch einmal habe ich mein ehernes Prinzip durchbrochen. Und das kam so:

Ich hatte einen Arbeitskollegen – ich kriegte schon beim Wort Kollege die Krise – das war ein überheblicher Fatzke, ein Besserwisser. Warum weiß ich nicht. Vielleicht hatte er Minderwertigkeitskomplexe und versuchte, diese durch überhebliches Gebaren auszugleichen. „Wenn andere Tango tanzen, dann tanzen wir Walzer“, war seine ständige Redewendung. Dabei trug den Kopf hoch und schritt daher wie ein Storch. Zuerst konnte ich seine Art noch abschütteln, aber dann wurde es immer schlimmer. Schon wenn ich an ihn dachte, stieg in mir die Wut hoch und meine Laune war dahin. Was aber sollte ich dagegen tun? Glücklicherweise mussten wir nicht direkt zusammenarbeiten, sondern verkehrten durch Telefon, was ich mit allen Mitteln zu vermeiden suchte, aber manchmal eben nicht zu verhindern war. Diese Eckelpocke hieß Richard.

Sogar beim Angeln musste ich an ihn denken. Du musst jetzt was unternehmen, sagte ich mir. Schon seit längerer Zeit narrte mich vermutlich ein Hecht. Einmal hatte ich ihn schon dran, aber ich hatte zu spät angehauen. Das andere Mal offensichtlich zu früh. Ich hatte den Eindruck, der wollte mir sagen schönen Dank für deinen Köderfisch, aber mich bekommst du nicht. Diesen Kerl nannte ich Richard. Du musst ihn unbedingt überlisten, dachte ich und dann Gnade dir Gott.

Eines Tages aber im August hatte ich ihn erwischt. Vermutlich wusste er nicht, dass ich es bin und war zu leichtsinnig. Aber immerhin gelang es ihm, in seitwärts in die Tiefe zu flüchten und festzusetzen, wo ich ihn zunächst nicht heraus bekam und mich wegen seiner Größe gewaltig verschätzte, das heißt, ich dachte so an wenigstens 8 bis 9 Pfund. Der war in ein Krautfeld ausgebüchst und randalierte da herum. Große Blasen stiegen auf und rochen modrig.

Nach und nach jedoch gab er nach, wobei ich Rute Rolle und Sehe bis zur maximalen Belastbarkeit strapazierte. Endlich sah ich einen gewaltigen Krautberg, den ich behutsam nah und näher ans Ufer ziehen konnte. Wie sollte ich das Gebilde keschern? Außerdem sah ich keine Bewegung im Wasser mehr, nur noch die schlappe Krautbugwelle. Diesen Krautberg drillte ich so nah ans Ufer, bis es nicht mehr möglich war und ging ins Wasser. Ich nahm den grünen Haufen und schleppte ihn an Land.

Da erst sah ich den Hecht und wollte ihn abködern. Aber der saß nicht mehr im Hechtmaul, sondern irgendwo im Krautberg. Na, Richard, sagte ich, da staunst du, jetzt hab ich dich endlich und bist noch dazu fromm wie ein Lamm. Und in dem Moment tat ich etwas, was ich eigentlich überhaupt nicht vorhatte. Ich befreite den Hecht, der maximal so groß war wie der Kescherhecht, vom Kraut – und setzte ihn zurück mit den Worten ‚hau ab, Richard, ich hoffe, du wirst mir meine Barmherzigkeit vergelten.'

Nach dieser spontanen Tat fühlte ich mich so wohl wie lange nicht. Das Thema Richard war für mich erledigt, ich konnte nur noch innerlich lächeln. Die Arbeit machte wieder richtig Spaß und Richard wunderte sich über meine Freundlichkeit. Ja, ich war nun sogar froh, wenn er anrief, denn immer dann sah ich den Hecht Richard vor mir, wie er so hilflos dalag und mich – wie mir schien – flehentlich und entschuldigend anschaute."

Arthur klopfte Ludwig auf die Schulter. „Ich kann dir das sehr gut nachfühlen. Manchmal können solche Leute einem das Leben zur Hölle machen. Aber du hast die Sache gut bewältigt. Was das Fangen und Zurücksetzen angeht, das geht es mir ebenso. Ich habe noch nie einen Fisch zurückgesetzt, den ich hätte verwerten können. Ein maßiger Fisch ist für mich ein Speisefisch.

Deshalb habe auch ich meine Probleme mit Catch and Release, wie es heute so schön heißt. Aber da es auch aus England kommt, bitte, dann heißt es eben so. Die Engländer machen das jedoch schon ganz lange, das heißt bereits in den dreißiger Jahren war das bei ihnen üblich. Ich habe einen Bericht der englischen Zeitung „Manchester Guardian" vom 4. 9. 1934 über einen Gruppen-Angel-Wettkampf an der Themse gefunden. Der Sieger fing 8 Bleie, 4 Plötzen und 15 Rotfedern. Interessant ist nun folgender Satz:

‚Keiner der gefangenen Fische wurde getötet; sie wurden sämtlich bis zum Ende des Tages gesammelt gewogen und dann in das Wasser zurück gesetzt um anderen Anglern Freude zu machen.'

Die nachfolgende Betrachtung ist dann eben englische Angel-Philosophie: ‚Man kann sich vorstellen, daß sie (die Fische – d. A.) nun unter sich von dem Tag erzählen, das Geschick und die Vorsicht der Handgelenke vergleichen, derer die von Lanceshire und Kent kamen. Die schlanken Weißfische, welche gewogen und zu leicht befunden waren, trösteten einander in dem Gedanken, daß sie beim nächsten Mal dazu beitragen werden, den Pokal für Sheffield zu gewinnen.'"

Der liebestolle Hecht

Ein Hecht in den besten Jahren wollte einer Hechtfrau imponieren und vollführte allerlei Kraftübungen. Sie aber schien das nicht zu bemerken. Also überlegte er, wie er sein Liebeswerben noch steigern könnte. Just in dem Moment erblickte er einen Fisch. Mit einer gewaltigen Bewegung seiner Schwanzflosse schoss er auf diesen zu und schnappte ihn. Zu spät merkte er den Haken.

Ein älterer Hecht, der dies beobachtet hatte, dachte nur:

Wer derartig schwanzgesteuert einen Köder ergreift, muss sich über die Folgen nicht wundern.

Märchen

Es war einmal ein Ostseefisch,
der fraß so ungeheuerlich,
bis dass er einer Kugel glich.
Der Doktor aber staunte bloß
Über diesen Riesenkloß,
verschrieb ihm eine Riesenkur
pro Woche gab's ein Würmchen nur
Nach einem Jahr oh Wunder
wurd daraus eine Flunder.

„Es gibt auch Fische, die hat man nicht gefangen und kann sie trotzdem mit nach Hause nehmen. Das ist Variante drei, jedoch sehr selten." Günter blickte seine Freunde viel sagend an und fuhr fort: „Na ja, was heißt selten, schließlich kannst du einen Fisch kaufen oder du bekommst einen von einem anderen Kumpel geschenkt. Aber ich kann mir nicht vorstellen, dass ein Angler einen Fisch kauft, von Notsituationen abgesehen. Und geschenkt? Ich jedenfalls habe noch keinen Fisch geschenkt bekommen und hätte aus Stolz auch keinen angenommen, das gebe ich zu."

„Es ist nichts von alledem, wenngleich ein Geschenk ist es schon, allerdings nicht gewollt, unfreiwillig sozusagen."

„Ich verstehe kein Wort", brummte Ludwig. „Kannst du dich nicht ein wenig deutlicher ausdrücken?"

„Kann ich", erwiderte Günter. „Dann hört mal zu:

Das Otter-Geschenk

„In meiner Heimatregion gibt es einen See oder besser ein Seechen, der ist mit der einen Hälfte von Wald und mit der anderen Hälfte von Acker umgeben. Das war früher mal ein Steinbruch, geht also tief runter und dank guter Hege und Pflege gut besetzt.

Ich hatte hier schon lange nicht geangelt und war gespannt, was hier zu holen wäre. Also eine gute Stelle ausgesucht, das war ein früherer Aschehügel, dessen Fuß in das Wasser hineinragte. Ich saß deshalb nicht ebenerdig wie sonst, sondern etwas höher.

Nach einiger Zeit bewegte sich plötzlich das Wasser nur ein paar Meter vor mir in Höhe meiner Pose und zu meiner totalen Überraschung tauchte ein Otter auf und schaute mich vorwurfsvoll an. Ich ließ mich aber nicht beeindrucken und angelte weiter, fing aber nichts. Nach einer Stunde tauchte der wieder an derselben Stelle auf und fixierte mich. Was sollte das heißen? Ich versuchte, mich in den Otter hineinzuversetzen und begriff, was er mir mitteilen wollte: Erstens, wer bist du überhaupt, dich habe ich hier noch nie gesehen und was willst du hier? Zweitens, das ist mein Revier und hier hast du nichts zu suchen. Drittens, solange ich hier bin, kriegst du sowieso keinen Fisch.

Dann verschwand er wieder. In Ordnung, sagte ich zu mir. Das ist fair. Ich habe dich hier zwar auch noch nicht gesehen, aber ich bin nur Gast und du bist hier zu Hause. Ich kann meine Fische auch woanders angeln. So packte ich meine Sachen ohne einen einzigen Fisch gefangen zu haben und angelte hier nie wieder."

„Schön und gut", bemerkte Ludwig. „Aber ich verstehe immer noch nicht den Sinn deiner Eingangsrede."

„Weil du so ungeduldig bist, hör doch mal in Ruhe weiter zu", belehrte ihn Arthur. „So ist es." Günter gab ihm Recht, feuchtete die Stimmbänder und erzählte weiter: „Eigentlich wäre diese Geschichte hier zu Ende. Aber die Begegnung mit dem Otter ließ mir keine Ruhe. Also fuhr ich einige Tage später an dieses Gewässer, um mal mit dem Fernglas die Lage zu erkunden. Die Ackerfläche war mit Erbsen bestellt, die bald reif waren. Da sah ich den Otter, wie er gerade einen Aal erwischt hatte, damit an Land ging und ihm den Kopf abbiss. Ich konnte nicht widerstehen und pirschte mich näher heran. Aber der Otter hatte mich wohl längst bemerkt. Aus welchen Gründen auch immer, er ließ den frischen Aal sausen und lief ins Wasser zurück. Vielleicht wollte sich der Otter bei mir bedanken, weil ich nicht mehr geangelt hatte? Ich weiß es nicht, aber in der Natur ist eben alles möglich. Und so hatte ich keinen Fisch geangelt, aber doch ein Prachtaal auf ungewöhnliche Weise geschenkt bekommen. Das konnte ich doch nicht ablehnen oder?"

Ludwig sagte zuerst nichts, aber dann: „Nun wirst du gleich behaupten, dass der Aal Erbsen im Magen hatte." „Nicht die Erbse", erwiderte Günter. „Aber Tatsache ist und bleibt, dass ich einen Aal im Erbsenfeld gefunden habe. Da beißt der Otter keinen Fischschwanz ab."

„Ist ja in Ordnung." Ludwig hob beide Hände, aber zu diesem Thema muss ich noch was erzählen":

Der Erbsenaal

„Wie oft hört man heute noch die alte Mär vom Aal, der sogar ins Erbsenfeld wandert und sich dort den Bauch vollschlägt. In unserem Verein war ein alter Angler, Alfons, der schwor Stein und Bein, dass dies stimme und kein Anglerlatein sei, schließlich habe er es selbst in einer warmen dunklen Nacht erlebt. Nun hätte man ja sagen können, lass ihm seinen Glauben und fertig, aber er erzählte dies auch noch den staunenden Junganglern, und manche glaubten es ihm, denn er war ein Angelkünstler und wegen seines Könnens im Verein sehr respektiert. Wie sollten wir ihn von seinem Irrtum befreien? Als wir uns nach der Versammlung bei einem Bierchen unterhielten sagte ich zu ihm:

‚Du, Alfons, ich habe jetzt eine Gaststätte aufgerissen, genauer eine Fischgaststätte, die bieten ein Gericht an, das heißt – und nun halte dich fest – Erbsenaal.'

Alfons Ohren fingen an zu glühen. ‚Mensch, erzähl mal, sage ich doch die ganze Zeit.'

‚Ich bin also rein und habe das Gericht bestellt. Der Kellner brachte getoastetes Weißbrot mit vier Aalstückchen und grinste. Ich fragte ihn irritiert, ob das alles sei? Immerhin kostet ein Gericht 15 Euro'.

‚Tja', sagte er, ‚dies ist ein besonderer Aal. Es gibt nur ganz wenige davon. Dieser Aal braucht kein Gemüse, besonders keine Erbsen, die hat er bereits im Fleisch, denn es ist ein Erbsenaal. Und da es sehr selten ist, dass ein Aal in ein Erbsenfeld geht und Erbsen frisst, sind sie entsprechend teuer'.

‚Und woher wissen sie, dass es ein Erbsenaal ist?', wollte ich wissen.

‚Es gibt dafür extra ausgebildete so genannte Aal-Hunter, nicht Aal-Fischer, denn die Aale werden ja nicht im Wasser sondern auf dem Land erbeutet. Da es hier bereits gute Erfahrungen gibt, werden wir künftig unser Angebot beträchtlich erweitern'.

‚Na, da bin ich aber gespannt', ermunterte ich den Kellner, der mit wichtiger Miene erklärte: ‚Erstens gibt es künftig Erbsenaale grün und Erbsenaal gelb. Zweitens Bohnenaal grün und Bohnenaal gelb. Mit der Feuerbohne klappt es im Moment noch nicht. Drittens schließlich Milchmaisaal und Hartmaisaal. Man hat nämlich herausgefunden, dass sich die Aale am dicken Stängel der Maispflanze hochschlängeln, um an die Kolben zu gelangen'.

Nach diesem Bericht machte ich eine Pause und schaute Alfons an. Der hatte aufmerksam zugehört, wurde aber zunehmend nervös.

‚Was denn Alfons, du bist so unruhig. Musst du nach Hause?'
‚Nein, nein, Ich kann mir nur schwer vorstellen, wie der Aal die Maispflanze hoch kriecht'.

‚Na ja, das geht bestimmt nur nachts, wenn es dunkel ist und kräftig regnet. Aber das wird man noch erforschen. Auf jeden Fall sollten wir mal auf Aal mit Mais gehen'.

Alfons nickte, aber sein Gesicht sah sehr nachdenklich aus. ‚Weiter im Text', legte ich nach. Ich fragte den Kellner, ob sie auch einen Kichererbsenaal anbieten wollen. Da kicherte er und antwortete: ‚Nein, nein, das können wir nicht verantworten. Wir wollen doch nicht, dass sich unsere Gäste kichernd verschlucken. Das kann sehr gefährlich werden'.

Alfons trank hastig sein Bier aus und verabschiedete sich lediglich mit einer Geste."

„Ja, und „, fragte Günter, „hat er die nächsten Tage noch irgendetwas gesagt?." „Nee, aber meines Wissens hat er nie wieder behauptet, dass … ihr wisst schon. Aber dass ein Aal Erbsen fressen würde, wenn man ihn damit anfüttert, denn sein gefangener Aal habe schließlich noch die Erbsen im Magen gehabt, dies behauptet er nach wie vor."

Blinkerernte

„Reden wir über Blinker." Günter lehnte sich behaglich zurück. Mein Enkel Maik, 14 Jahre, ist trotz seiner Jugend ein Blinkerspezialist vor dem Herrn. Er weiß alles über Blinker und kennt jeden Blinker, jedenfalls fast jeden, die neuesten wie die alten. Und er hat ein Blinkersortiment, mehr als wir drei zusammen."

„Wieso, hast du ihm alle gekauft oder geschenkt?" unterbrach ihn Ludwig. Günter lächelte. „Nein, nein, ganz anders. Ich habe ihn schon als ganz kleiner Junge zum Angeln mitgenommen. Als eines der ersten Worte neben Mama und Opa konnte er Fisch sprechen, er sagte allerdings Fischi. Selbstverständlich lernte er auch von früh an, Fische aller Art zu essen. Angeln war ihm also von Anfang an vertraut und machte ihm Spaß. So viel zur Vorgeschichte.

Vor zwei Jahren nun gingen wir beide wieder los. Ich blinkerte und warf den Löffel in einen großen Ast, der über dem Wasser ragte, denn unmittelbar daneben hatte ich oft einen Hecht räubern sehen. Jedenfalls nahm ich an, dass ein Hecht wäre. Maik zog sich sogleich aus und schwamm zum Aus, um den Blinker zu lösen. Das schaffte er auch und ließ ihn sanft ins Wasser gleiten, wobei er auf dem Ast sitzen blieb.

Das war es wohl, denn sofort schnappte der Hecht zu und versuchte mit aller Macht, direkt unter den Ast zu kommen. Ich rief Maik zu, er solle mit einem Zweig das Wasser peitschen. Das funktionierte und der Hecht zog ins freie Wasser. Derweil war Maik wieder bei mir am Ufer und kescherte einen Hecht von etwa 65 cm. Wenn so einer raub, dann verschätzt man sich leicht und meint, er müsste viel größer sein. Maik löste den Blinker, nahm den Hecht aus dem Kescher. Aber anstatt in die Kiemen zu greifen, fasste er ihn am Körper und mit einer einzigen Schwanzbewegung rutschte ihm Meister Esox aus den Händen und schwamm wohl wieder in sein Revier.

Maik war erschrocken und dachte nun, ich würde ein Donnerwetter loslassen. Aber ich erklärte ihm seine beiden Fehler, nämlich erstens den Hecht nie direkt am Ufer abködern, sondern ein paar Meter weiter und zweitens den Hecht nie so aus dem Kescher nehmen wie er, sondern an den Kiemen. Nachdem er sich wieder beruhigt hatte, meinte er: ‚Opa, der Ast dahinten hängt voller Blinker und Vorfächer wie ein Baum mit reifen Früchten. Ich schwimme noch mal hin und hole sie mir'.

Ich hatte nichts dagegen und Maik erntete an diesem Tag 10 Blinker der verschiedensten Typen. So hat alles angefangen vor zwei Jahren. Wir wissen ja, dass ein Hecht reviertreu ist und ein anderer sofort seinen Platz besetzt, wenn er heraus geangelt wurde. So war es sicher auch hier. Ständig räuberte hier einer, obwohl schon mehrere gefangen wurden. Aber um den Preis vieler Blinker, die alle im Geäst hingen. Warum sie keiner geholt hatte, kann ich nicht sagen. Jedenfalls tat es Maik und probierte sie auch aus, nachdem er mit 14 Jahren seine Anglerprüfung mit Bravour bestanden hatte.

Einmal kescherte er gerade einen Hecht, als ein Angler vorbeikam und interessiert den Blinker musterte. ‚Wo hast du den denn her?', fragte er. ‚Na vom Ast hier drüben geerntet, der ist fängig', antwortete Maik. Der Angler nickte nur und murmelte: ‚Dacht ich's mir doch. Ja, der ist wirklich fängig.'

Bleibt mir nur noch zu erwähnen, dass sich Maik schon als ganz kleiner Junge für Dinosaurier begeisterte. Die gibt es ja in Plaste beinahe ohne Ende. Alles, was er sehen und später darüber lesen konnte, hat ihn interessiert, besorgte es sich oder wir schafften es heran. Beim Kreuzworträtselraten gibt es hin und wieder Fragen nach den skurrilsten Sauriern. Da hilft oft nicht mal das Internet, um sie zu beantworten. Aber ich wette, wenn man Maik fragt, der weiß es. Und genau mit derselben Besessenheit, wie er die Saurier studierte, beschäftigte er sich auch mit den Blinkern bis hin zur Geschichte.

Wir haben schon gescherzt, ihn für die Fernsehsendung ‚Wetten das?' vorzuschlagen. Ich wette, dass Maik am Geräusch beim Eintauchen des Blinkers im Wasser hören kann, um welchen Typ es sich handelt. Haben wir aber nicht gemacht. So hat er nun zu Hause eine Riesenherde aller Arten Saurier aus Gummi, Kunststoff usw. und eine glanzvolle Blinkersammlung. Und sein Eifer ist ungebrochen. Der einzige Unterschied zu den Sauriern besteht darin, dass er damit nicht angeln kann. Aber wer weiß das schon so genau?"

Tödlicher Irrtum

Ein junger Hecht beschloss auf Brautschau zu gehen und sah eine große Hechtdame, die ihm ungeheuer gefiel. Sie dünkte ihm gerade recht. Sogleich schwamm er heran und suchte ihre Aufmerksamkeit mit allerlei akrobatischen Schwimmbewegungen zu gewinnen.

Aber die Dame blieb kühl und reagierte nicht. Dies sah der junge Hecht als ermunterndes Zeichen an, schwamm näher und verstärkte seine Imponierübungen. Da schnellte die Hechtdame vor und schnappte den Halbstarken. Noch in ihrem Maul dachte er, sie hat angebissen und will mich.

Fisch-Modenschau

Der Schneider kam auf die Idee
für eine Modenschau im See

Der Kaulbarsch hat's organisiert
und alle Fische informiert

Das Fischvolk macht sich auf den Weg
Und schwimmet hin zum Wassersteg

Schon bald erscheint die Plötzenmaid
Mit ihrem silbrig Schuppenkleid

Mit großer Freude ist dabei
Desgleich der gold-olive Schlei

Sogar Frau Stichling stachelt spitz
Mit einem pointierten Witz

Wie ein Torpedo saust der Hecht
Dem Fischvolk ist das gar nicht recht

Mit roter Feder an dem Hut
Macht sich ein andres Fischlein gut.

Die Güster schwimmt ganz schnell vorbei
Die Mode ist ihr einerlei

Ein Karpfen rund bald wie ein Tiegel
Schaut immerfort in seinen Spiegel

Der Barsch spreizt seine Stachelflosse
Mit ihm der Zander als Genosse

Nun schlängelt sich der schlanke Aal
Vorbei wohl an die siebenmal

Mit seinem Maule riesengroß
Drängt sich ein Wels als nächster los

Die Bachforelle zeigt sich flink
Mit Farbentupfer rot bis pink

Ganz silberbronzig schleimt der Blei
Und fühlt sich super wohl dabei

Die Flosse auf der Äsche Rücken
Sorgt bei allen für Entzücken

Mit ihrer Schuppen Goldesglanz
Wagt die Karausche einen Tanz

Aus eines flachen Tümpels Kraut
Der Giebel sich ein Kleid gebaut

Die Schmerle dunkel marmoriert
kommt selbstbewusst daher flaniert

Hübsch marmoriert in grün und braun
Spielt vor die Quappe einen Clown

Unauffällig schwimmt die Groppe
Mit graubraun gefleckter Joppe

Der Gründling nimmt es ganz genau
Mit seinen Flecken schimmernd blau

Auch Döbel, Aland, Ukelei
sind bei der Schuppenschau dabei

Es rümpft pikiert die Nase sich
Das Moderlieschen sieht es nicht

Ihm folgt nun auf seiner Fährte
nasenschnautzig eine Zährte

Olivenfarbig dunkelgrün
Macht die Elritze modekühn

Der müde Hasel silbriggrau
Zerstreitet sich mit seiner Frau

Zope, Rapfen, Bitterling
beschwimmen nun den Modering

Ein Schlammpeitzger unrasiert
trägt zehn Barteln ungeniert

Die Barbe schafft es nun nicht mehr
Sie wird behindert durch ein Wehr

Leider sieht den Stint man nicht
im diffusen Dämmerlicht

In ein paar Jahren sicherlich
zeigen Lachs und Meerforelle sich

Die andern Fische bleiben fern
Sie haben Modenschau nicht gern

Schade, dass die Nacht gekommen
Alle Fische sind verschwommen.

Wer bist denn du?

„In der Einkaufpassage eines Supermarktes hatte unser Kreisanglerverband einen Infostand aufgestellt“, kam Günter gleich zum Thema. „Das war eine prima Sache, denn es interessierten sich viel mehr Leute für das Angeln als wir angenommen hatten und wir mussten viele Fragen beantworten. Vielleicht auch wegen des großen mannsgroßen Fotos. Es zeigte einen Angler und einen von ihm gefangenen Wels von 2,19 m und 61,8 kg. – ein absoluter Rekordfisch.

Neben dem Foto stand der Fotograf und erzählte ununterbrochen, dabei lebhaft gestikulierend, wie das Foto entstanden war. Es dauerte nicht lange, bis sich um ihn herum eine Gruppe von Zuhörern gebildet hatte und interessiert seinen Schilderungen lauschte. Ich gesellte mich dazu. Neben dem großen Foto stand die ganze Zeit ein Mann Mitte 30 und lächelte immerzu.

Ein besonders eifriger und sich äußerst sachkundig gebender Zuhörer, der zudem mit eigenen Anglererfolgen prahlte, missverstand wohl das dauernde Lächeln des Mittdreißigers und dachte, der lache ihn aus.

‚Warum grinst du denn dauernd so komisch. Glaubst du mir etwa nicht? Dann hast du keine Ahnung vom Angeln. Wer bist du überhaupt?‘.

‚Ach‘, erwiderte der Angesprochene sanft, ‚ich bin bloß der Welsangler.‘“

Grüne Woche

Das Treffen unseres Angler-Trios fand Ende Januar statt, die Grüne Woche war gerade beendet. Sehr beliebt waren die Angelwettkämpfe für Kinder mir richtigen Stippangeln und einem Magnet statt des Hakens auf Holzfische. Die waren in Farbe und Form den verschiedensten Fischarten nachgebildet und hatten auf dem Rücken eine runde Stahlplatte von gut 2 cm im Durchmesser. Mit großer Begeisterung „angelten" die Kinder und mussten dabei viel Geschick beweisen. Zuerst galt es, den Magneten an die Stahlplatte anzudocken, dann den Fisch behutsam heranzuziehen und ihn schließlich mit dem Kescher zu landen. Wer zu schnell oder zu stark zog riskierte, dass sich der Magnet löste und er von vorne beginnen musste. Während der Wettkämpfe, besonders beliebt bei den Großeltern mit Enkeln, standen viele Zuschauer rund um den Angelteich und verfolgten mit Interesse diese Veranstaltung.

Natürlich halfen wir beim Keschern. Ein Preis für die Sieger und Platzierten sorgte für Hochstimmung und ein Trostpreis für die Nichtgewinner milderte die Enttäuschung. Sogar Erwachsene baten, es einmal probieren zu dürfen.

Wie schön übrigens, dass das Wettangeln nur ein Spiel ist. Welch grausige Vorstellung, die Fische hätten tatsächlich Magnete. Dann würden die „Profis" mit Riesenbatterien an die Gewässer ziehen und mit starken Elektromagneten die Gewässer leer angeln.

Und wie das im Leben nun mal ist, wo viele Menschen stehen, kommen noch weitere aus Neugier hinzu, ohne sogleich zu wissen, was hier passiert. Kurz und gut – der Anglerstand war immer belegt und Arthur sowie Ludwig als Standbetreuer waren am Abend fix und fertig, aber zufrieden und um viele Begegnungen und Erfahrungen reicher.

Arthur begann:

Der Alleskönner

In der Pressemeldung hatten wir ausdrücklich das Wettangeln erwähnt und tatsächlich, wie erwartet, erschienen einige Tierschützer an unserem Stand, um zu protestieren. Wie enttäuscht waren sie, als sie sich überzeugen mussten, dass es sich hier nur um Holzfische handelte. Aber ohne Diskussionen ging es dennoch nicht. Da wir gerade einen starken Winter erleben, hatten wir eigentlich ein gutes Argument. Wir Angler hegen und pflegen die Gewässer, die Uferzonen und ernten das ganze Jahr. Im Winter jedoch ernten wir am wenigsten, müssen aber gerade in dieser Jahreszeit bei andauernder großer Kälte wie momentan mit viel größerem Aufwand die Gewässer und die Fische betreuen als sonst, um ihr Ersticken insbesondere in flachen Gewässern zu verhindern. Beispielsweise Schneefenster schieben, das Eis aufbrechen, um die Sauerstoffversorgung wenigstens etwas zu verbessern. Wenn längere Zeit kein Licht wegen einer dichten Schneedecke in die Gewässer gelangt, kann hier kein Sauerstoff gebildet werden.

Die Tierschützer machten große Augen. Aber, so meinten sie, das tun sie als Angler ja nur, damit sie nachher umso mehr Fische angeln können. Ja und, antworteten wir. ‚Ist es ihnen lieber, dass die Fische ersticken, damit wir sie nachher nicht angeln können'?

Darauf wussten sie keine Antwort und zogen von dannen.

Aber nun zur Begegnung mit einem Alleskönner.

Es gibt ja Leute, die können sich so darstellen, als ob ohne sie die Weltgeschichte anders verlaufen wäre – oder zumindest die deutsche Geschichte, na ja, sagen wir die Entwicklung des Anglerverbandes im Landkreis, aber auf jeden Fall das Leben des Angelvereins. Solche großmäuligen Alleskönner findest du mehr als man glaubt. Zumindest auf der Grünen Woche. Wer weiß, woran das liegt. Vielleicht wirkt die Messeatmosphäre besonders enthemmend, wie eine Droge etwa. Gleich am zweiten Tag hatte ich eine Begegnung mit einem solchen Zeitgenossen. Er kam nicht an unseren Stand, sondern tänzelte so auffällig heran, dass ich ihn schon 10 Meter vor uns nicht übersehen konnte und ihn neugierig erwartete.

Er begrüßte mich freundlich und berichtete von seinen Angelerfolgen und zwar so, als ob er, der Fachmann, mit, einem Laien, auseinandersetzt, wie man die Welt durch das Angeln eines Raubfisches zum Guten verändert. Zur gleichen Zeit drängte sich eine Frau heran. Ich bat meinen Gast um eine kurze Pause und fragte, wie ich helfen könne. „Ach wissen Sie, ich habe keine Ahnung vom Angeln, aber eine Freundin, deren Mann Angler ist, hat mir erzählt, dass Döbel, ja, ich glaube Döbel hat sie gesagt, auf Kirschen beißen sollen bzw. das man diesen Fisch auch mit Kirschen fangen kann. Das kann ich nicht glauben und wollte fragen, ob das wirklich stimmt."

Mein Gesprächspartner hörte aufmerksam zu und noch ehe ich dazu kam, ihr das zu bestätigen, erklärte er ihr schon, ja das stimme, auch er habe das schon erlebt und großartige Döbel gefangen. Er erzählte es mit so einem Eifer, dass die Frau wohl deswegen etwas misstrauisch dreinschaute. Sie hatte wohl den Verdacht, wir wollten sie auf den Arm nehmen. Aber das stachelte den Neunmalklugen nur noch an. ‚Nicht nur Döbel, gnädige Frau', er sagte tatsächlich gnädige Frau, ‚fressen Kirschen. Auch Aale. Das habe ich selber erlebt.' Durch die gehobene Anrede wurde die Frau noch misstrauischer und fragte nur ‚wirklich?'

‚Ja, wirklich, ich habe es selbst erlebt. Zur Kirschenzeit ging ich mal angeln und spuckte die mitgebrachten Kirschkerne in das flache Uferwasser des Sees. Da ich viel Zeit hatte, montierte ich in aller Ruhe mein Angelzeug und wollte gerade loslegen, da sah ich genau dort, wo die Kirschkerne lagen, einen Aal. Der nahm sich in aller Ruhe einen Kirschkern nach dem anderen, lutschte ihn ab und spuckte ihn wieder aus. Ich stand nur da und staunte. Wenn das so ist, dachte ich, dann versuche ich es mal mit einer vollen Kirsche. Gesagt getan und tatsächlich hatte ich ihn nach kurzer Zeit erwischt. Es war ein stattlicher Bursche von 96 cm. Ich muss aber zugeben, ein solches ist mir bisher nie wieder gelungen.'

Nun staunten zwei, die Frau und ich auch. Sie wandte sich zu mir und fragte, ob ich schriftlich bestätigen könne, mit Unterschrift und Funktion im Anglerverband, dass Döbel mit Kirschen gefangen werden können. Natürlich tat ich es auf den Rand einer Angelzeitschrift. Sie bedankte sich und sie ging befriedigt davon.

‚Ja', sagte mein Gesprächspartner, ‚das Misstrauen sitzt tief in den Leuten drin. Sie glauben uns nicht, denn sie wissen zu wenig über den Angelsport. Aber man muss ihnen verzeihen.' Über Angelsport, er bestand auf diesen Begriff, kamen wir auf den Sport überhaupt zu sprechen. Und da gerade ein großer Boxkampf um den WM-Gürtel anstand, versicherte er mir, dass er in seiner Jugend selbst erfolgreich geboxt und es bis zum deutschen Vizemeister gebracht habe.

Nun sprachen wir über die Jagd, denn uns gegenüber befand sich der Stand des Deutschen Jagdverbandes. ‚Ich komme gerade von dort', erklärte er mir und habe mit ihnen über meinen letzten Jagderfolg geplaudert. Ein Keiler vor ein paar Tagen von immerhin 140 kg.'

Da die Mittagszeit heranrückte, fragte ich ihn, ob er mit mir zu einem nahe gelegenen Imbissstand eines bayrischen Landgutes mitkommen wolle. Freudig stimmte er zu. Offensichtlich schmeckte es ihm, denn hier legte er richtig los. Ich hörte einen Vortrag über seine Gärtnerkünste, wusste bald, dass er Autorallyes gefahren war und überlegte die ganze Zeit, wie ich ihn elegant wieder los werden könnte, nachdem er mir versichert hatte, dass es kein musikalisches Werk von Verdi gäbe, das er nicht kenne, Mozart, Beethoven, Händel, Haydn sowieso.

Sodann fragte er mich, was wissen Sie über Goethe. Diese Frage verwirrte mich etwas. Er bemerkte es und lächelte nachsichtig. ‚Wissen Sie, ich beschäftige mich seit Jahren mit dem Dichterfürsten und wollte heute erfühlen, ob er sich wohl hier auf dieser Messe wohl gefühlt hätte.' Ich staunte nicht schlecht ob so viel Einbildung und fragte ihn: ‚Wissen sie, dass Goethe auch etwas über die Fischerei bzw. über Fische und Fischer geschrieben hat?' Im selben Augenblick bereute ich die Frage, denn ich ahnte schon einen neuen Vortrag. Aber Irrtum, er stutze und antwortete schlicht mit Nein. Ich erwähnte sein Gedicht über den Fischerknaben, das Singspiel ‚Die Fischerin'. Er hörte nur zu und reagierte nicht. Dann erzählte ich ihm diese Anekdote:

‚Einst saß Goethe im reifen Alter in dem durch die Wirtinnenverse bekannten Wirtshaus an der Lahn, an einem Tisch und gab seinem Wein etwas Wasser hinzu. Nebenan saßen Studenten, die sich darüber unüberhörbar lustig machten. Er beschloss, ihrem Spott ein Ende zu bereiten, und schrieb auf die Tischplatte folgende Zeilen:

Wasser allein macht stumm,
das zeigen im Bach die Fische.
Wein allein macht dumm,
siehe die Herrn am Tische.
Da ich keins von beiden will sein,
trink ich Wasser mit Wein.'

Mein Gast hatte aufmerksam zugehört. ‚Das kannte ich noch nicht.' Nun legte ich nach. Aber sie kennen doch bestimmt die letzten Zeilen seiner Ballade Der Fischer:

‚Halb zog sie ihn, halb sank er hin. Und ward nicht mehr gesehn.'

Möglicherweise hatte er die letzte Zeile auf sich bezogen. Jedenfalls verabschiedete er sich eilig mit den Worten: ‚Vielen Dank! Ich wünsche Ihnen noch viel mehr solche Besucher wie ich es bin.'"

Ludwig und Günter amüsierten sich. Doch Arthur war noch nicht am Ende: „Ich habe ihn wieder getroffen. Allerdings nicht direkt, sondern nach vier Wochen auf dem Bildschirm. Der saß doch tatsächlich als Kandidat bei Jauchs Sendung ‚Wer wird Millionär?' Ich dachte, ich gucke nicht richtig. Und er schaffte es tatsächlich auf den Stuhl bei Jauch.

„Na und, was hat er abgeräumt?", wollte nun Ludwig wissen. „Nachdem er bereits bei 8.000 angelangt war und nur den Publikums-Joker gebraucht hatte, kam nun die 16.000 Euro-Frage. Und die lautete: Wer schrieb das Singspiel ‚Die Fischerin?' – a Goethe, b Schiller, c Brentano oder c Arnim. Jauch war noch nicht mal fertig mit dem Vorlesen, da schmetterte er bereits die richtige Antwort heraus und hatte 16.000 Euro sicher. Weiter kam er dann allerdings nicht, weil er zu übermütig wurde und seine beiden anderen Joker noch in Reserve halten wollte, darunter den Anruf-Joker. Aber ich war das nicht."

Sachenklau, Ohrfeige, Eisangeln, Barsch und anderes

„Ja, es ist wirklich so. Du triffst dort die tollsten Typen und hörst die tollsten Angelerlebnisse", bestätigte Ludwig. „Ich mach das mal in Kurzform.

Ein Hecht wird in der Nacht beim Drill angeleuchtet und erschrickt so, dass er sich wieder befreien kann. Ein anderer Esox nimmt fein säuberlich die Köderfische vom Haken ohne selbst gehakt zu werden.

Ein Besucher kam mit seiner Frau und musste uns unbedingt erzählen, wie er sie kennen gelernt hatte.

Er angelte auf Hecht und konnte nicht verhindern, dass der sich in Richtung Ast unter Wasser flüchtete und mit der Schnur festsaß. Das hört man ja öfter. Es war übrigens im Sommer. Also zog er sich völlig aus und versuchten den Fang zu retten. Aber er übersah, dass just in dem Augenblick zwei junge Mädchen des Weges daherkamen, die das Ganze interessiert beobachteten und nicht s besseres zu tun hatten, als die Sachen zu verstecken. Unser Angler kam nun glücklich mit dem Hecht an Land und suchte und suchte. Aber er musste erst einmal den Hecht von seinen Qualen befreien und suchte dann systematisch weiter. Schließlich fand er seine Sachen ein Stück nach dem anderen aufgereiht in den nahegelegenen Büschen. Schnell zog er sich an und eilte zurück zu seinem Angelplatz. Da sah er die zwei, wie sie den Hecht bewunderten.

Obwohl er etwas ahnte, sagte er doch nichts. Ein Wort gab das andere und schließlich bekannten die beiden, dass sie den Streich gespielt hatten. Eine von ihnen wurde dann seine Frau.

Ein Besucher behauptete, er habe eine Forelle gefangen, die hatte noch 25 Bachforellensetzlinge unversehrt im Magen.

Der nächste schilderte, wie er zwei Hechte auf einmal fing, einen von 50 und den anderen von 75 cm Er hatte den 50er bereits an der Angel, meinte er, aber der machte so ein Theater, dass der 75er aufmerksam wurde und ihn offensichtlich schnappen wollte. Bei dieser Aktion wickelte der 50er durch seine Bewegungen dem 75er die Sehne um den Kopf hinter den Kiemen. Das war es dann.

Daneben stand ein Angler, der hatte aufmerksam zugehört und behauptete, er habe im vergangenen Sommer einen so großen Hecht an der Angel gehabt, dass sich seine Rute oben abgeknickte. Er zog daraufhin Handschuhe an, schlang die Sehne um die Hand und zog den Hecht langsam ans Ufer. Er musste jedoch dabei ins Wasser bis zur Hüfte. Als er den Hecht nun ganz nah am Körper hatte rutschte er aus und tauchte kurz unter. Da habe ihm der Hecht mit seiner Schwanzflosse zwei kräftige Ohrfeigen verpasst, was ihm aber letztlich nichts nutzte.

Da nun die Grüne Woche immer im Januar stattfindet, schilderte einer seine Erlebnisse vom Eisangeln. Er hatte so einen großen

Fisch dran, dass der nicht durch das Eisloch passte. Erst sein Kumpel habe das Loch auf 50 cm Durchmesser erweitert, derweil er den Karpfen an der Sehne hielt und der Kumpel ihn dann gerade mal so mit Kescher herausziehen konnte.

Es gibt ja ausgesprochene Spezialisten bzw. Liebhaber für das Eisangeln. Ich selbst gehöre auch dazu. Hier ist die Motivation, den Fisch in seiner natürlichen Umgebung zu überlisten, besonders stark ausgeprägt, denn die Natur hält sich ja im wahrsten Sinne eisig bedeckt. Die Konzentration ist größer, denn man wird nicht durch die Vielfalt der Natur wie zu anderen Jahreszeiten abgelenkt. Darin liegt auf jeden Fall ein Vorteil. Der Fangeifer kann sich hier voll entfalten, alle Sinne sind mehr als sonst auf das Eisloch, auf den Fisch und die andersartige Fangtechnik konzentriert. Vielleicht ist das Eisangeln für all jene besonders interessant, die kein Boot haben und sonst nur vom Ufer aus angeln. Nun sind auch sie mitten im Gewässer über den Fischen.

Hin und wieder kommen Standbesucher, keine Angler, die wollen von uns eine Auskunft oder einen Rat. Einer hatte sich im Garten einen Teich angelegt und wollte wissen, welche Wasserpflanzen er nun hineinsetzen solle, eine Oma erkundigte sich, was für eine Angel wir für ihren Enkel als Geburtstageschenk empfehlen würden. Manche hatten direkt einen Auftrag, für einen Bekannten Prospekte oder Broschüren mitzubringen.

Ein Junge schilderte uns, dass er mit seinem Freund an einer Stelle geangelt habe, nur zwei drei Meter voneinander entfernt. Während sein Freund nichts gefangen habe, hätten die Weißfische bei ihm gebissen wie verrückt. Ein nächstes Mal sei es umgekehrt gewesen, obwohl sie beide die gleiche Angel, den gleichen Haken, den gleichen Köder, die gleiche Tiefe. Er wollte wissen, ob wir das erklären können. Leider konnten wir es nicht. Wer kann das schon. Aber unser Hinweis, dass das Angeln auch deswegen so interessant ist, weil es noch so viele Geheimnisse gibt, konnte ihn nicht befriedigen.

Ein Besucher bat uns um Auskunft in folgender Angelegenheit und berichtete:

‚Ich habe in meinem Garten einen kleinen Fischteich. Mein Gartennachbar ist Angler, aber wir verstehen uns nicht so richtig. Dauernd streiten wir uns um irgendwelche Kleinigkeiten. Einmal aber kam er, begrüßte mich ganz freundlich und fragte, ob ich einen Fisch für meinen Teich haben wolle. Ich war verwundert und noch mehr überrascht und stimmte zu, zumal der Fisch gut aussah. Er hatte schöne dunkle Längsstreifen, rote Flossen und vor allem auf dem Rücken richtige Stacheln.

Nach einigen Wochen stellte ich erstaunt fest, dass er viel größer geworden war, aber meine kleinen Goldfische viel weniger. Ich kann mir das nicht erklären. Ob sie die Katze gefressen hat?‘

Aber wir hatten nicht nur Sympathisanten an unserem Stand. Einmal kamen zwei junge Frauen so um die 30 und stellten uns zur Rede, warum wir es zulassen, Kinder zu Mördern zu erziehen, denn heute töten sie einen Fisch und morgen einen Menschen. Anlass war ein Plakat mit der Überschrift ‚Angeln ist für Kinder Natur- und Heimatkunde.‘ Das war sehr stressig, weil es sehr schwer ist, immer freundlich zu bleiben. Schließlich wusste ich mir nicht mehr zu helfen und machte ihnen folgenden Vorschlag:

‚Wenn sie von ihrer Meinung so überzeugt sind, dann sollten sie sich mit der Kriminalpolizei in Verbindung setzen und sie auffordern, nach jedem Mord die Mitgliederlisten der örtlichen Angelvereine durchzuforsten. Das würde die Aufklärungsrate bei Morden in Deutschland sicher enorm verbessern.‘

Aber davon wollten sie nichts wissen und gingen erbost von dannen – sicher zur beiderseitigen Erleichterung.“

Der frische Zander

Günter konnte noch über diese Geschichte eines Standbesuchers berichten, so wie er sie erzählte: „Ein Kumpel von mir war – das man muss schon sagen – ein sehr begnadeter Angler. Was er wollte, das fing er auch. Das ging letztlich so weit, dass Freunde oder Bekannte bei ihm zu einem bestimmten Zeitpunkt Fische bestellten. Ein Freund, der selbst nicht Angler war, bestellte nun eines Tages für den folgenden einen Zander. Er hätte Hochzeitstag und da seine Frau so gerne Zander esse, wolle er sie damit überraschen. Am nächsten Vormittag würde er den Fisch abholen.

Unser Angler war einverstanden und machte sich auf den Weg. Und wie es so ist im Leben, gerade an diesem Tag war nichts zu machen. Alle Künste halfen nichts. Unser Angler kam ins Schwitzen und malte sich schon die Folgen aus. Völlig verzweifelt kehrte er spät heim und schlief die ganze Nacht nicht richtig. Am nächsten Morgen schlich er sich zum nahe gelegenen Fischgeschäft und kaufte einen frischen Zander von 3 Pfund etwa. Dann holte er einen Haken mit dünnem Vorfach und köderte ihn in das Zandermaul. Da war auch schon der Freund heran und nahm den Zander freudig entgegen.

‚Hier, schau Dir das an', wies der Angler auf den Haken, ‚ich muss zugeben, dass ich Glück hatte. In dem Moment, wo ich ihn gerade im Kescher hatte, ist er abgerissen. Sekunden früher und er wäre auf und davon.'

Als sie sich ein paar Tage später trafen, fragte unser Angler ‚na, wie hat der Zander geschmeckt?' ‚Meine Frau war total begeistert und ich soll Dir unbedingt danken. So einen köstlichen Zander hätte sie noch nie gegessen.' ‚Na, ist das nicht ein wenig übertrieben?', fragte unser Angler vorsichtig. ‚Keineswegs, jetzt kann ich es Dir ja sagen. Ich war natürlich nicht bombensicher, dass du tatsächlich einen fängst, zumal ja die Zeit auch verdammt kurz war. Also ging ich in den Fischladen und kaufte einen Zander. Wir haben dann beide gebraten, denn es hatten sich genug Gäste eingefunden. Und meine Frau lobte deinen in den höchsten Tönen. Da sieht man wieder einmal, meinte sie, was es für einen Unterschied macht zwischen einem ganz frisch geangelten Fisch und einem vom Fischladen. Das könne man wirklich nicht vergleichen.'"

„Wie gesagt", Ludwig lächelte versunken, „hier findest du die tollsten Typen. Stressig ist es auf so einer Riesenmesse, aber eben auch deshalb sehr erlebnisreich."

Der Gast

„Das Schönste am Nachtangeln ist der Appetit an der frischen Luft", meinte Günter. „So eine schöne Butter- oder Wurst- oder Schmalzstulle, dazu ein Kaffee aus der Thermoskanne, das schmeckt doch viel besser als in der Stube."

„Frische Luft hast du doch nicht nur nachts." Ludwig schüttelte den Kopf. „Ich bleibe dabei", entgegnete Günter, „Nachts schmeckt es mir am besten. Aber mal abgesehen davon, muss ich ehrlich gestehen, dass ich kein Nachtangler bin, von Ausnahmen abgesehen. Früher ja, vor allem auf den Kahn speziell auf Aal. Da kämpfst du gegen den Schlaf und leuchtest mit der Taschenlampe auf die Pose, ob sie noch da ist, wenn du nicht auf Grund legst. Aber jetzt bin ich nicht mehr so scharf drauf."

„Zu bequem geworden, was?" Ludwig grinste. „Kann man so sehen, obwohl ich gerade nachts eines meiner interessantesten Angelerlebnisse überhaupt hatte." „Na erzähl schon", forderte Ludwig wie immer ungeduldig.

„So lange ist es noch nicht her. Ich angelte sozusagen auf einer Halbinsel oder einer Landzunge zwischen zwei Erlen. Zu meiner Freude hatte ich bereits zwei Fünfpfünder Esox. Der erste biss ganz links und zog nach rechts. In der Mitte sprang er kerzengrade heraus und schüttelte sich. Der zweite verhielt sich ebenso, nur dass er ganz rechts biss und ganz nach links zog. Auch er versuchte den Zwilling loszuwerden. Den habe ich auf besondere Weise überlistet. Es war kurz vor Sonnenuntergang. Da sah ich einen Frosch auf einem Stück Holz sitzen, der trieb dahin und nutzte offenbar die letzten Sonnenstrahlen. Mit einem Mal klatschte es dicht daneben, aber den Frosch schien das nicht zu stören und die Wellen warfen sein Floß nicht um. Vielleicht sah er auch den Verursacher und hielt sich um so mehr. Das wiederholte sich mehrere Male. Nun war ich natürlich neugierig, beköderte meine Angel mit einer toten Plötze und warf sie neben den Frosch. Der blieb sitzen, aber im gleichen Moment zog die Pose ab. Da verließ auch der Frosch sein Holzbrett, also er genau wusste, dass die Gefahr nun vorüber sei. Resultat wie gesagt. Rucki zucki verrannen die Stunden.

Ein solcher Doppelfang macht natürlich Appetit. Meine Stullen, sie steckten zusammen mit einem Apfel in einer großen Tüte, hatte ich hinter mir neben meinem Angelkasten abgelegt. So gegen 22.00 Uhr, kroch der Hunger in der gleichen Geschwindigkeit heran wie die Sonne unterging. Ich freute mich schon auf meine Bratwurst-Klappstulle. Aber was war das? Die Tüte war weg, verschwunden und ich hatte nichts gemerkt. Das geht mir übrigens öfter so. Wenn ich mich konzentriere, dann höre und sehe ich nichts um mich herum. Ich gehe zum Beispiel und denke an irgendeine Sache, dann gehe ich nicht selten grußlos an einen Bekannten vorbei, weil ich ihn nicht wahrgenommen habe.

Also weg waren Stullen samt Apfel und der Magen musste warten. Was sollte ich tun? Weiterangeln. Abgesehen von ein paar Köderfischen hatte ich noch nichts gefangen. Als ich mich nach einer halben Stunde wieder umdrehte, sah ich dort meine Stullentüte liegen und war ebenso baff wie vorhin als sie weg war. Sie lag genau an dem Platz, wo sie vorher gelegen hatte. Ich beobachtete sie eine Weile, aber es passierte nichts.

Also besah ich mir die Tüte. Sie war leer, halt nicht ganz. Der Apfel lag noch drin. Aber den aß ich aus Misstrauen nicht. Wer weiß, was hier los war. Während ich noch nach des Rätsels Lösung suchte, kam mir – ich gebe es zu – eine irre Idee."

Günter lehnte sich zurück und starrte an die Decke. Als er nicht gleich weiter erzählte, nuschelte Ludwig: Na, da bin ich aber gespannt: Günter grinste, stand auf, ging ein paar Schritte, setzte sich wieder, ging erneut, schaute auf seine Armbanduhr, holte tief Luft, nahm einen Schluck und erzählte weiter:

Wo war ich stehen geblieben? Ach ja, es ging um die Idee. Abenteuerlich sage ich euch. Ich holte eine Plötze aus dem Kescher, stach sie ab und steckte sie in die Tüte mit dem Apfel, voller Spannung, was sich nun wohl ereignen würde. Das Angeln geriet zur Nebensache. Ich drehte mich wieder mit dem Rücken zur Tüte und tat sehr geschäftig, machte aber keine unnützen Geräusche. Nach etwa 10 Minuten war die Tüte weg und nach erneut 10 Minuten lag sie wieder da, mit dem Apfel.

Nun wiederholte ich das Spiel und mein unsichtbarer Gast spielte mit – Tüte mit Fisch und Apfel weg, Tüte ohne Fisch aber mit Apfel wieder da. Ich konnte machen, was ich wollte, ich sah und hörte nichts, packte schließlich meine Sachen, verließ die mysteriöse Angelstelle und fuhr gleichermaßen erregt wie grübelnd nach Hause.

„Wie", raunzte Ludwig, „das sollen wir Dir glauben? Was soll denn das für ein Gast, wie du sagst, gewesen sein. Gibt's doch gar nicht. Tolle Idee übrigens, bloß welche?"

Arthur schmunzelte nur und hielt sich zurück. Günter zuckte mit den Schultern. „Ja, Ludwig, ich verstehe dich, ich weiß bis heute nicht, was da los war. Vielleicht kannst du das erklären? Ich weiß nur, dass ich einen Gast hatte und ich der Gastgeber war, so meine Idee, verstehst du? Das schlaue Tier hatte gewiss Hunger und bedeutete mir durch das Zurückbringen der Tüte, ich solle hier noch etwas hineinlegen. Den Apfel wollte es offenbar nicht oder ließ ihn drin, damit der Wind die Tüte nicht wegpustet. Warum sollte ich mich da verweigern? Für dieses Erlebnis habe ich gerne auf mein Nachtmahl verzichtet."

Ludwig kniff die Augen zu und forderte Arthur auf, auch mal was zu sagen. Der lächelte erneut. „Es ist so, wie Günter immer sagt. In der Natur ist alles möglich. Nicht nur mit und bei den Fischen.“

Treibgut

Arthur berichtete wieder einmal von seinen Spreeerlebnissen.

„Ihr könnt euch nicht vorstellen, was manchmal für Treibgut dicht am Ufer vorbeischwimmt. Ich rede nicht von abgeschnittenen Ästen oder herausgerissenen Wasserpflanzen oder Stullenpapier. Ich rede von Dingen, die man als Angler verwenden kann. Zum Beispiel eine grüne Plastik-Wurmdose, die neulich da vorbei kahnte. Ich kescherte sie heraus, denn meine war irgendwie abhanden gekommen und was sehe ich? Da ringelten sich noch drei sehr gut erhaltene Würmer drin. Natürlich angeln hier noch viele, aber ich hatte keinen entdeckt. Wahrscheinlich waren sie einem Angler ein paar Hundert Meter weiter in die Spree gerutscht, als er sie beim Anködern in den Händen hatte. Oder ein Hund hat sie ins Wasser gespielt.

Es gibt ja eine Menge Angler, die gehen mit ihrem Hund angeln. Sie haben ihn richtig abgerichtet wie ein Jäger seinen Helfer. Wenn der Angler zu seinem Hund sagt bring mir dies oder jenes, dann rennt der los und bringt das Verlangte. Beispielsweise das Stullenpaket oder den Teleskopkescher. Ich habe aber auch schon gesehen, dass der Hund ins Wasser sprang und eine abgerissene Pose holte. Einmal holte der Vierbeiner sogar einen vom Kampf ermüdeten Fisch ans Ufer, weil sein Herrchen den Kescher nicht parat hatte. Aber das ist ein Spezialthema. Ich wundere mich nur, dass bis jetzt meines Wissens noch niemand über diese Thema geschrieben hat, sozusagen unter dem Motto „Mein Angel-Hund und ich.“

Aber zurück zu den drei Würmern. Die habe ich natürlich sofort verwendet und konnte zwei herrliche Plötzen von über 30 cm bewundern. Die langten für eine Mahlzeit. Einen Wurm hatten mir die Barsche abgenagt – je kleiner desto verfressener."

Arthur schaute seine beiden Freunde an, aber die reagierten nicht. Also fuhr er fort: „Einmal schipperte dicht an der Uferbefestigung eine schöne Pose vorbei. Die kescherte ich raus und wollte die 20er Sehne ebenfalls einziehen. Mann, da habe ich mich vielleicht erschrocken, denn mit einem Mal raste die Sehne aus meiner Hand. Nur mit Mühe konnte ich sie abbremsen, was mir einige gehörige Striemen einbrachte, die im ersten Moment auch wehtaten. Dann aber hörte der Zug plötzlich auf und ich zog nach und nach einen sichtlich ermatteten Zander heran, den ich ohne Mühe keschern konnte.

In seinem Maul steckte ein Stipphaken und an dem wiederum noch ein totes Plötzlein. Jetzt konnte ich mir einiges zusammenreimen. Vor ein paar Stunden oder noch länger musste ein Kollege wahrscheinlich gestippt haben und beim Hereinziehen hatte der Zander zugeschnappt und die Schnur zerrissen. Derartige Vorkommnisse vor allem mit Hechten gibt es ja nicht selten. Mit diesem Fisch im Maul und der Sehne dran konnte der Stachler wohl nicht so richtig räubern und war einfach schwach geworden, weshalb ich ihn relativ problemlos landen konnte.

Aber da fiel mir ein, es könnte auch noch anders gewesen sein. Mein Angelplatz beult etwas in die Spree hinein. Deshalb kommen große Schlepper, Motorboote sowie Kanuten und Ruderer relativ nahe vorbei. In der Nähe hat nämlich ein Ruderclub sein Vereinshaus und kurz dahinter befindet sich eine Ausleihstation für Tretboote und Kanus. Die Ruderer sind bei fast jedem Wetter auf der Spree, meistens im Seniorenachter, wie ich ihn nenne. Ein sehr guter Ausgleichssport, finde ich. Bewundernswert, wie die sich in unserem Alter in die Riemen legen. Sie kennen das Revier und achten auf uns Angler, wir achten auf sie. Deshalb passiert da nicht viel.

Bei den Tagestretbootfahrern ist das schon anders. Sie strampeln munter drauflos und denken nicht im Traum dran, dass da auch Angler sein könnten. So haben diese Amateurwassertreter mir schon manches Mal die Schnur zerrissen. Pose und Haken konnte ich vergessen. Grundangeln ist schwierig. Da muss ich höllisch aufpassen. Einmal kam ein Motorboot angerast. Ich dachte, die 40er Schnur würde schon tief genug liegen, aber es war nicht so. Ich konnte gerade noch meine Angel festhalten und den Bügel hochklappen, um nicht die ganze Sehne zu verlieren. So hielt ich die Angel fest bis es peng machte. Der Motorbootfahrer bemerkte natürlich nichts. Aber ich dachte, hoffentlich hat sich die Schnur so richtig um deine Schiffsschraube gewickelt.

Auch hier gilt die bewährte Regel von Vorsicht und gegenseitiger Rücksichtnahme.

Das ist der Nachteil des Angelplatzes dicht vor der Haustür. Ich schaue schon immer, ob von links oder rechts was kommt und ziehe dann die Angel ein. Aber das gelingt nicht immer. Ich sage das deshalb, weil auch in meinem Fall ein Boot die Ursache der gerissenen Schnur gewesen sein könnte. Und dann hat der Zander eben die nun angelfreie, aber noch an der Sehne befindliche Plötze genommen. Egal, ich hatte nun zwei gute Plötzen, einen schönen maßigen Zander und einen Köderfisch. Den hakte ich an meine Hechtangel und fing nach kurzer Zeit einen prächtigen Barsch dazu. Das war Nummer vier. Zufrieden packte ich meine Sachen in die Gerätekiste und ging nach Hause. Helga sagte bloß als ich die Fische präsentierte: ‚Nanu, was war denn heute los?'"

Arthur goss sich einen Kaffee ein, schlürfte ihn genüsslich und merkte, dass Günter und Ludwig immer noch keine Mine machten. Nach einer Pause herrschte noch immer Stille.

„Ich sehe, ihr seid mit Euren Gedanken ganz woanders. Dann kann ich ja aufhören."

„Nee, nee", reagierte Ludwig. „Ich stelle mir das alles vor, vor allem wie das mit dem Zander gewesen sein könnte." Günter murmelte nur seinen Standartsatz „in der Natur ist alles möglich."

„Na schön, dann kann ich ja weitermachen.“ Arthur goss nach und erzählte Episode Nummer drei.

„Im August 2008, der Wind wehte heftiger als sonst, segelte vor meiner Angelstelle eine Zeitung vorbei. Sie sah noch neu aus. Wahrscheinlich hatte sie der Wind gerade von einem Camping-Kaffetisch weggepustet. Wieder kescherte ich sie raus und traute meinen Augen nicht. Ich las meinen Namen und als ich genauer hinschaute, stand da ein Interview mit mir über die gerade beendeten Weltmeisterschaften im Süßwasserfischen für Angler mit Behinderung in Potsdam am 9. und 10. August.

Der Redakteur der Zeitung hatte das Interview noch in Potsdam unmittelbar nach Ende der Wettkämpfe an der Alten Fahrt gemacht. Und jetzt konnte ich es mit Spreewasser getauft lesen. Ganz eigenartig muss ich sagen. Das Motto der WM lautete „Angeln ist für uns mehr Lebensqualität und Lebensfreude.“ Das Institut für Binnenfischerei in Potsdam Sacrow hatte durch eine besondere Umfrage zu diesem Anlass festgestellt, dass das Angeln für Menschen mit Behinderung einen noch höheren Stellenwert einnimmt als bei den anderen Anglern, weil Angeln für sie eine ideale Möglichkeit ist, Körper und Geist auf hohem Niveau zu trainieren. Für sie ist ihr Hobby mehr Lebensqualität und Lebensfreude, Naturerlebnis und Entspannung, mehr soziales Miteinander.

Das war jedenfalls ein tolles Erlebnis. Als der Redakteur mich fragte, warum die Angler aus 10 Ländern am Tage viel und in der letzten Stunde so gut wie keinen Fisch mehr gefangen haben, konnte ich das nicht beantworten bzw. beantwortete die Frage so: ‚Das ist das ewige Geheimnis und Reiz des Angelsports. Niemand weiß wirklich, wann und wo die Fische zuschnappen.‘ Das war der letzte Satz des Interviews. Als ich nach Hause kam, lag ein Belegexemplar im Postkasten.“

Arthur hatte sich in Eifer geredet. Nach einer kurzen Pause war er wieder auf Normaltemperament. Nun wurde Ludwig richtig lebendig: „Ich hätte es ohnehin erzählt, aber Arthur war ja nicht zu bremsen. Vor vier Wochen holte ich aus einer Havelbucht ein ganz spezielles Treibgut, nämlich eine Flaschenpost. Die sah schon richtig alt aus, algig auf alle Fälle. Natürlich war ich gespannt, entfernte die Lackisolierung am Deckel, schraubte auf und war mächtig enttäuscht. Ein Zettel war nur drin mit irgendwelchen Zahlen. Weiß der Kuckuck, was die zu bedeuten hatten. Vielleicht wollte sich da jemand einen Spaß machen und den Finder einfach mal verarschen? Ich nahm aber die Pulle samt Inhalt mit und zeigte Uta den Zettel. Meine mitgebrachte Schleie beachtete sie nicht. Sie schaute, nein sie stierte geradezu auf den Zettel, dass mir ganz unheimlich wurde. Und das mindestens 10 Minuten. Meine Unterbrechungsversuche wehrte sie unwirrsch ab. Also ließ ich sie in Ruhe.

Nach einer Stunde kam sie mit gewichtiger Mine und erklärte, sie wisse, was wir mit dem Zettel machen würden. „Dieser Zettel ist ein Wink des Schicksals“, begann sie aufgeregt.

„Hier steht ein Datum drauf. Es ist der 5. Mai 1992. Weißt du noch, was da los war?“ Ich schüttelte ahnungslos den Kopf. „Na klar, typisch Mann. An diesem Tag hatten meine Eltern Goldene Hochzeit.“ „Ja, schön, aber was heißt das?“, fragte ich noch immer ahnungslos. „So, und hier stehen noch 6 Zahlen, deren Bedeutung ich nicht entdecken kann. Mir fällt nur auf, dass am Anfang eine 1 steht und am Ende eine 49, die anderen sind eine 11, eine 22, eine 33 und eine 44. Komisch nicht? Ich sage Dir als alte Lottospielerin. Genau diese Zahlen müssen wir tippen.“ Diese Erklärung hatte ich nun überhaupt nicht erwartet, aber warum nicht, sagte ich mir, soll sie diese Zahlen doch ankreuzen. Und was soll ich sagen? Es hat geklappt. Wir hatten einen fetten Lottogewinn, keine Million, aber immerhin eigenartigerweise 50.000 Euro.“

Günter und Arthur machten große Augen und gratulierten nachträglich. „Und was habt ihr mit dem Geld gemacht?“, fragten beide. „Na habt ihr denn mein neues Auto nicht gesehen?“

Der Graskarpfen

In einem See erkundete ein gerade eingesetzter Graskarpfen seine neue Heimat. Misstrauisch betrachteten die einheimischen Fische den Fremdling und das Wort vom herbei geschwommenen Gesindel, das niemand gerufen habe, hörte man nicht nur einmal.

Derweil klagten die Fische über den immer stärkeren Wuchs der Wasserpflanzen, der sie immer mehr in ihrer Bewegungsfreiheit behinderte. „Was soll das noch werden?“, sprachen sie ratlos. „Wer könnte uns von dieser Plage erlösen“?

„Ich weiß wohl, wer hier helfen könnte“, hörten sie eine Stimme und sahen zu ihrem Erstaunen einen Graskarpfen, der gerade Wasserpflanzen vertilgte.

„Könntest du uns mit deinen Freunden helfen?“, fragten sie bittend. „Dann wären wir euch sehr zu Dank verpflichtet. Zugleich bitten wir um Entschuldigung, dass wir euch so feindlich begegnet sind. Wir wussten nicht, wie nützlich ihr gerade für unser Gewässer und damit für uns seid.“

Fortan lebten die heimischen und fremden Fische in guter Nachbarschaft.

WM-Fische

Für Günter als Fußballfanatiker waren die Weltmeisterschaften im Heimatland natürlich eine Hochzeit. Kurz nach dem großen Ereignis berichtete er seinen Freunden:

„Ich blende mal zurück. Jedes Mal, wenn ich früher an meiner Angelstelle an der Spree war, als ich dort noch keinen Garten hatte, kam er mit dem Fahrrad und dem daran befestigten Angelgerät vorbei, hielt an und wir schwatzten miteinander. 1998 während der Fußballweltmeisterschaften in Frankreich machte ich eher Schluss. ‚Was denn, schon aufgeben?‘, fragte er mich. ‚Nein, nein, aber heute Abend will ich mir das Fußballspiel anschauen'. Aber sonst nahmen wir uns immer die Zeit, um über dieses oder jenes zu plaudern, was Angler ebenso bewegt: wann den letzten Fisch gefangen wurde, mit welchem Köder, Vorteile und Nachteile des Anfütterns, neueste Angeltechnik und neueste Angelmethoden, warum unterschätzen viele Angler den Blei usw.

So unterschiedlich wie Angler auch sein mögen, kommt man ans Gewässer, wird der Anglergruß ausgetauscht und die Gewissheit, einen Gleichgesinnten zu treffen, ist irgendwie beruhigend. Diese lose Anglerfreundschaft mit Jürgen hält bis heute. Er war es übrigens, der mir den Garten direkt an der Spree besorgte. Nun waren wir zwar nicht in einem Angelverein, aber dafür in einem Kleingartenverein.

Am 1. Juli 2006 während der Fußball-Weltmeisterschaft bei uns fuhr ich gegen Abend zum Gosener Kanal in der Annahme, da wirst du ganz alleine sein und deine Ruhe haben. So kann man sich irren. Und wen sehe ich? Meinen Angelfreund mit seinem Kumpel Klaus. Ich begrüßte beide: „Na, keine Lust zum Fußball?", fragte ich Jürgen. „Doch, doch, aber unsere spielen je heute nicht. Wir wollen herausbekommen, ob sie das nächste Spiel gewinnen oder verlieren." „Wie, da fahrt ihr hierher und angelt?" „Genau, wir hatten nämlich vor der WM wie die anderen Fans auch getippt, wie unsere Fußballer spielen werden. Wir diskutierten Stärken und Schwächen der Gegner und unserer Mannschaft, aber wir wollten objektiv sein und nicht von vornherein davon ausgehen, dass wir immer gewinnen.

Am 9. Juni gewannen wir bekanntlich unser Auftaktspiel gegen Costa Rica mit 4:2. Einen Tag vorher fing ich einen strammen Hecht, Klaus ging leer aus. Da hatte er eine Idee. Wir machen es jetzt immer so. Bevor Deutschland spielt, gehen wir angeln. Wenn ich einen Fisch fange, gewinnen wir, wenn er einen Fisch fängt, verlieren wir. Sollten wir beide einen aus dem Wasserziehen oder keinen, dann spielen wir unentschieden."

Jürgen schaute mich an. Ich muss komisch ausgesehen haben und Klaus ergänzte: „Natürlich lachten unsere Frauen darüber, aber da Angler ohnehin etwas spinnig veranlagt wären, meinten beide, käme es auf dieses Versuch mehr oder weniger nicht an."

Ich war natürlich baff und glaubte kein Wort. Aber immerhin, es war eine originelle Idee, die dem Angeln in diesen Tagen seinen besonderen Reiz verlieh. „Und hat es bis jetzt funktioniert?" „Und ob", versicherte Jürgen. „Ehrlich gesagt, wir waren ja selbst gespannt. Am 14. Juni erzielten wir gegen Polen ein mühevolles 1:0. Zwei Tage vorher biss lange nichts, dann hatte ich gerade noch einen 50er Blei erwischt. Das konnte ja noch Zufall sein. Aber dem 3:0 gegen Ecuador am 20. Juni ging ein strammer Karpfen voraus. Das 2:0 gegen Schweden am 24. hat mich dann nicht mehr überrascht, schließlich konnte ich einen kräftigen Barsch landen. Als ich am 28. Juni beinahe einen Aal verlor, ihn dann aber dennoch kriegte, waren wir vom Sieg gegen Argentinien am 30. Juni überzeugt."

Ich hörte mir das alle wahrscheinlich mit offenem Mund an und konnte nur noch fragen: „Und Klaus hatte keinen Fisch?" „Das ist ja das Mysterium", antwortete dieser. „Nichts, aber ich war darüber natürlich nicht böse. Schließlich sollten ja wir gewinnen. und lagen mit unserer Vision bis jetzt völlig richtig."

„Und heute, was habt ihr heute?"

„Das ist es ja", seufzte Klaus. „Ich war heute erfolgreich. Er zeigte mir einen Zander von etwa vier Pfund. „Wir wären schon längst weg, um wenigstens noch ein Unentschieden zu angeln, aber Jürgen hat noch keinen erwischt. Ich fürchte, das war es. Wir werden am 4. Juli gegen Italien im Halbfinale verlieren, wirst sehen." Wir wissen ja, dass seine Voraussage voll zutraf, wenn auch erst in der Verlängerung. Aber 2:0 ist eben klar verloren.

Nun war natürlich auch ich gespannt, wie das Spiel um den 3. Platz gegen Portugal am 8. Juli ausgehen würde und fuhr am 7. raus. Da sah ich sie schon. „Na, was ist morgen?"

„Bis jetzt Unentschieden, aber das gibt es ja nicht. Wir müssen so lange angeln, bis einer einen fängt, hoffentlich nicht Klaus", antwortete Jürgen. Klaus nickte nur.

„Aber ihr dürft nicht schummeln", ermahnte ich Klaus. Du tust nur so und Jürgen fängt dann. „Nein, nein, ehrlich müssen wir bleiben, sonst ist die ganze Idee ein Bluff." Tatsächlich schaffte es Jürgen mit Geduld und viel Glück, einen stattlichen Schlei zu bekommen. Der glänzte so schön bronzen. Beide jubelten und riefen: wir werden Dritter, wir werden Dritter. Das Resultat kennt ihr ja, wir gewannen gegen Portugal 3:1 und damit sozusagen die Bronzemedaille.

Diese ganze Vorhersagen-Angelei beschäftigte mich dermaßen, dass ich die Geschichte einem Journalisten vor der WM in Südafrika 2010 erzählte, ohne jedoch die Identität der beiden Akteure preiszugeben. Der machte daraus natürlich eine schöne Story und forderte die Angler auf, sich als Paar zusammen zu tun und somit die Ergebnisse vorherzuangeln. Sollten wir ins Endspiel kommen, fügte er noch hinzu und der Gewinn-Angler fängt eine schöne goldene Plötze, dann werden wir Weltmeister.

Was meint ihr wohl, was am Vorabend des Spiels gegen Spanien am 7. Juli los war? Ich habe noch nie wieder so viele enttäuschte Gesichter bei wirklich tollen Fängen gesehen."

Rotfeder und Plötze

Eine Rotfeder sprach zur Plötze: „Deine Schuppen sind so blass, deine Augen sind innen so rot, dafür weniger deine Flossen. Hast du Fieber"?

„Keineswegs", antwortete die Plötze. „Nur weil ich etwas anders aussehe als du muss ich doch nicht gleich krank sein."

Stichling und Blei

Ein Blei traf einmal einen Stichling und sprach zu ihm: „Was nutzen dir eigentlich deine Stacheln. Damit kannst du doch bei deiner geringen Größe höchstens piken."

„Besser hin und wieder piken als dauernd schleimen", entgegnete der Stichling.

Vokabeln

Die neue Runde eröffnete Arthur mit folgender Frage an Ludwig: „Sag mal, ich habe am Wochenende vergeblich versucht, dich am Abend telefonisch oder per Mail zu erreichen. Warst du verreist oder hat Euer jüngster Enkel bei euch übernachtet und Ihr habt das Telefon abgestellt?"

„Ich war am Wochenende in München als Standbetreuer der internationalen Fachmesse für Jäger, Fischer und Sportschützen ‚Jagen und Fischen'. War hochinteressant. Gleich am ersten Tag kam ein Zwei-Meter-Mann in der klassischen Jägertracht mit Hund, auf dem Hut einen mächtigen Gamspinsel. Ich blickte nach oben und sagte freundlich „Guten Morgen." Da schaute er mich von oben herab als käme ich von einem anderen Stern und zog die Augenbrauen zusammen, bis mir mein Fehler bewusst wurde. Forsch rief ich „Grüß Gott", und erntete ein huldvolles Lächeln, begleitet von einem zustimmenden Nicken. Nun war er bereit für ein Gespräch und zeigte viel Interesse. Besonders für unsere Verbandszeitschrift ‚Der Märkische Angler'. So was macht ihr?', staunte er. Und dann erklärte er ‚Wir Bayern sind begeisterte Jäger und Fischer. Ich bin ein Jäger, wie du siehst. Aber Fischen is a scheen, wenn wo ordentlich drin is, besonders Fliegenfischen'.

Ich fragte, was ist denn drin bei euch? Da hielt er mir einen Vortrag, der mich ziemlich verunsicherte." „Wieso?", fragte Günter nach. Ludwig zuckte mit den Schultern: „Ich dachte immer, ich kenne unsere einheimischen Fische, aber ich habe mich wohl geirrt."

„Wieso denn das?", riefen Arthur und Günter wie aus einem Mund. „Ich versuche mal, seine Antwort auf meine Frage oder besser seinen Vortag in etwa original wiederzugeben, allerdings vom bayrischen Dialekt bereinigt, denn den verstehe ich höchsten halb und kann ihn ganz sowieso nicht:

‚Du glaubst nicht, was du hier fischen kannst, eigentlich alles. Ein ordentlicher Waller wäre schon toll, was? Der geht hier am liebsten auf Rotauge. Aber es muss schon gut 20 cm groß sein, hast du einen Krätzer oder sogar einen Schill dran. Das ist der Fisch der Zukunft. Wäre ja auch nicht schlecht. Und über einen Schnuck bzw. Sticker freut sich doch jeder Fischer.

Aber einen dicken Brachsen oder Schlüpfling mit feinem Zeug auf Wurm macht richtig Freude. Wenn du Glück hast, erwischst du sogar einen goldenen Schneiderkarpfen.

Wenn du ganz fein angelst mit kleinstem Haken und Fleischmade, dann kannst du einen Schnabel bekommen, aber hier muss man vorher anfüttern, am besten ein Gemisch aus Brot und Kleie.

Ein guter Kampffisch ist der Mülpe. Manche mögen ihn nicht so gern wegen seiner vielen Gräten, aber ich gehöre nicht dazu, denn ich habe ihn öfter probiert und finde sein Fleisch sehr schmackhaft.

Solltest du jedoch auch das Fliegenfischen gut beherrschen, was ich bei dir annehme, dann sind Alpenforelle und Sprengling eine große Herausforderung, vorausgesetzt allerdings, der Kormoran und der Gänsesäger haben noch etwas übrig gelassen'.

Ludwig holte tief Luft, denn man sah es seinem Gesicht an, wie schwer ihm diese Gedächtnisleistung gefallen war. Nach einer Schluckpause hob er die Hand: „Als er fertig war, wusste ich keine Antwort, denn ich war, ehrlich gesagt, etwas deprimiert und bin es heute noch. Ich nickte wissend mit dem Kopf, bedankte mich und fragte, wie man hierzulande den Aal nenne. Da schaute er mich groß an und antwortete: ‚Wieso nennen, na Aal natürlich. Ist doch ein Fisch. Wir nennen ihn wie die anderen Fische auch.'

Nun muss ich mich zu Haus hinsetzen und Vokabeln lernen oder wisst ihr, was ein Gräßling ist?"

Der junge Blei und der Zander

Ein junger Blei verkündete seinen Artgenossen, er wolle nunmehr ein Raubfisch werden, weil man sich vor einem Raubfisch fürchte, vor einem Blei hingegen nicht. Da lachten die anderen. Einer sprach: „Zwickt dich eine Schuppe oder warum erzählst du solch närrisches Zeug? Wir sind nicht imstande, wie ein Raubfisch zu leben, dafür hat uns der Schöpfer nicht gemacht."

Aber der junge Blei beharrte auf seiner Meinung, verschmähte fortan die traditionelle Nahrung und sann mit höchster Aufmerksamkeit darauf, einen anderen Fisch zu erwischen. Aber so sehr er sich auch mühte, es gelang ihm nicht, einen Fisch zu erbeuten und festzuhalten.

Die gutmeinenden Warnungen seiner Artgenossen schlug er nach wie vor ins Wasser. Nach und nach magerte er so ab, dass er eher einer Güster glich und auch seine Kräfte hatten nachgelassen. Dennoch blieb er stur bei seiner Meinung.

Nun kam er auf die Idee, bei einem Zander in die Lehre zu gehen. Er schwamm also direkt vor sein Maul und bat den Stachelritter, ihm das Räuberhandwerk beizubringen. Der war völlig erstaunt, denn so ein Ansinnen hätte er nie und nimmer erwartet.

Er musterte den abgemagerten Blei misstrauisch und antwortete: „Sehr gern, mein Lieber. Sieh her, wie es gemacht wird."

Sodann schnappte er den Dummfisch und schluckte ihn hinunter.

Wels und Aal

„Auf unserer letzten Vereinsversammlung“, berichtete Günter, „brachte ein junger Angler einen präparierten Hechtkopf mit. Den Hecht hatte er im Oktober auf einem 6 oder 7 cm großen oder sagen wir kleinen Gummifisch geangelt. Wir wussten von seinem Erfolg, denn die Lokalpresse hatte die Nachricht mit Foto gemeldet und so etwas spricht sich ja ohnehin schnell herum. Aber nun bestaunten wir den Kopf eines Hechtes von 120 cm und 13 kg. Natürlich musste Sven noch einmal einen Fangbericht geben. Das kann ich mir ja unter uns ersparen, aber interessant ist doch, dass der Hecht nach Aussagen von Sven einen gut 60 cm noch nicht verdauten Aal im Magen hatte. Erzählst du dies einem Nichtangler, dann lächelt er entweder milde oder tippt sich auf die Stirn.“

„Nicht schlecht!“, Ludwig grinste, „Der wollte sich nach der Hauptmahlzeit noch einen kleinen Nachtisch gönnen. Pech gehabt.“

„Zum Aal habe ich noch ein Erlebnis, die sich wirklich unglaublich anhört, ja, da ist die Hecht-Aal Story noch ein vergleichsweise kleiner Fisch. Aber wenn ich alles nicht selbst erlebt hätte und zwar erst voriges Wochenende, würde auch ich am Wahrheitsgehalt zweifeln. Ich hätte sie ohnehin erzählt.“ „Keine langen Vorreden. Du machst es aber spannend. Nun leg schon los.“

Ludwig rückte wie immer auf seinem Stuhl hin und her.

„Ich bin auch am Wasser groß geworden, das heißt, meine Großeltern hatten ein Haus direkt am Uferweg. Selbstverständlich war Großvater Angler. Sein Verein war Mitglied im Arbeiter-Angler-Bund. Als Kinder waren wir so oft es ging bei den Großeltern und er nahm mich schon ganz früh zum Angeln mit, das heißt, ich hielt eine Angle eher als ich laufen konnte. Später übernahmen meine Eltern das Haus. Meine Kinder wiederum genossen hier die gleiche Fürsorge und Ferienfreuden bei ihnen wie wir seinerzeit bei Oma und Opa. Noch heute schwärmen sie von dieser Zeit. Während aber einer meiner Jungs ein Angler geworden ist, leidenschaftlicher noch als wir, will der andere nichts davon hören. Er fühlte sich als Kind immer zum Angeln gedrängelt und hatte nur Spaß, wenn ein Fisch nach dem anderen biss. Passierte das nicht, verlor er die Lust und langweilte sich unendlich. Angeln, meint er noch heute, gehört neben dem sonnabendlichen lauten Geräuschen des Staubsaugers zu seinen traumatischen Kindheitserinnerungen.

Aber die schönste Zeit ihrer Kindheit waren eben die Aufenthalte bei meiner Mutter, denn mein Vater starb kurz nachdem er Rentner wurde. Nun waren wir am letzten Wochenende wieder dort. Da ist es Ehrensache, dass ich versuchte, einen guten Fisch für uns alle, aber besonders für sie zu angeln. Am liebsten Aal, wenn es geht. Also auf auf zum fröhlichen Angeln. Ich grub im Garten Regenwürmer, richtige kleine Erdaale, ging nur über die Straße nahm die Rute, beköderte die Angel, warf sie raus und steckte sie in den Rutenhalter, den ich in die Erde gesteckt hatte. Nicht tief genug wahrscheinlich oder gerade richtig?

Nach kurzer Zeit musste ich mal. Als ich zurückkam, sah ich schon, dass die Angel nicht mehr im Rutenhalter steckte, sondern mit der Hälfte bereits im Seewasser lag. Nur noch die Rolle und der Griff waren zu sehen. Also fix die Angel geschnappt und Fühlung genommen. Nach kurzer Zeit war mir klar, das konnte am anderen Ende kein Aal mehr sein. Die Angel aus dem Rutenhalter zu ziehen, das traute ich einem Aal zu, aber was jetzt abging, übertraf seine Kraft bei weitem.

Mir schwante, das kann nur ein Wels sein, zumindest mit hoher Wahrscheinlichkeit, und richtete mein weiteres Handeln nach dieser Annahme aus. Und tatsächlich, es war ein Wels, aber einer von der besseren Sorte, der an die zwei Meter heranreichte. Aber ich hatte keinen Kescher mit. Wenn ein Aal richtig schluckt, davon ging ich aus, dann ziehe ich ihn auch ohne Kescher aus dem Wasser, wie in all den Jahren vorher. Ja, was nun?

Aber noch wusste ich ja nicht mit Sicherheit, wer mit mir da am anderen Ende kämpfte. Ich ging dann bis zu Hüfte ins Wasser und drillten den Fisch Zug um Zug heran, bis mir klar wurde, mit wem ich es zu tun hatte. Mit größter Mühe hielt ich den Fisch mit der rechten Hand an der Angel und griff mit der Linken in die Kiemen, zog, ließ die Angel los, griff sofort auch mit der Rechten in die Kiemen und wuchtete den Wels mit dem Kopf über das Wasser. Inzwischen war auch Annegret mit dem Kescher heran und beobachtete aufgeregt den Kampf. Aber ich hatte ihn sicher und ging nun langsam rückwärts, bis der Wels in seiner ganzen Größe sichtbar war. Und nun kommt es. Aus seinem Maul ragte zur Hälfte ein stattlicher Aal, der noch lebte. So hatte ich zwei tolle Fänge auf einmal. Später versuchte ich, das Geschehen unter Wasser zu rekonstruieren und habe nur eine Erklärung. Der Aal hatte angebissen, die Rute herausgezerrt. Als ich ihn nun heran drillen wollte schnappte ihn sich der Wels und ging gleichfalls fest.

Tja, meine Lieben, das war zweifellos die Krönung meines Anglerlebens und wird's wohl auch bleiben. Ach ja, der Wels hatte 2,05 m und wog 67 kg. Der Aal war 1,02 lang und wog knappe 2 kg."

Günter und Ludwig sagten kein Wort. Dann sagte Günter nachdenklich: „Ja, in der Natur ist eben alles möglich. Aber ein Wels dieser Größe muss nicht den Umweg über den Aal machen. Will sagen, der geht auch direkt auf ein Tauwurmbündel, was ich aus eigener Erfahrung weiß."

Der weise Hecht

Ein alter Hecht hatte nicht mehr die Kraft und Spritzigkeit, genügend Nahrung zu erbeuten, so dass er mit viel weniger als zu guten Zeiten vorlieb nehmen musste.

Da fragte ihn ein junger Hecht, wie er es anstellen könne, recht viel Fische zu fangen, um einmal so groß zu werden wie er. Der Alte antwortete: „Siehst du den Schwarm dort vor uns. Da musst du schnell und mit Kraft hinein schwimmen. Die Fische werden sich erschrecken und in Panik auseinanderspritzen und du hast immer deine Beute."

Der junge Hecht tat sogleich, wie ihm geraten. Die Fische schwammen in Panik auseinander und durcheinander und viele davon direkt vor das Maul des alten Hechtes.

So ernährt sich das Alter mit Weisheit.

Frühwarnsystem

Günter als studierter Fischereibiologe hatte eine Einladung erhalten zu einem wissenschaftlichen Kolloquium zum Thema „Neueste Forschungsergebnisse über die Kommunikation von Süßwasserfischen in geschlossenen Gewässersystemen."

So eine spannende Veranstaltung und leidenschaftliche Diskussion hatte er noch nie erlebt.

Klar, dass er seinen beiden Freunden bei der nächsten Spinnstunde darüber berichtete:

In einem märkischen See gingen ab Frühjahr die Fänge der Angler sowohl bei den Weiß- als auch bei den Raubfischen rapide zurück, obwohl der See vom Anglerverband gut besetzt worden war und die Angler bis dahin sehr gut gefangen hatten. Niemand konnte sich das erklären. Die Angler allerdings behaupteten, hier wären viel zu wenige Fische drin. Der Anglerverband entschloss sich gemeinsam mit dem Fischereiinstitut zu einer Probefischung. Das Resultat war sehr erstaunlich, denn so viele Fische hatte man hier noch nie nachweisen können.

Niemand konnte das Rätsel lösen. Umso mehr wuchs der Ehrgeiz, es zu schaffen. Und so wurde eine außerordentliche Projektgruppe aus zwei erfahrenen Anglern, zwei Fischereibiologen des Anglerverbandes und zwei Wissenschaftlern des Instituts zusammengestellt, die den ganzen Sommer und Herbst hindurch forschten und schließlich zu einem sensationellen Ergebnis kamen, denn anders kann man das nicht bezeichnen. Da sich die Mitglieder der Arbeitsgruppe jedoch nicht sicher waren, ob sie sich möglicherweise geirrt haben könnten, warteten sie das nächste Jahr noch ab und wiederholten alle Versuche – mit dem gleichen überraschenden Resultat.

Sie hatten folgendes herausgefunden:

Immer wenn ein Mensch am Ufer erschien, signalisierten die Fische, die sich gerade in Ufernähe befanden, ihren Artgenossen durch eine bestimmte Frequenz schneller Schwanzflossenbewegungen, dass hier Gefahr drohe und daher auf jeden Fall Vorsicht geboten sei. Ein Hecht also kann nur einem Hecht den Menschen und damit den potentiellen Angler anzeigen, ein Plötze nur einer Plötze usw. Sie agierten sozusagen als Gefahrenkundschafter.

Diese Kommunikationsform ist auffällig vergleichbar mit der Tanzsprache der Honigbienen, die damit Futterquellen signalisieren. Die festgestellte Flossensprache der Fische als Frühwarnsystem gewissermaßen war bisher noch nie beobachtet und somit auch nie beschrieben worden. Die Forscher nehmen an, dass die Fische, zumindest die Süßwasserfische in geschlossenen Gewässersystemen, überall diese Art von Verständigung entwickelt haben und möglicherweise auch für andere Zwecke, Fortpflanzung zum Beispiel oder Gewässerverschmutzung.

Der Nachteil aus der Sicht der Fische besteht jedoch darin, dass sie erstens einen Spaziergänger nicht von einem Angler unterscheiden und zweitens nur von Art zu gleicher Art kommunizieren können.

Ist dies nun erstaunlich genug, müssen die Fische in diesem See den zweiten Nachteil zumindest teilweise beseitigt haben. Das heißt, sie haben es geschafft, die Flossensprache artübergreifend zuerst nach der Art ihrer Nahrung anzugleichen. Ein Friedfisch konnte einem anderen Friedfisch, eine Rotfeder beispielsweise einer Schleie oder einem Karpfen, verständlich machen, dass ab jetzt dort oder dort ein Köder einen Haken haben könnte. Ebenso gelang dies den Raubfischen.

Auf diese Weise gehen schon bei der Annäherung eines Menschen, von einem Angler noch nicht zu reden, garantiert viele Impulse unter Wasser sehr schnell hin und her, die dann von den Seitenlinien der Fische aufgenommen und verarbeitet werden. Nur so war der auffällige Rückgang der Fänge bzw. die artübergreifende Zurückhaltung der Fische zu erklären.

Die Wissenschaftler überprüfen nun, ob in anderen geschlossenen Süßgewässern derartige fortgeschrittene Kommunikationsformen der Fische nachgewiesen werden können und ob möglicherweise Fried- und Raubfische künftig sogar gemeinsame Frequenzen zu entwickeln in der Lage sind.

Als die ersten Ergebnisse dieser Untersuchungen in der Fachzeitschrift für Binnenfischerei ‚Fischer & Teichwirt' veröffentlicht wurden, brach unter den arrivierten Fischereibiologen und Verhaltensforschern ein Sturm der Entrüstung los. Der Vorwurf des Dilettantismus war noch die geringste der erbosten Reaktionen bis hin zu Lob über eine gelungene Glosse in dieser ansonsten seriösen Fachzeitschrift. Aber niemand nahm die Studienergebnisse ernst.

Die Diskussion übrigens auf dem Kolloquium stand dem nicht nach. Aber sie entbehrte wenigstens nicht einer gewissen Heiterkeit.

Nach wie vor jedoch können die Fische einen Spaziergänger von einem Angler nicht unterscheiden. Daher müssen die Angler in der Zukunft damit rechnen, dass ihre Fänge zurückgehen werden, denn es ist ja auch nicht im Sinne der Angler, Gewässer für Spaziergänger zu sperren. Es bleibt abzuwarten, mit welchen kreativen neuen Methoden sich die Angler dieser Herausforderung stellen werden.

Auf jeden Fall hat nun sowohl für die Wissenschaft als auch für die Petrijünger eine qualitativ völlig neue Diskussionsrunde in einer noch niemals da gewesenen Dimension begonnen.

Inwieweit diese Erkenntnisse auch für die Binnenfischerei und zumindest teilweise für die Meeresfischerei zutreffen könnten, ist völlig offen. Die Zukunft wird spannend."

Günter hatte ununterbrochen geredet. Arthur und Ludwig hatten atemlos zugehört. Auch sie mussten erst einmal die nahezu unglaublichen Neuigkeiten verarbeiten.

Aber Günter tat so, als ob es keine Sensation wäre. „Ich sage doch die ganze Zeit. In der Natur ist alles möglich."

Hecht und Blei

Ein Hecht geriet einst an die Angel und rief dem vorbeischwimmenden Blei zu: „Wenn du mir hilfst, dieser unbekannten Gewalt zu entkommen, werde ich dich belohnen." Der Blei schwamm daraufhin an die Oberfläche und peitschte mit seinem Schwanz das Wasser, so dass der Angler einen Moment abgelenkt wurde und in seinem Zug nachließ. Dies nutzte der Hecht und schwamm in die Zweige eines ins Wasser gefallenen Baumes. Durch diese verstärkte er seinen Widerstand so, dass der Angler schließlich den Spinnköder aus dem Hechtmaul riss.

Noch völlig erschöpft dankte der Hecht dem Blei und bedeutete ihm, am nächsten Tag wiederzukommen, um sich die Belohnung abzuholen. Voller Erwartung fand sich der Blei beim Hecht ein. Dieser aber sagte zu ihm: „Weißt du denn nicht, dass wir Hechte von Fischen leben? Niemand kann aus seinen Schuppen und sich gegen seine Natur wehren. Ich habe durch mein verletztes Maul seit gestern nichts gefressen. Es wäre besser für dich, du wärest nicht gekommen."

Der Blei begriff immer noch nicht, in welch tödliche Falle er sich gutgläubig begeben hatte und klagte: „Ist das der Dank, dass ich dir das Leben gerettet habe und du trachtest dafür nach dem meinigen?"

Der Hecht entgegnete: „Raubfische kennen weder Dank noch Undank, weder Moral noch Unmoral. In unserem Leben ist stets sich jeder selbst der Nächste. Deshalb rührt mich deine Klage nicht.“ Da versuchte der Blei zu entkommen. Aber es war zu spät.

Der Angelstuhl

Eigentlich wollten sich unsere drei Freunde vor Weihnachten nicht mehr treffen, aber wie das so ist im Leben – dieses Mal kamen keine unvorhergesehenen Termine hinzu, sondern es fielen welche aus. Arthur hatte deswegen sozusagen außer der Reihe eingeladen. Also stand einer herbstlichen Spinnstunde nichts mehr im Wege.

Ludwig und Otto kamen natürlich und waren gespannt, was Arthur berichten würde, wussten sie doch, dass er einen Ferienaufenthalt an der Müritz, genauer in Eldenburg, gebucht hatte.

Arthur empfing sie in einem Angelstuhl wie ein Filmregisseur. Natürlich provozierte das sofort die Frage von Ludwig, was das denn nun wieder bedeuten solle. Arthur grinste und begann: „Die Müritz, von slawisch „kleines Meer“ ist der größte Binnensee, der vollständig in Deutschland liegt. Ein toller Fischreichtum, besonders reich an kapitalen Hechten, deren Mindestmaß hier immerhin 60 cm beträgt.“ Ludwig wurde schon wieder unruhig. „Hast du uns zu einem wissenschaftlichen Vortrag eingeladen oder was?“

„Dein Vorrat an Geduld brauchst du wohl beim Angeln vollständig auf“, entgegnete Arthur. „Zugucken kannst du wirklich besser als zuhören.“ Ludwig brummte und Arthur fuhr fort: „Natürlich stand eine klassische Angeltour mit Boot und Angelführer auf dem Programm. Ich rutschte gerade noch so rein, es war alles ausgebucht und ich konnte mir den Termin nicht aussuchen. Die Angelmethoden glichen eher dem Meeresangeln, es handelt sich ja schließlich auch um ein Binnenmeer mit 112, 6 Quadratkilometern und einer maximalen Tiefe von 31 Metern. Wir angelten bei 16 bis 18 Metern Tiefe. Blinkern auf Hecht und Paternoster auf Barsch. War für mich völlig ungewohnt. Der Tag davor, ein Sonntag, war wunderschön. Die Fischer demonstrierten im Hafen einen klassischen Fischzug und organisierten ein tolles Fischerfest mit Aquarium und Schätzen von Fischen im Aquarium, darunter ein Schlei von 1,2 kg. Aber Petrus hatte für den Sonntag seinen Schönwetter-Vorrat aufgebraucht. Am Montag hatte er nichts mehr auf Lager. Der Wind wurde stärker und es regnete mehr und mehr. Wir mussten die Tour leider abbrechen. Der Angelführer aber blinkerte wenigstens noch einen Hecht von 76, 5 cm. Habe ich mir genau gemerkt wegen der Zahlenreihe."

Ludwig schaute derweil an die Decke. Aber Arthur redete unverdrossen weiter: „Um die Mittagszeit war ich wieder völlig durchnässt in der Ferienwohnung und hoffte auf besseres Wetter für den Rest des Tages, um wenigstens vom Steg aus zu angeln, denn gestern hatten die Fischer immerhin einen maßigen Hecht und einige gute Schleie im Netz gehabt.

Am Nachmittag klarte es ein wenig auf und ich versuchte mein Glück. Ich hatte mir einige Tage vorher diesen Angelstuhl hier gekauft und noch nicht ausprobiert. Das wollte ich wenigstens tun. Also ausgepackt und aufgestellt. Als ich mich meiner Angeltasche zuwandte, fegte urplötzlich ein Windstoß heran und hast du nicht gesehen, den Stuhl vom Steg, der langsam versank. Ich legte mich sofort auf den Bauch und versuchte, ihn mit der Hand zu erwischen, aber vergebens.

Nicht aufgeben, dachte ich und nahm meine noch nasse Hechtrute mit dem Blinker vom Vormittag. Aber trotz aller Bemühungen, hin und her und her und hin und kreuz und quer, ich konnte den Stuhl nicht erwischen. Inzwischen nieselte es wieder und ich konnte auch mein Angelzeug nicht trocknen, was ich ursprünglich beabsichtigt hatte.

Das ist wahrlich nicht dein Tag heute, sagte ich mir und packte zusammen.

Meine Nachricht vom versunkenen Stuhl kommentierte Helga nur mit ‚auch das noch.'

Am nächsten Tag unternahmen wir einen schönen Schiffsausflug mit dem Dampfer auf der Müritz von Waren aus, besuchten das Müritzeum und freuten uns um so mehr nach diesem verregneten Montag über das wiederum gute Wetter. Nicht nur einmal dachte ich, warum war es gestern so mies?

Am Abend grillte ich schmackhafte originale Bratwurst aus Thüringen, die wir von Verwandten eine Woche vorher mitgebracht hatten. Ich hatte auf dem Balkon in der ersten Etage einen Elektrogrill aufgestellt. Unten saßen zu ebener Erde an einem Tisch zwei Angler, die bei besserem Wetter draußen waren und tranken ein Bier. Sie wurden zusehends unruhiger als sie den Duft der gegrillten Würste rochen.

Ich rief vom Balkon herab: „Habt ihr heute wenigstens was gefangen?" „Ja", antwortete der Ältere. „Und was?" „Einen Stuhl." Da ich mit meinen Gedanken ganz beim Grillen war, dachte ich, sie wollen mich verscheißern, fragte erneut und erhielt die gleiche Antwort. Da beugte ich mich weit über das Geländer und sah rechts meinen Angelstuhl. Da stand das blaue Ding wie auf einer Verkaufspräsentation."

Während Arthur erzählte, wurde Ludwig zusehends interessierter. „Und sie haben dir den Stuhl gegeben?"

Arthur reagierte nicht darauf und sprach weiter: „Als der Überraschungsmoment vorbei war, fragte ich: „Wisst ihr, wem der Stuhl gehört?" Beide schüttelten den Kopf. „ „Er gehört mir, es ist meiner." Beide reagierten nicht, sozusagen neutral, eher neugierig.

Ich packte zwei Bratwürste auf einen Teller, ging hinunter, stellte sie auf den Tisch und erzählte ihnen die gestrige Geschichte. Sie freuten sich über die Würste und glaubten mir sofort, zumal sie mich auf dem Steg, wie der Ältere mir bedeutete, bei der Einfahrt in den Hafen gesehen hatten.

„Die Sache war so: Da auch wir nichts gefangen hatten, wollten wir es auch noch einmal vom Steg aus versuchen. Da sich das Wetter wieder etwas besserte und du gerade weg warst, gingen wir genau an deine Stelle. Und jetzt kommt's: Als ich den zusammengesteckten Teleskopkescher auspacken wollte, stolperte ich irgendwie und beförderte ihn ins Wasser. Er versank wohl noch schneller als dein Stuhl. Frag mich nicht, wie das passiert ist. Ich kann es mir nicht zusammenreimen. Also die Hechtangel raus und den Kescher gesucht. Da hatte ich sofort Widerstand. Die Angel bog sich ganz schön, die Leute von nebenan staunten und lachten über meinen Stuhlfang. Aber meinen Kescher bekam ich nicht, der liegt noch unten."

Ich durfte meinen Stuhl nehmen und wollte gerade wieder hoch gehen, da sagte er: „Kannst du nicht genau an der Stegstelle was hineinwerfen und dann versuchen, es wieder zu bekommen? Vielleicht erwischst du dann meinen Kescher."

Fan(g)tastisches Nachwort

Hier wollen wir die Aufzeichnungen der Gespräche unserer Hosenträgerbande beenden. Wer weiß, über welche neuen Erlebnisse sie auch in den kommenden Jahren berichten können – nicht weniger spannend, nicht weniger humorvoll, nicht weniger ungewöhnlich. Die Leser mögen beurteilen, was wirklich wahr ist und was unwahr. Um ihnen ein wenig Hilfestellung zu geben, hier ein letzter wirklich wahrer Bericht von Ludwig:

Märkische Anglerkönige

„Wie bereits in der Geschichte vom Angelneider mitgeteilt, kürt der Landesanglerverband Brandenburg durch seine Mitgliederzeitschrift ‚Der Märkische Angler' seit 2002 die Märkischen Anglerkönige in 13 ausgeschriebenen Fischarten. Hinzu kommen Fangmeldungen weiterer Arten, die nicht vorgeschrieben sind. Aber alle Fische müssen aus den Gewässern des LAVB bzw. den sogenannten Verbandsvertragsgewässern geangelt worden sein. Verbandsvertragsgewässer sind Gewässer der Berufsfischerei, auf denen die Mitglieder, entsprechend vertraglicher Konditionen, zusätzlich angeln können. Die Fangmeldungen müssen mit Foto eingereicht und beglaubigt werden und folgende Angaben enthalten: Fischart, Größe, Gewicht, wann und in welchem Gewässer (Gewässernummer) mit welchem Köder gefangen. Die Anglerin oder der Angler des jeweils größten Fisches einer ausgeschriebenen Art wird dann zum Märkischen Anglerkönig des jeweiligen Jahres auf dem Verbandstag des Landesverbandes gekürt und ist dann Märkischer Hechtkönig 2010. Bei gleicher Größe entscheidet das Gewicht.

Die Bilanz nach 10 Jahren ist interessant. Insgesamt wurden 686 Fangmeldungen veröffentlicht – 542 für ausgeschriebene Fischarten und 144 für 14 nicht ausgeschriebene Fischarten.

Hier die Fanghäufigkeit der ausgeschriebenen Fischarten

Hecht	87
Karpfen	79
Schleie	73
Aal	48
Zander	47
Wels	44
Barsch	43
Blei	39
Plötze	29
Rotfeder	22
Bachforelle	15
Quappe	14
Äsche	2

Bei den nicht ausgeschriebenen Fischarten liegen auf den ersten fünf Plätzen

Graskarpfen	33
Rapfen	24
Giebel	21
Karausche	19
Marmorkarpfen	17

Die monatliche Aufteilung aller Fangmeldungen

Januar	11
Februar	6
März	14
April	51
Mai	110
Juni	98
Juli	100
August	95
September	76
Oktober	77
November	25
Dezember	23

Die häufigsten Köder sind Köderfische, vor allem Plötze und Rotfeder, Mais und Made. Also doch eher die klassischen Köder, womit bereits unsere Väter und Großväter angelten. Teig und Kartoffel als gleichfalls klassischer Großvaterköder liegen jedoch ganz weit hinten. Der Hecht ging vor allem auf Köderfisch und Gummifisch. Zander und Wels bevorzugen ebenfalls den Köderfisch. Speziell beim Karpfen liegt der Boilie weit vorne, gefolgt vom Mais. Der Tauwurm liegt bei den Ködern insgesamt an vierter Stelle, aber beim Aal und beim Barsch an erster.

Hier nun die größten Fische in den ausgeschriebenen Fischarten 2002 bis 2011

Aal	117 cm und 2,9 kg auf Tauwurm in der Elbe
Äsche	42 cm und 0,66 kg auf Klinkhammer Gr. 12 in der Dosse
Bachforelle	65 cm und 3,084 kg auf Streamer in der Dosse

Barsch	51 cm und 2,02 kg auf Gummifisch in der Elbe
Blei	77 cm und 5,1kg auf Tauwurm im Kiesstich Hoppegarten
Hecht	127 cm und 16,22 kg auf Köderfisch in der Elbe
Karpfen	116 cm und 23,5 kg auf Boilie in der schwarzen Kuhle Angermünde
Plötze	43 cm und 1,26 kg auf Mais/Made in der Talsperre Spremberg
Quappe	77 cm und 3,25 kg auf Tauwurm in der Oder
Rotfeder	42 cm und 1,95 kg auf Fleischmaden im Griebnitzsee
Schleie	58 cm und 3,6 kg auf Made/Mais in der Kiesgrube Nudow
Wels	219 cm und 61,8 kg auf Köderfisch (Blei) im Oder-Spree-Kanal
Zander	104 cm und 9,56 kg auf Köderfisch (Ukelei) in der Elbe

Nun wirft man uns Anglern ja gelegentlich vor, ein wenig zu übertreiben. Aber Übertreibungen sind eher Überraschungen – das ist ja das Interessante. So ging im August 2002 ein Hecht von immerhin 100 cm und 7,9 kg auf den blanken Haken. Einer von 106 cm und 11 kg nahm 2004 im Juli eine Kombination Mais/Mistwurm. Und der Hechtkönig 2005 fing im Juni seinen Königsfisch von 118 cm und 14,75 kg auf Frolic. Ein Hecht von 106 cm und 8,25 kg ging im Mai 2010 auf Fischpellets. Da wundert es mich nicht, dass ich neulich einen Angler an der Spree sah, der hatte das Katzenfutter Schnucki bei sich.

Wenn einer nun noch erzählt, dass er einen Zander von 90 cm und 7 kg auf Gummifisch fing, der noch einen maßigen Hecht im Magen hatte, dann würde mancher nur milde lächeln und sich denken ja, ja, die Angler. Aber das stimmt, so passiert im November 2005.